JOUER AVEC LE FEU

AU CŒUR DES FLAMMES

J.H. CROIX

Ce livre est fictionnel. Tous noms, personnages, entreprises, lieux, évènements et incidents sont un produit de l'imagination de l'auteur ou utilisés dans un cadre fictif. Toute ressemblance à des personnes réelles, vivantes ou mortes, ou à des évènements réels est fortuite.

DONOVAN

Adossé contre le bar du Wildlands Lodge, je pris une longue gorgée de ma bière tout en surveillant la salle des yeux. C'était une nuit assez agitée, mais même les soirées calmes faisaient salle pleine ici. J'étais installé dans un coin, avec une vue dégagée sur la pièce. Alors que j'observais la salle, mon regard se posa sur une femme qui jouait au billard non loin.

Je me demandai si c'était une touriste. La ville de Willow Brook, en Alaska, était une petite ville, mais, en plein été, c'était un grand point de rassemblement touristique. En me détachant du bar, comme si j'étais attiré par une force supérieure, je me retrouvai à avancer vers elle.

Ses cheveux ambre sombre brillaient dans la lumière tamisée du bar, et tombaient en cascade presque jusqu'à sa taille. Avec un joli mouvement de main, elle les jeta par-dessus son épaule alors que j'avançais. Elle portait un jean et des bottes de cowboy, avec un chemisier rouge un peu grand. J'étais pourtant certain que cette soie cachait des courbes de rêve.

Elle était en pleine partie avec plusieurs hommes

et semblait non loin d'être pompette. Alors que je m'étais approché sans vraiment trop y penser, quand je fus plus près, je remarquai une tension dans l'air. Deux des hommes non loin de la table la regardaient intensément.

Ils n'étaient pas le même genre d'hommes que les autres. C'est une chose de trouver une femme jolie – ce que je faisais à l'instant – mais c'en était une autre de la regarder comme si vous pouviez en faire ce que vous vouliez. J'avais l'impression de m'être jeté dans une meute de loups qui se préparait à attaquer. Et la cerise sur le gâteau était que cette femme n'y prêtait aucune attention. Elle était concentrée sur sa partie. Les poils de mon cou se redressèrent.

Lorsqu'elle se pencha en avant pour tirer, l'un des hommes passa sa main sur son cul. En un éclair, elle se retourna, recula son poing et le planta en plein dans son nez.

— Bas les pattes ! déclara-t-elle en agitant sa queue de billard vers lui.

Elle n'avait clairement pas besoin d'aide.

— Putain !!

Le gars qui s'était pris son poing essuyait le sang qui coulait de son nez.

— Ne touche pas mon cul.

L'un des autres gars ricana.

— Eh bah, la belle, tu peux pas juste entrer dans ce bar et montrer ton petit cul comme ça, et te dire qu'il ne se passera rien.

— Oh, bien sûr que si mon gars, dit la femme.

Je me faufilai entre les corps rassemblés autour d'elle. Je ne savais même pas qui elle était, mais il fallait que je la sorte de cette embrouille.

— Je joue au billard. Ça ne vous donne pas le droit

de me toucher, bande de débiles, lâcha la femme, en agitant sa queue de billard.

J'en attrapai le bout et la lui arrachai des mains. Même si ça m'aurait plu de la voir assommer quelques-uns de ces connards, ça n'allait sans doute pas bien se finir pour elle. En jetant un œil aux gars, je dis :

— Allez les gars, ça suffit.

— Eh ! Elle m'a mis un coup ! répondit le gars avec le nez en sang.

— Ouais, bah tu lui as touché le cul, et ça ne lui a pas plu. Donc, comme je viens de le dire, casse-toi.

Le barman, Mike, s'approcha de moi et se pencha à mon oreille.

— Que tu saches, c'est Jasmine Phillips, la sœur de Levi. Elle est venue en voiture, et je suis sur le point de lui prendre ses clés. Tu veux bien la déposer chez elle ?

Ah, merde. Levi était un ami à moi. Nous étions tous les deux pompiers à la caserne de Willow Brook. Je n'étais pas certain de vouloir être celui qui allait déposer sa sœur chez elle mais, plus que tout, je ne voulais pas la voir coincée dans cette situation.

— Pas de problème, répondis-je en regardant Mike. Je vais appeler Levi quand je l'aurai sortie d'ici.

En entrant dans la mêlée, Mike s'occupa d'écarter les gars et je m'approchai de Jasmine. Alors que j'étais sur le point de parler, elle se tourna vers le gars aux mains baladeuses.

— Et ne me touche plus jamais le cul.

Avec un souffle, elle se tourna pour me faire face. Bon sang. Elle était magnifique. Ses joues étaient rouges, ses yeux enflammés. Mon corps avait beaucoup d'idées. Elle était tout simplement splendide avec ces longs cheveux ambre et ces yeux saphir.

Avant que j'aie l'occasion de parler, Mike s'arrêta devant Jasmine.

— Donne, dit-il en tendant la main.

— Que je te donne quoi ? demanda Jasmine en plissant les yeux.

— Tes clés de voiture. Je te présente Donovan Ryan, si tu ne le connais pas déjà. Il bosse avec Levi et il va te déposer, expliqua Mike, très factuellement.

— De quoi ? demanda Jasmine, son regard rebondissant entre nous deux.

— Écoute, tu as déjà cogné un gars. T'es bourrée, et tu ne vas pas conduire, dit Mike platement.

Jasmine regarda Mike, puis moi, clairement agacée par la tournure que prenaient les évènements. Après un long moment, elle secoua la tête.

— Non, je n'ai pas besoin d'un chauffeur.

— Si tu montes au volant de ta voiture, je n'hésiterai pas à appeler la police. Ils arriveront sans doute plus vite ici à pied que toi à ta voiture, dit Mike, aucunement déstabilisé par la colère de Jasmine. Pour moi, tu as trois options. Numéro un, tu laisses Donovan te déposer. Numéro deux, j'appelle Levi et il vient te chercher. Numéro trois, le gars que tu as frappé décide d'appeler la police parce que tu l'as frappé. Tu choisis.

Jasmine leva les yeux au ciel et soupira.

— D'accord. Est-ce que je dois te donner mes clés s'il me raccompagne ? contra-t-elle en me désignant.

Quand Mike secoua la tête, elle se tourna vers moi.

— Ravie de te rencontrer, Donovan.

J'acquiesçai simplement, trop occupé à contrôler mon corps qui ne faisait que de me dire qu'elle était diablement sexy.

Mike pencha la tête sur le côté.

— Donc tu rentres avec Donovan ?

Jasmine acquiesça puis se retourna pour traverser la salle devant moi.

— Bon, bah apparemment je m'en vais, dis-je avec un petit rire.

— Levi te sera reconnaissant, murmura Mike alors que je passais devant lui.

Les cheveux de Jasmine se balancèrent au-dessus de ses hanches alors qu'elle passait entre les tables avant de disparaitre dans le couloir du fond. Je la rattrapai rapidement, arrivant à son niveau juste à temps pour la voir trébucher alors qu'elle essayait d'esquiver un groupe qui entrait par la porte arrière, depuis le parking.

— Bordel, marmonna-t-elle dans sa barbe.

J'attrapai son coude pour la stabiliser, mais dès qu'elle me secoua pour que je la lâche, elle trébucha à nouveau et rebondit contre le mur. En s'y adossant, elle se tourna vers moi pour me regarder. Ses yeux bleu sombre esquissèrent mon corps.

— Bon sang, t'es canon, dit-elle alors que sa bouche se recourbait en un sourire malin.

Je pris une respiration en gardant mes yeux plantés sur son visage.

— Tu es vraiment grossière quand tu es saoule, contrai-je.

J'étais parfaitement conscient de la vallée entre ses seins, plus qu'invitante dans ce chemisier rouge qui s'agita quand elle écarta une mèche de cheveux de son visage.

— Pourquoi est-ce que c'est mal d'être grossier ? demanda-t-elle.

— C'est pas mal.

Jasmine me regarda, son regard bleu riche jugeant ma réponse.

— Tu dois être nouveau en ville. Je ne crois pas que je te connaisse.

— Ça dépend ce que tu appelles nouveau. Je suis

arrivé il y a deux ans et j'ai intégré l'équipe de pompiers forestiers. C'est comme ça que je connais Levi. Et si on y allait ?

Jasmine me regarda pendant quelques instants de plus puis se décolla du mur. Quand j'attrapai légèrement son coude, cette fois, elle ne me repoussa pas. On sortit du bar, pour se confronter à l'air frais de l'été. Il était presque 21 h, le soleil disparaissait enfin derrière l'horizon, laissant des trainées orange au-dessus des montagnes au loin. Le ciel était strié de rouge, d'or et d'orange.

Jasmine s'arrêta rapidement quand on était au milieu du parking. Elle leva la tête et prit une grande inspiration avant de lâcher un long soupir.

— J'adore l'air d'ici. C'est le meilleur air, murmura-t-elle doucement.

L'air d'été en Alaska sentait la terre, les fleurs et la fraicheur des montagnes qui nous entouraient. Le lac Swan s'étendait devant nous juste au bord du parking.

Jasmine me regarda d'un air pensif.

— Je parie que tu n'es pas un connard, dit-elle platement.

— J'aime penser que c'est vrai, proposai-je sans savoir où elle voulait en venir.

La colère, l'audace et la folie qu'elle m'avait montrées jusqu'ici disparut en un éclair. C'était comme si elle s'était dégonflée rien qu'avec une pensée.

Après sa déclaration, elle s'approcha un peu plus près. Avant que je ne comprenne ce qu'elle faisait, elle se pencha vers moi, passa sa main dans mon cou et m'embrassa. Pendant un moment, j'étais tellement sous le choc que je ne bougeai même pas, et quand sa bouche bougea sur le mienne, je réagis.

Passant ma main dans ses cheveux de déesse, je la

collai contre moi et passai ma langue sur le bord de ses lèvres. Elle gémit dans ma bouche, et ce son me ramena à la réalité. J'arrachai mes lèvres aux siennes et secouai la tête.

— Qu'est-ce que c'était que ça, putain ?

Elle sourit, un éclat dans les yeux.

— Je ne pouvais pas m'en empêcher. Ta bouche est beaucoup trop sexy.

À ces mots, elle traça mes lèvres du bout des doigts. Son toucher était comme une flamme sur ma peau.

— Tu vas devoir me déposer chez Levi, annonça-t-elle ensuite alors que sa main retombait.

— Je t'emmène où tu veux. Viens, dis-je en me retournant, parce que je ne pouvais pas continuer à la regarder sans avoir envie de l'embrasser à nouveau.

Elle marcha avec moi, plus lentement. Elle me donnait une impression de fatigue et de tristesse. Une fois qu'on se retrouva installés dans mon pickup, elle lâcha un long soupir et posa sa tête contre le siège.

— Levi ne sait pas que je suis là, au fait, murmura-t-elle.

Super, vraiment super. J'allais devoir l'emmener chez Levi, mais j'étais certain qu'il y avait une raison pour laquelle elle était en ville sans que son grand frère ne le sache, et je n'avais aucune idée de ce que ça pouvait être.

Tout ce que je savais était que Jasmine était magnifique, que j'étais attiré à elle comme à un aimant et qu'au premier soupçon de vulnérabilité dans ses yeux, j'avais eu envie de m'occuper d'elle. C'était un sentiment dangereux.

Je savais où Levi habitait, donc je me mis en route dans cette direction. Jasmine était profondément endormie au moment où j'arrivais devant chez Levi. Je descendis silencieusement de la voiture, en réfléchissant à s'il valait mieux frapper à la porte avant de la porter.

En regardant les fenêtres sombres de la maison de Levi, je réalisai que j'allais déjà sans doute le réveiller, et Lucy par la même occasion. En passant du côté passager, j'ouvris la porte. Porter la belle Jasmine Phillips n'était pas quelque chose que j'avais envie de faire, ou plutôt, c'était quelque chose que j'avais tellement envie de faire que ce n'était pas une bonne idée. En me concentrant, je passai mon bras autour d'elle pour défaire sa ceinture de sécurité, en serrant les dents quand elle soupira dans son sommeil.

Son corps était chaud et doux. Je pouvais sentir qu'elle était fine avec des courbes douces, et l'un de ses seins contre mon torse me confirmait tout ça. Bordel. J'ordonnai à ma queue de redescendre alors que j'avançais rapidement vers la porte. Après un coup rapide, j'attendis. Ça prit plusieurs minutes avant que Levi ne réponde avec un regard confus.

— Qu'est-ce que tu fais là ? Et qu'est-ce que Jasmine fait avec toi ?

— La version courte : elle était au Wildlands, le barman a pris ses clés et m'a demandé de la raccompagner.

En soi, ça résumait bien la situation sans les détails brouillons.

Levi écarquilla les yeux en passant sa main dans ses cheveux ébouriffés. Lui et Jasmine avaient les mêmes yeux bleus. Je l'avais clairement réveillé.

— C'est quoi ce bordel ? marmonna-t-il enfin.

— Ouais, elle a dit que tu ne savais pas qu'elle était là.

Levi avait l'air complètement perdu, mais il hocha la tête et ouvrit la porte, me faisant signe d'entrer. En le suivant, j'emmenai Jasmine jusqu'au canapé et la posai là. Entre son baiser surprenant et la sensation de la tenir dans mes bras, je me battais contre mon corps pour ne pas perdre les pédales.

Je suivis Levi jusqu'à la cuisine.

— Merci, mec. Il y a quelque chose que je devrais savoir ? demanda-t-il.

Debout, là, je me demandai s'il valait mieux que je lui dise que sa sœur avait frappé un gars qui lui avait touché les fesses, ou s'il valait mieux qu'il l'apprenne plus tard.

Je décidai qu'il valait mieux que je lui dise.

— Eh bien, le barman m'a demandé de la ramener après qu'un gars lui a attrapé le cul et qu'elle lui a mis un pain.

Levi écarquilla les yeux et secoua doucement la tête.

— Tu sais qui c'était ce connard ?

— Non. Mais elle sait se défendre.

— Oh ça oui, dit-il avec un petit rire. Merci de l'avoir ramenée à la maison.

— Pas de problème. Je te verrai à la caserne.

En conduisant dans l'obscurité tombante, la seule chose qui occupait mon esprit était la sensation des lèvres de Jasmine sur les miennes. Je me forçai à ne plus penser à elle, et regardai la lune s'élever dans le ciel alors que les étoiles envahissaient l'obscurité.

Chapitre Deux

JASMINE

Une lumière blanche me réveilla alors que les rayons du soleil frappaient mon visage. Rah. Ma tête se brisait en deux. Ça me prit un moment pour réussir à me situer. En ouvrant doucement les yeux, l'un après l'autre, je fis le tour de la pièce et réalisai que j'étais dans la chambre d'amis de Levi et Lucy. J'étais entièrement habillée, ma chemise était de travers. Je me rappelais vaguement m'être réveillée au son de la voix de Levi et m'être trainée à l'étage jusqu'à cette chambre.

Mon esprit revint à la nuit précédente. Cet homme d'une beauté clichée, grand, sombre, hyper sexy qui m'avait raccompagnée à la maison.

J'étais parfaitement incapable de me souvenir de son nom. Mais j'avais une image parfaitement claire de ce à quoi il ressemblait et de la sensation de ses lèvres sur les miennes.

Je jetai mon bras sur mon visage pour cacher mes joues rougissantes. Cette homme avait des cheveux presque noirs et de beaux yeux noisette. Je me souvenais en avoir admiré la couleur, parsemée de couches de vert et d'or dans le marron noisette. Son visage avec des lignes droites, de belles pommettes, une mâchoire carrée, un nez légèrement tordu comme s'il avait été cassé et une belle bouche sensuelle avec une ligne au milieu du menton.

Même si mes souvenirs étaient flous, je me souvenais qu'il m'avait fait me sentir en sécurité. Même si j'étais très gênée de l'avoir embrassé, j'étais certaine d'avoir vu une étincelle de désir dans ses yeux.

Qui était cet homme ?

Je devrais y revenir plus tard. Pour l'instant, il fallait que je m'inquiète de la personne face à qui j'allais me retrouver ici. Je n'étais pas vraiment prête à voir mon frère, surtout avec une gueule de bois. J'adorais Levi, mais il était un peu trop protecteur par moments. J'étais rentrée à la maison sans prévenir et je savais qu'il aurait des questions. Levi me pensait trop sauvage, trop téméraire, ou du moins c'était ce qu'il m'avait dit un jour. J'espérais que mes options étaient de ne voir personne, ou juste ma belle-sœur, Lucy. J'étais capable de gérer Lucy.

Je retirai lentement mon bras de mon visage et me frottai les yeux avec mes poings. En avançant doucement et en faisant attention de ne pas trop secouer mon mal de tête, je jetai mes pieds sur le côté du lit et me redressai frêlement.

En entrouvrant la porte, j'écoutai pour savoir qui était là. Je ne fus reçue que par le silence, donc j'ouvris la porte et m'avançai vers la salle de bains. Je m'arrêtai un instant en arrivant devant le balcon de l'étage. J'adorais cette maison. Levi l'avait construite luimême. L'étage avait un balcon qui faisait le tour sur trois côtés de la maison, autour de fenêtres qui partaient du rez-de-chaussée et allaient jusqu'au toit, sur la façade de la maison.

Le brouillard s'élevait dans le champ d'en face, et le soleil se penchait sur les herbes mouillées et les fleurs des champs. La maison offrait une vue d'un champ et d'un petit lac. Des bouleaux s'étalaient puis se resserraient en une forêt alors que la montagne s'élevait au loin. Mon cœur se cogna à mes poumons. Je me sentais chez moi en Alaska,et mon cœur le savait.

En jetant un œil par-dessus la barrière du balcon, j'observai le salon, en dessous de moi. De ce que je pouvais voir, il n'y avait l'air d'avoir personne. En soupirant, j'entrai dans la salle de bains et pris un instant pour me regarder dans le miroir. Mes cheveux étaient emmêlés, ma joue portait encore la marque de l'oreiller. Mes yeux étaient gonflés et vitreux.

Bref, ce n'était pas beau à voir. Je ne pouvais qu'espérer que quand j'avais fait des avances à un bel homme, grand et sexy, la nuit dernière, je n'avais pas l'air de ça. J'étais sur le point de retirer mes vêtements quand je vis un message collé à l'étagère à côté de la douche, devant une pile de serviettes propres.

Bonjour, Jasmine. Levi est à la caserne, et j'ai quelques courses à faire. Voici des vêtements propres. Je te verrai quand je rentrerai. Pour te faire un café, il suffit d'allumer la machine. Il y a des bagels et du fromage dans le frigo. Contente de t'avoir à la maison.

Lucy

P.-S. : Levi se demande ce que c'est que cette histoire.

Je me mis à rire. Que pouvais-je faire d'autre ? Lucy était la meilleure belle-sœur du monde. Elle était aussi sarcastique et un peu dans la lune, ce qui la rendait encore mieux.

En retirant mes vêtements, j'entrai sous la douche et soupirai à la sensation de l'eau chaude sur la peau. Rien que ça suffit à apaiser mon mal de tête.

Alors que je me douchais, d'autres souvenirs de la

soirée d'hier me revinrent. Surtout du débile qui m'avait touché les fesses avant que je ne lui mette un coup de poing.

J'étais très pressée d'entendre ce que Levi aurait à dire là-dessus.

Après ma douche, je pris deux Nurofen que j'avais trouvés dans le placard de la salle de bains et descendis les escaliers dans les vêtements que Lucy m'avait laissés. Elle était plus fine que moi mais elle portait souvent des vêtements trop grands. Son jogging confortable et un de ses t-shirts m'allaient parfaitement.

Puisque je ne pouvais aller nulle part, mon apparence n'avait pas beaucoup d'importance. Je me lançai un café, jetai un bagel dans le grille-pain avant de le couvrir de fromage à tartiner, puis je m'installai à la table de la cuisine pour manger. Je me sentais presque humaine après un peu de café et quelques bouchées de mon bagel.

La tension nouée en moi commença à se dissiper un peu. Cinq jours plus tôt, j'étais passée chez moi pour prendre le déjeuner que j'avais oublié d'emmener au boulot. Ma vie à San Francisco était centrée autour de mon travail, qui me prenait tout mon temps, entre une coopérative de poterie que j'adorais et une galerie d'art dans laquelle je travaillais pour arrondir les fins de mois. Je travaillais beaucoup et j'étais rarement chez moi les jours de semaine. Mon esprit revint à cette horrible après-midi, inoubliable, qui avait déclenché mon retour en Alaska.

J'étais arrivée à l'appartement que je partageais avec mon fiancé pour manger mon déjeuner. Morte de faim. Dès que j'avais déverrouillé la porte d'entrée et passé le pas, j'avais entendu un bruit sourd, une chute. Et comme j'étais parfois la femme la plus bête du monde, j'avais fait exactement ce qu'il ne faut pas faire dans les films d'horreurs et j'avais suivi le son, jusque dans la chambre. Sans trop savoir si j'allais peut-être interrompre un cambriolage de mon appartement, j'avais attrapé un vase sur la table, prête à le jeter sur quelqu'un si besoin. J'avais commencé à ouvrir la porte alors qu'un frisson froid me parcourait et que j'avais un mauvais pressentiment logé dans l'estomac.

Alors que la porte s'était ouverte en grand, j'avais manqué de vomir en voyant Glen, mon fiancé, sur le dos, et Lisa, l'assistante de gestion de la galerie où je travaillais, à califourchon sur lui, complètement nue. Dire qu'ils se faisaient plaisir était un euphémisme.

Ce bruit sourd ? C'était la tête du lit qui rebondissait sur le mur, encore et encore. Elle s'y agrippait avec ses mains, et donc à chaque fois qu'elle bougeait, le lit rebondissait contre le mur. J'étais dans un tel état de choc que j'étais restée là à les regarder, à essayer de me souvenir de la dernière fois que Glen et moi avions couché ensemble. Trois semaines, quelque chose comme ça ?

Je pensais que c'était parce que j'avais été trop occupée. Nous avions tous les deux des emplois du temps chargés et ça nous arrivait d'à peine nous voir pendant des jours parfois. Mais ce n'était clairement pas le problème.

Pris dans leur partie de jambes en l'air plutôt enthousiaste, ça leur avait pris un moment avant de remarquer ma présence, et la tension que j'avais ressentie avant d'entrer dans la pièce s'était rapidement transformée en colère.

Lisa, qui était maintenant une ancienne copine, regarda par-dessus son épaule.

— Oh merde !

Elle commença à bouger en cherchant désespérément quelque chose pour se couvrir, mais je restai incroyablement calme.

— Continuez. Je ne reste pas.

Je sortis de la pièce en criant par-dessus mon épaule :

— Dans une heure, soyez partis. Je reviendrai chercher mes affaires, et je ne veux voir aucun de vous.

J'entendis quelqu'un descendre du lit puis des pas.

— Jasmine, ce n'est pas ce que tu crois ! lança Glen.

Je me retournai pour le voir sortir de la chambre en courant, en enroulant un drap autour de sa taille. Je pris un instant pour le regarder.

— Il n'y a pas grand-chose à interpréter dans ce que je viens de voir. C'est fini entre nous.

Je manquai de pleurer mais je n'avais aucune intention de le laisser me voir m'effondrer. Je m'accrochai à ma colère comme à un bouclier. Parce que c'était tout ce que j'avais.

— Sois parti dans une heure.

Il me courut après, mais j'avais déjà claqué la porte.

C'était il y a cinq jours. En y repensant, je trouvais ça dingue d'être même capable de réfléchir à ce stade. Au moins, il avait eu la décence d'être parti quand j'étais revenue. J'avais pris mes vêtements, toutes mes poteries, avais tout mis dans ma voiture et j'étais partie. J'avais passé la nuit chez une amie puis j'étais rentrée à Willow Brook en voiture. J'avais réfléchi à la possibilité de rester à San Francisco, mais j'avais réussi à me faire renvoyer le même jour.

J'avais quelques problèmes d'attitude parfois. Cette même après-midi, ce n'était pas une grande surprise que je sois d'une humeur noire à la galerie, après ma pause déjeuner. Travailler dans une galerie d'art n'est pas quelque chose qui correspond vraiment à ma personnalité pour être honnête, mais j'avais besoin d'un salaire.

Je préférais me salir les mains à faire de la poterie plutôt que de me faire jolie et d'être polie et charmante devant des gens riches qui veulent dépenser leur argent en tableaux. J'étais dans tous mes états et j'avais plus ou moins confronté Lisa devant tout le monde quand elle était revenue à la galerie. Je n'arrivais pas à croire qu'elle aurait le culot de faire quoi que ce soit, mais elle était plus haut que moi dans la hiérarchie. Et la manager n'avait pas apprécié que je traite son bras droit de pute et m'avait renvoyée sur-le-champ. Pas de boulot, pas de fiancé, pas d'argent.

Je n'y avais pas vraiment réfléchi mais, le lendemain matin, j'avais pointé ma voiture vers le nord et j'étais rentrée en Alaska. Ça m'avait pris quatre jours pour arriver jusqu'ici.

Maintenant, mes émotions dépassaient enfin le bouclier de colère et je m'effondrai rapidement. Des larmes chaudes coulèrent sur mes joues alors que je pleurais si fort que j'en avais le hoquet. Alors que j'essayais de reprendre ma respiration, je sentis une chatouille sur mon pied. En regardant vers le sol, je trouvai le hamster de mon frère, prénommé Ham, qui reniflait mes pieds. Brun et blanc, le petit Ham me regarda comme s'il comprenait à quel point j'étais triste. Je reniflai, passai ma manche sur mon visage et réussis à sourire à Ham. En me penchant, je passai le bout de mes doigts sur son dos. Il renifla ma main et s'en alla.

Je le regardai grimper sur un petit tabouret que Levi avait installé pour qu'il puisse monter jusqu'à sur le bord de la fenêtre vers son petit lit de coussins. Il n'y avait que mon frère, un pompier de milieux extrêmes, pour laisser un hamster se balader en liberté dans la maison et le traiter comme un petit roi.

Mes larmes s'arrêtèrent. Je n'aimais pas penser aux raisons qui m'avaient ramenée à Willow Brook. Au lieu de ça, je pris une gorgée de mon café et réfléchis à la prochaine étape. J'étais arrivée ici sur un coup de tête et sans plan. Pour un coup de tête, c'était un sacré bout de chemin.

J'avais quitté Willow Brook juste après le lycée. Notre famille avait déménagé ici de Juneau, juste avant ma première année de fac. J'étais née en Alaska, et j'y avais grandi, et j'avais toujours eu envie d'explorer le monde. J'avais atterri à San Francisco et j'avais aimé tellement de choses dans cette ville que je m'y étais installée pour le moment. Le bruit d'une grande ville, le mélange éclectique de gens, les jolis bâtiments et l'art. Tellement d'art. J'avais fini la fac et j'avais commencé à travailler dans un studio, où j'étais tombée amoureuse de la poterie. Il y avait quelques choses que je n'aimais pas en revanche. Par exemple, beaucoup de gens étaient apparemment intolérants au gluten et la plupart des gens étaient végans. J'adorais le pain et la viande, et je n'avais jamais eu l'intention de changer ça.

Je n'avais pas vraiment l'impression d'être à ma place. J'étais peut-être un peu brute de décoffrage, et je n'étais certainement pas assez glamour. Même si je n'étais pas entièrement campagnarde, je n'en étais pas loin. Je préférais porter un jean, des bottes et un t-shirt pour travailler, et me mettre sur mon trente-et-un uniquement quand c'était nécessaire. Mes bottes de cowboy faisaient quasiment partie de mon uniforme.

Et l'Alaska me manquait aussi. Une fois la nouveauté du grand monde oubliée, il restait toujours une petite douleur dans mon cœur, un manque du soleil de minuit pendant les longues journées d'été, la fraicheur des nuits enneigées, et l'impression d'avoir ma place, qui que je sois.

C'était une drôle de chose ici. L'Alaska était pleine d'immigrés, on pouvait y trouver tout type de gens. Il y avait beaucoup de végans qui ne mangent pas de gluten, mais ils se frottaient aux pêcheurs et aux chasseurs et à bien d'autres. Il y avait une grande tolérance pour tous.

Et, oh mon Dieu, les paysages m'avaient manqué. Rien que là, à regarder le champ par la fenêtre de la cuisine, une grande boule de tension se relâcha et ma douleur s'atténua. Étrangement, j'étais plus blessée par Lisa que par Glen. Même si elle était en quelque sorte ma patronne, jusqu'à l'autre jour, je l'avais aussi toujours considérée comme une amie.

Et c'était une des règles, non ? On ne baise pas le fiancé de ses amies.

Chapitre Trois

JASMINE

Je décidai que j'avais besoin d'un deuxième bagel parce que, bon Dieu, qu'ils étaient bons. Ils étaient surement frais de ce matin, Lucy avait dû les acheter au Firehouse Café. Tout le monde savait que Janet en vendait de temps en temps, quand elle était d'humeur à faire des bagels. Levi avait préparé du fromage à tartiner au saumon fumé pour aller avec, qui était simplement divin. Je savais que Levi l'avait préparé parce que Lucy ne cuisinait pas, ou à peine.

Ce genre de repas coutait une fortune n'importe où à part en Alaska. Mais ici, les habitants fumaient leur propre saumon et préparaient tout eux-mêmes. Après m'être grillé un autre bagel, je le tartinai d'une couche généreuse de fromage et me rassis juste au moment où Lucy passait la porte de la cuisine.

Elle me sourit à la seconde où son regard se posa sur moi et me prit dans ses bras dès que je me levai. En reculant, elle posa un de ses sacs de courses sur le comptoir.

— Tu as l'air en pleine forme.

— Tu étais inquiète ? demandai-je.

— Eh bien, selon Levi, tu étais complètement morte quand tu es arrivée. Il s'est dit que tu te réveillerais avec une gueule de bois et il n'était pas sûr que tu te souviendrais de la nuit dernière.

J'essayais de retenir un sourire mais j'étais avec Lucy, alors j'explosai simplement de rire.

— Ouais, j'ai peut-être un peu trop bu hier. Tu ne sais pas qui m'a ramenée à la maison d'ailleurs ?

J'essayais de poser cette question en passant, comme si ce n'était rien, mais j'étais curieuse, vraiment curieuse.

— Donovan Ryan. C'est un ami de Levi, enfin, un ami à nous. Un pompier. Je sais, quelle surprise, dit-elle avec un sourire malin en rangeant les courses.

Alors qu'elle se retournait, je remarquai un légère bosse au niveau de son ventre, et je me souvins qu'elle était enceinte.

— Oh ! Tu es superbe ! m'écriai-je.

Lucy me regarda par-dessus son épaule, un regard confus.

— Hein, merci ?

— Tu es mignonne enceinte, ajoutai-je.

Ses joues rosirent et elle leva les yeux au ciel alors qu'elle tendait le bras en l'air pour ranger des conserves dans le placard au-dessus de sa tête. Lucy avait l'air d'une fée avec ses cheveux blond presque platine, ses traits fins et ses grands yeux bleus. Elle était menue. Avec la courbe de son ventre, elle avait l'air encore plus féminine, ce qui l'énervait sans doute. Lucy était vraiment un garçon manqué, bien plus forte que la plupart des gars de la ville, et qui travaillait dans le bâtiment. Ce matin était l'un des rares moments où elle n'était pas couverte de boue.

Levi l'adorait, et il était au paradis depuis qu'elle était enceinte. J'étais très heureuse pour lui.

Mais, pour l'instant, j'étais soulagée de croiser Lucy en premier. Elle pourrait m'aider à dire à Levi pourquoi j'étais là. Je l'aidai à finir de ranger les courses, et elle se prépara un thé avant de me rejoindre à table, où je m'étais réinstallée pour finir mon bagel.

— Donc, j'imagine qu'il y a une raison pour laquelle tu es arrivée en ville et que tu t'es minée au Wildlands avant même que qui que ce soit ne sache que tu étais en ville, dit-elle avec un sourire malin.

— Ah bah je vois qu'on ne prend pas de gants, contrai-je avec un sourire en coin.

Lucy haussa les épaules et leva les yeux au ciel.

— Je me suis dit qu'il valait mieux rentrer dans le vif du sujet. Tu peux me dire ce qu'il s'est passé et ensuite on peut réfléchir à comment le dire à Levi. Il a appelé vos parents au fait. Ta mère a demandé à ce que tu l'appelles ce matin.

Je soupirai et m'arrêtai de manger pour prendre une gorgée de mon café.

— D'accord, je l'appellerai bientôt. J'aurais dû me douter que Levi leur aurait déjà dit que j'étais là.

Après une gorgée de café et de courage, je me lançai.

— Voilà ce qu'il s'est passé. Il y a cinq jours, j'ai oublié d'emmener mon déjeuner au boulot, donc je suis passée à l'appartement pour le récupérer et je suis tombée sur Glen et Lisa de la galerie en train de baiser.

Lucy écarquilla les yeux puis les plissa rapidement.

— Mais quel connard. Et elle, quelle connasse. J'espère que tu lui as mis le même pain qu'au gars d'hier.

Je manquai de recracher mon café en entendant cette remarque. Je m'arrêtai un instant puis haussai les épaules.

— C'est Donovan qui a dit ça à Levi ? Je ne me

rappelle pas grand-chose, ajoutai-je avec une grimace honteuse.

Je n'étais pas sûre de pourquoi Donovan m'avait raccompagnée, mais je me souvenais avoir cogné ce gars. Je me souvenais très bien avoir embrassé Donovan en revanche.

Lucy haussa les épaules.

— Ouais, il a dit à Levi qu'un gars avait fait son connard. D'après lui, le gars méritait bien de se prendre un pain. Donovan est un gars bien. Pas besoin de t'inquiéter là-dessus.

Lucy ne pouvait pas savoir que la seule chose à laquelle je pensais était le fait de l'avoir embrassé et à quel point j'avais envie de le refaire.

— Donc, Glen. Je les ai vus et je suis partie. Je ne sais pas si tu te souviens mais, Lisa, c'est l'assistante manager à la galerie d'art où je travaillais. Après être retournée à la galerie, je me suis fait virer parce que j'ai dit à ma patronne que sa connasse d'assistante baisait mon fiancé. Devant les clients, expliquai-je avec un rire amer.

C'était la seule partie de cette histoire que je trouvais satisfaisante.

Lucy explosa de rire.

— Oh, c'est parfait ! Au moins, elle a été bien gênée.

Elle s'arrêta pour prendre une gorgée de thé.

— Cette dernière partie est drôle, le reste est vraiment pourri. C'est vraiment pourri qu'il t'ait fait ça. Comment ça va ? demanda-t-elle, alors que ses yeux se calmaient.

Je haussai les épaules et j'eus soudainement envie de pleurer.

— Tu peux pleurer. Ça fait du bien de pleurer un

bon coup, et je crois que c'est vraiment justifié, là, dit-elle, gentiment.

J'essuyai mes larmes et ris doucement.

— J'ai déjà eu ma dose ce matin. Ça ne va pas vraiment. J'ai rompu avec Glen, ça, c'est fait. J'ai perdu mon boulot, donc j'ai décidé de rentrer. Je n'ai pas vraiment réfléchi sur le long terme. J'ai probablement l'air d'une idiote.

Lucy secoua la tête.

— Pas du tout. Je crois que rentrer était une bonne idée après tout ça. Tu peux rester ici aussi longtemps que tu veux. Tu sais qu'on serait ravis si tu restais pour toujours.

Je déglutis pour avaler l'émotion dans ma gorge et pris une grande inspiration, relâchant un soupir.

— Je sais. Merci pour tout. Je suis désolée d'être arrivée comme ça. J'imagine que je devrais retrouver Donovan et le remercier de m'avoir raccompagnée hier.

— Tu pourras le trouver à la caserne.

— Il n'est pas de Willow Brook, si ?

Lucy secoua la tête.

— Pas à la base. Il est arrivé il y a deux ans. Il était dans l'équipe de Ward puis a pris la position de contre-maitre dans l'équipe de Levi. Ils sont assez proches.

— Oh.

Je ne réussis pas à dire quoi que ce soit d'autre. J'étais très curieuse à propos de Donovan. Je n'arrivais pas à croire qu'il travaillait avec mon frère, même si j'aurais dû le savoir. Il avait vraiment un air de mâle alpha qui vient vous sauver la vie.

— Donc, c'est quoi le plan ? demanda Lucy en prenant une gorgée de son thé.

— Je ne sais pas. Je suis ici pour l'instant, et je vais réfléchir à quoi faire.

Lucy resta silencieuse en me regardant. J'étais tellement chanceuse de l'avoir comme belle-sœur. Je n'avais jamais eu de sœur et je la considérais comme telle. Elle avait beaucoup d'opinions et n'hésitait jamais à dire ce qu'elle pensait, elle était très ouverte d'esprit et très tolérante. Levi, en revanche, avait tendance à juger tout ce que je faisais.

— Tu veux rester à la maison aujourd'hui ou est-ce que tu as besoin que je te dépose en ville pour récupérer ta voiture ? demanda-t-elle, passant immédiatement à autre chose.

— Ce serait super d'aller récupérer ma voiture. J'aimerais bien passer voir mes parents. Et j'imagine que je devrais aller à la caserne pour remercier Donovan. J'irai aussi dire bonjour à Levi, puisque je ne suis pas ivre morte, dis-je avec un rire mesquin.

Lucy sourit rapidement.

— Eh bah allons-y alors. On passera à la caserne ensemble puis on ira chercher ta voiture, dit-elle en se levant.

— Tu n'as pas besoin d'aller au boulot ?

Lucy secoua la tête.

— Non. J'ai appelé Amelia et lui ai dit que je ne serai pas là aujourd'hui. Je suis à toi toute la journée.

Ça faisait du bien d'être à la maison, ne serait-ce que parce que j'avais des amies comme ça. Je n'avais pas besoin d'avoir peur que ces amies se retrouvent au lit avec la personne avec qui je sortais.

DONOVAN

Plus tard l'après-midi suivant, je m'adossai contre l'un des camions de la caserne et jetai mon chiffon dans un seau au sol.

— Bon, je crois que c'est tout pour aujourd'hui, commentai-je en regardant Jesse qui était adossé à un des murs du garage, à descendre une bouteille d'eau.

Une voix m'interpella depuis l'autre côté du camion.

— Je ne sais pas, Donovan, tu as vérifié les roulements de ce côté-là ?

C'était la voix d'Emily Lane. C'était une employée de la caserne, qui faisait presque tout.

— Oui, je m'en suis occupé avant que tu arrives, répondis-je, et Jesse sourit, amusé.

Nous traitions tous Emily comme une petite sœur. Jesse était sur le point d'épouser la tante d'Emily, qui avait adopté Emily quand sa mère était morte. Je me décollai du camion et fis le tour. Emily était penchée en avant, à nettoyer furieusement l'une des jantes.

Ses cheveux noirs courts étaient teints en violet sur toutes les pointes. Elle leva la tête et sourit, amusée.

—Je savais que c'était fait.

Dernièrement, elle ne pensait qu'à en apprendre plus sur la maintenance des véhicules. Avec Jesse et quelques autres membres de l'équipe, on lui avait appris à changer l'huile d'un moteur et plein d'autres choses de base. Elle avait envie de devenir pompière forestière. Elle avait la personnalité qu'il fallait, mais elle était encore bien trop jeune. Elle n'avait que quinze ans. Jesse devait déjà l'empêcher de se joindre à nous pour les interventions en ville, malgré son insistance suppliante.

Je secouai la tête avec un rire alors qu'elle se redressait et posait sa main sur sa hanche.

— Même si ça n'avait pas été fait, j'ai fini ma journée. On s'est occupés de la maintenance toute la journée, annonçai-je.

— Pareil. Allez, viens. Charlie fait à manger, donc on ferait mieux de rentrer à temps, dit Jesse en faisant le tour du camion.

Charlie était sa fiancée, l'une des médecins de la ville. Elle faisait ce qu'elle voulait de lui, mais il semblait adorer ça.

Entre les feux estivaux, on faisait beaucoup de maintenance sur les véhicules et dans la caserne. Au rire d'Emily, je me détournai, attrapant la bouteille d'eau que j'avais laissée sur le capot, et me dirigeant vers les douches. J'entendais la conversation d'Emily et Jesse au loin alors que je traversais le couloir.

J'étais couvert d'huile de moteur. Alors que l'eau chaude coulait sur mon corps, mon esprit revint à Jasmine Phillips. La délicieuse Jasmine dansait dans mes pensées bien plus que ce que je n'aurais voulu.

Je me demandais ce qui l'avait poussée à rentrer à Willow Brook, parce que Levi avait semblé sacrément surpris de la voir la nuit dernière. Même si Levi et moi étions amis, lui demander pourquoi sa petite sœur, qui m'avait embrassé la nuit dernière, était là ne semblait pas être une bonne idée.

Je secouai la tête pour me débarrasser de Jasmine, j'éteignis l'eau et me dirigeai vers les casiers pour m'habiller. Alors que je traversais le hall pour sortir, quelqu'un m'appela. Je regardai autour de moi, puis passai la tête par la porte la plus proche, le bureau de Beck Steele. Il était installé sur une chaise confortable, Levi assis en face de lui.

— Salut mec, lança Beck.

— Salut, répondis-je, sans savoir quoi dire de plus.

Jasmine, la femme que j'avais essayé d'oublier toute la journée, était assise à côté de Levi. Lucy, la femme de Levi, une force de la nature, était assise à côté de lui, à rire à quelque chose qu'il venait de dire, alors que le bras de Levi était nonchalamment sur ses épaules.

Beck attrapa mon regard.

— Jasmine nous demandait où tu étais.

— Ah bon ? contrai-je en essayant de garder une expression neutre en la regardant.

Tout comme la nuit dernière, la première fois où j'avais posé les yeux sur elle, mon corps se contracta. Aujourd'hui, elle portait un t-shirt trop grand, un jogging et des chaussures de sport. Ses cheveux tombaient en cascades sur ses épaules. Au moment où je vis ses boucles, je ne pus ignorer le fait que je mourais d'envie d'y plonger mes mains pour l'embrasser.

Inutile de préciser qu'en présence de son grand frère et de Beck, l'un des chefs d'une autre équipe, dans la pièce, ces pensées n'étaient pas les bienvenues. Quand je croisai son regard, je sentis comme un câble électrique entre nous.

Je me demandai si elle se souvenait de notre baiser

de la nuit dernière. Parce que je n'avais rien oublié. Mes lèvres me brulaient encore rien qu'à y penser. Je hochai la tête vers elle.

— Tu m'as trouvé.

— Je voulais juste te remercier de m'avoir déposée chez Levi hier soir, dit-elle alors que ses joues rougissaient.

— Pas de problème.

Lucy leva la tête, me lançant un sourire. J'avais appris à la connaitre en devenant ami avec Levi, mais cette femme m'intimidait vraiment. Ce n'était pas la personne la plus amicale que je connaisse, et elle n'hésitait jamais à dire ce qu'elle pensait vraiment, quel que soit le sujet. Mais, pour l'instant, elle semblait détendue et amicale.

— Oui, dit-elle fermement. Merci. Pour ça et bien plus.

Je me demandai si elle était au courant de l'altercation entre Jasmine et le gars qui lui avait touché les fesses.

Levi lança un regard inquisiteur vers Lucy, mais elle l'ignora. Au lieu de rester sur place, je décidai qu'il valait mieux que je continue mon chemin pour le moment. Plus je restais proche de Jasmine, plus mon corps lui répondait. Je levai la main pour saluer la pièce.

— Bon, eh bah j'étais en train de partir. Si t'as besoin d'un chauffeur, n'hésite pas.

Sur ces mots, je partis. J'étais presque arrivé à ma voiture quand j'entendis la porte arrière de la caserne s'ouvrir et se fermer. En me retournant, j'aperçus Jasmine avancer rapidement vers moi.

Elle ne portait pas une trace de maquillage et n'avait pas touché à ses cheveux. Mais elle était incroyablement belle, et elle arracha un battement à mon cœur. Je m'arrêtai, me retournai et posai mes hanches contre l'arrière de mon pickup.

— Donovan, appela-t-elle quand elle se retrouva au milieu du parking.

— Oui ?

Elle s'arrêta devant moi en levant les yeux.

— Je voulais te remercier. Pas juste pour m'avoir déposée mais...

Ses joues rougirent encore.

— Enfin, merci de m'avoir aidée après que j'ai, euh, frappé ce gars. Je m'énerve vite des fois.

— Oh, je crois qu'il le méritait.

Elle sourit à ces mots, et mon cœur explosa en réponse.

— Vraiment, non ?

Je ris.

— D'après moi, oui. Et le barman était d'accord.

Son sourire s'élargit puis disparut rapidement. Même si je m'étais dit que ce n'était pas une bonne idée, j'étais de plus en plus curieux à son propos.

— Ça t'arrive souvent de te battre dans des bars ? demandai-je, alors qu'un sourire prenait le coin de mes lèvres.

Ses joues rougirent plus profondément et elle leva les yeux au ciel, en mordant le coin de sa lèvre. La vue de ses dents blanches qui s'enfonçaient dans la chair de sa lèvre m'électrisa d'envie.

— Euh, je ne peux pas dire que ça m'arrive souvent. C'est la première fois que je frappe quelqu'un. Ça m'est arrivé d'envoyer des gens chier. Mais j'avais trop bu.

— Ouais, dis-je alors que mon esprit revenait au gout de ses lèvres sur les miennes et à la sensation de ses doigts sur mes lèvres.

On resta là, à se regarder. Je sentais qu'elle voulait

en dire plus, mais elle resta silencieuse. Après un moment, et après un gros coup de volonté pour contrôler mon corps, je me détachai de ma voiture.

— Bon, je dois y aller. Je suis sûr que je te croiserai si tu restes à Willow Brook.

Jasmine acquiesça en reculant avec un petit sourire.

— Merci encore.

Je partis, en me disant qu'il fallait que je garde mes distances avec Jasmine. Je n'étais pas sûr que Levi serait ravi de la réaction de mon corps à la vue de sa petite sœur.

Ça, et le fait que je n'étais pas du genre à me mettre en couple. J'avais essayé une fois, et ça m'avait explosé au visage, de façon plutôt spectaculaire.

Ça m'avait suffi. Cette règle m'allait bien. Mais avec Jasmine, j'étais tenté de prendre le risque.

Chapitre Cinq

JASMINE

Plus tard ce soir-là, je regardai Levi assis en face de moi qui levait les yeux au ciel.

— Oh bon sang, Levi. Oui, bah, je me suis un peu donnée en spectacle. Mais le gars me touchait les fesses, sans même s'en cacher. Ça m'a énervée. Si tu ne me crois pas, demande à Donovan ou au barman. Ils ont tous les deux tout vu.

Levi se tenait devant la gazinière, à cuisiner. Dans leur maison, c'était lui le cuistot. D'après lui, Lucy n'était même pas capable de réchauffer de la soupe correctement.

À l'instant, elle nous regardait tous les deux, en nous laissant dire ce qu'on avait à dire. Je pris une gorgée de vin et le regardai.

— Qu'est-ce qu'on s'en fout du fait que je lui aie mis un pain ? Il va bien, clairement. J'ai appelé le barman aujourd'hui pour demander.

— Si quelqu'un te touche le cul, je ne vais en aucun cas le défendre. Ce que je veux savoir, c'est pourquoi tu as débarqué en ville sans rien dire à personne pour aller te retourner la tête au bar, répondit Levi.

J'évitais le sujet avec mon frère parce que j'étais extrêmement gênée. Je venais de rentrer chez Levi et Lucy après avoir passé l'après-midi avec nos parents. J'avais déjà dû leur raconter ce qu'il s'était passé et, maintenant, j'étais là, à devoir répéter l'histoire pour la troisième fois de la journée.

Dans notre famille, j'avais souvent l'impression d'être la ratée instable. Levi était un roc. Il avait été certain de ce qu'il voulait faire de sa vie depuis le lycée, et il avait réalisé son rêve. Après avoir été un coureur de jupons quelque temps, il s'était calmé et avait fondé une vie avec Lucy, ce qui me surprenait encore parfois.

Alors que j'étais assise ici, à réfléchir si je voulais lui raconter toute cette triste histoire, Ham arriva dans la cuisine en courant. Il s'arrêta et observa la pièce avant d'aller voir Levi. Ham était officiellement le hamster le plus gâté de l'univers, d'après Lucy. J'avais offert Ham à Levi quelques années plus tôt, en lui disant qu'il avait besoin de compagnie. C'était un très bon choix pour Ham. Il se baladait comme il voulait dans la maison, et Levi l'adorait. Pour prouver l'affirmation de Lucy, dès que Ham commença à renifler le pied de Levi, il se pencha et lui offrit une tranche de carotte sortie d'un bol de légumes coupés qu'il avait toujours sur le comptoir, rien que pour Ham. Alors que Ham mâchait, Levi me regardait en silence.

— Okay, soufflai-je.

Pour la troisième fois aujourd'hui, donc.

Alors que je résumais les évènements, Levi se redressa en plissant les yeux alors qu'il attendait que j'aie terminé.

— Et après, bien sûr, j'ai dû retourner au boulot. Je me suis fait virer parce que j'ai engueulé Lisa pour avoir couché avec Glen devant des clients.

Lucy ajouta son grain de sel.

— Ce qui était la meilleure chose à faire. Elle méritait d'être humiliée publiquement.

Levi se retourna vers la poêlée qu'il cuisinait.

— Quel connard. J'ai toujours pensé que c'était un con. Je suis désolé que ça te soit arrivé, mais mieux vaut maintenant que plus tard, dit-il platement.

En regardant Levi, je retins ma réponse. Il m'avait déjà dit qu'il pensait que Glen était un idiot. Mais, à l'instant, mon réflexe de le défendre revenait en force. Et à quoi cela servirait-il de défendre Glen ? Lui ne s'inquiétait certainement pas de mes sentiments quand il était au fond de Lisa.

Je m'étais toujours sentie un peu en décalage, dans ma famille et à Willow Brook. Pas entièrement, mais c'était ce que c'était. J'étais tournée vers l'art, et j'avais toujours eu envie d'aller explorer le monde. Quand j'avais été admise dans une école d'art à San Francisco, c'était un rêve devenu réalité. La chose que Levi n'aimait pas chez Glen, c'était sa prétention. Je n'avais jamais avoué à Levi que j'étais d'accord avec lui. Glen était prétentieux. J'avais ignoré ce défaut énervant en pensant que ça finirait par lui passer.

Je pris une gorgée de vin.

— Eh bah tu avais raison, répondis-je enfin. J'espère que ça te fait plaisir.

Levi arrêta de remuer ses légumes.

— Ça ne me fait pas plaisir du tout, Jazzy. C'est une bonne chose qu'il n'habite pas ici, parce que je serais allé lui mettre une raclée. C'est intolérable. Il n'a en aucun cas le droit de te tromper. Non pas que ça m'aurait fait plaisir s'il t'avait larguée, parce que tu avais l'air de tenir à lui, mais ça aurait été bien mieux que de faire ça.

Mon cœur se serra et ma gorge se referma. J'étais tellement en colère que je n'arrivais pas à réfléchir clairement à Glen. Mais je savais qu'au moins j'en étais débarrassée, même si ça faisait mal.

— Je ne voulais pas être cassante, dis-je avec un soupir. C'était juste horrible, et je suis fatiguée.

— Qu'est-ce que tu vas faire ? demanda Levi.

C'était maintenant la quatrième personne à me demander ça aujourd'hui. Lucy, mes deux parents et Levi. Ce n'était pas une question surprenante. Je la détestais juste parce que je n'avais pas de réponse. Il me fallait un plan avant de pouvoir répondre.

Lucy dut voir quelque chose sur mon visage parce qu'elle regarda Levi immédiatement.

— Hé, elle a le temps. Elle vient tout juste de tomber sur son fiancé et son amie dans le même lit, et elle a perdu son boulot. Je suis sûre que, moi non plus, je n'aurais pas encore de plan d'action.

Levi tourna les yeux vers elle. Je ne savais pas ce qu'ils venaient d'échanger mais, quand il me regarda à nouveau, son regard était plus doux. J'adorais mon frère, mais il était trop protecteur parfois, et avait un avis sur tout ce qui me concernait.

Ham avait quitté la cuisine, mais revint juste au bon moment pour distraire Levi. Levi se pencha et lui donna une autre carotte.

— J'avais oublié à quel point c'était drôle de te voir t'occuper de lui, commentai-je avec un rire.

Lucy gloussa et leva les yeux au ciel.

— Carrément ! Je me suis dit qu'on pourrait prendre un chien, mais Levi a peur que le chien n'aime pas Ham.

Levi nous regarda avec un air sérieux.

— Eh, je n'ai pas dit qu'on ne pouvait pas prendre de chien, j'ai juste dit qu'il fallait qu'on soit sûrs que ce soit un chien qui aimerait Ham.

Ça me fit rire si fort que j'en pleurai presque. Lucy

était dans le même état. Levi, toujours bon joueur, haussa à peine les épaules, sans se vexer.

Quelques minutes plus tard, il nous servait à diner et la conversation passa sur des sujets plus légers. Je m'endormis un peu plus tard, en me disant que ça faisait du bien d'être rentrée. J'avais des amis à San Francisco, de bons amis, mais c'était à Willow Brook que je me sentais chez moi.

J'étais une nana de la campagne, et le serai sans doute toujours. Il fallait juste que je réfléchisse à comment avoir la vie que je voulais ici. Alors que je m'endormais, mon esprit se tourna vers Donovan. En plein jour, il était encore plus beau que dans mes souvenirs alcoolisés.

Ses yeux noisette perçants et ses cheveux quasi noirs allaient parfaitement avec son corps musclé. Allongée seule dans mon lit, un frisson me parcourut. Même si ça n'avait aucun sens, je voulais apprendre à le connaitre.

DONOVAN

Quelques jours s'étaient écoulés depuis la dernière fois que j'avais croisé Jasmine. Je l'avais vue de loin, quand elle faisait le plein de sa voiture dans la rue principale. Même si je la connaissais très peu, elle s'était nichée dans ma fichue tête.

Je ne faisais que repenser à la sensation de sa bouche sur la mienne et le bout de ses doigts enflammant mes lèvres. En deux ans à Willow Brook, j'avais appris à aimer cette petite ville. J'avais grandi dans les montagnes Appalaches dans l'État de Géorgie. J'adorais les montagnes, mais pas la chaleur. J'avais déménagé en Alaska après avoir fait ma formation de pompier forestier en Californie, et après y être resté quelques années avec une équipe. Tout s'est compliqué sur le plan personnel, et je cherchais une place dans une équipe ailleurs. Quand j'ai vu un poste se libérer ici, j'ai sauté sur l'occasion.

C'était difficile de faire mieux que la vie sauvage de l'Alaska. et j'adorais cet endroit. Ça faisait un moment que j'étais là maintenant, et j'avais fait la paix avec ça. La vérité était que j'étais venu ici pour m'échapper.

C'était peut-être cliché mais, parfois, on a besoin de changer de décor et c'était très certainement mon cas.

Ce soir, alors que je quittais la caserne et que le soleil se couchait, il restait encore un peu de clarté à l'horizon. Je passais par le Wildlands parce que j'y allais souvent après le boulot. C'était le QG des gars de toutes les équipes stationnées à Willow Brook, et c'était l'endroit parfait pour se détendre et oublier la journée.

J'attrapai une bière et une table dans un coin. Mes yeux tombèrent sur l'arrière de la tête d'un gars quand il se retourna et, pendant un instant, je crus que c'était mon ami Bill. Le Wildlands était le genre d'endroit que Bill aurait adoré. Mais Bill n'était pas là, et nous n'avions pas parlé depuis trois ans. Il avait été mon plus vieil ami, et ce n'était plus un ami.

À ce moment précis, en un éclair, je sentis une profonde brulure dans mon cœur. Le deuil était vraiment quelque chose d'étrange. On s'y habitue. C'était comme quelque chose qui se brisait et guérissait un peu de travers. On pouvait peut-être toujours continuer avec mais tout semblait un peu de travers, et il fallait faire avec. La forme de l'os évoluait et changeait, plus petite, plus grande selon le moment, mais toujours là.

Après un instant, je pensai à Bill puis réussis à passer à autre chose, quand Jasmine passa la porte. Elle portait encore son jean et ses bottes de cowboy, mais avec un chemisier bleu foncé. L'ambre sombre de ses cheveux lâches contrastait avec le bleu de son haut.

En la regardant de l'autre bout de la pièce, je compris pourquoi elle me déstabilisait autant. Je pouvais admettre la trouver magnifique et incroyablement sexy. Je pouvais admettre que c'était un peu plus embêtant qu'elle soit la petite sœur d'un ami.

Mais ce qui me déstabilisait était que c'était la seule femme qui m'avait jamais fait autant d'effet. L'attirance que j'avais pour Jasmine était sauvage et animale, enfouie au plus profond de moi et je ne pouvais pas la contrôler. La force de ce lien jetait une ombre sur la seule femme qui m'ait jamais fait du mal.

Cette femme ? Eh bien, elle n'avait pas juste piétiné mon cœur, mais elle m'avait aussi séparé de mon meilleur ami. Bill et moi n'avions pas encore réparé notre amitié, même si, ces derniers temps, la douleur de sa trahison s'estompait plus que je ne le pensais possible.

J'aimais penser que l'homme que j'étais maintenant ne se serait pas fait avoir par cette femme aujourd'hui. Et pourtant, l'attirance que j'avais ressentie pour elle m'avait paru si intense que je n'avais pas pu voir au-delà. Avec le recul, je dirais que c'était surtout sexuel. Mais quand vous êtes un jeune homme, c'est le désir qui tient les rênes.

Je me dis de ne pas regarder Jasmine mais c'était complètement impossible. Il y avait quelque chose qui brulait en elle, un côté fou. Ça m'inquiétait un peu et je retenais mes instincts protecteurs. Elle s'avança vers le bar, et chaque homme dans la pièce la regarda avancer. Du moins, chaque homme qui n'était pas avec une autre femme.

Elle commanda une bière et se tourna, installant son coude sur le bord du bar. Je sentis le moment où elle me vit. D'un bout à l'autre du bar, nos yeux se trouvèrent. J'avais l'impression de sentir cette force entre nous, une chaleur et une électricité qui vibraient dans la pièce.

Pour une raison que j'ignore, ça me surprit quand elle se détacha du bar et avança directement vers moi.

Alors qu'elle se rapprochait, la force entre nous se réchauffa et mon corps se tendit.

Elle s'installa sur la chaise en face de moi sans même demander la permission. Ce ne fut qu'une fois assise qu'elle me regarda, en haussant un sourcil.

— Ça te dérange pas si je m'assieds ?

— Non, bien sûr.

Je ne pouvais pas dire à voix haute ce que je pensais vraiment. Ça ne me dérangeait pas du tout. J'aimerais même l'attirer dans mes bras, sur mes genoux, passer ma main dans ses cheveux sauvages et l'embrasser jusqu'à en perdre la tête. Après cette pensée, je revins à la réalité et me rendis compte qu'il fallait que je reste normal et garde une distance amicale.

En essayant de garder un ton détendu, je blaguai :

— Du moment que tu ne bois pas assez pour commencer une autre bagarre. Si je me retrouve à te déposer après ça, ton frère va commencer à se dire que c'est de ma faute.

Jasmine rit doucement, mais quelque chose passa dans ses yeux, et je ne savais pas exactement quoi.

— Alors, Donovan, dis-moi ce que tu penses de Willow Brook.

Elle lança une conversation.

— J'aime bien. Qu'est-ce qui te ramène ?

Ses joues rosirent et un éclair de colère et de douleur passa au fond de ses yeux. Je voulais savoir qui lui avait fait mal. Elle prit une gorgée de sa bière puis pencha la tête sur le côté.

— Bon, je vais être directe. Je suis tombée sur mon fiancé en train de baiser une amie. Dans notre lit. Donc je suis partie. Mais cette amie était l'assistante manager de l'endroit où je bossais. J'ai fini par dire quelque chose devant des clients, et je me suis fait virer. Ça n'a pris que 24 h à ma vie pour exploser. Pas de boulot, pas de fiancé, pas d'appart. Donc j'ai décidé que rentrer à la maison n'était pas une mauvaise idée.

Je ressentis un éclair de colère chaude à ses mots. Je n'arrivais pas à décider si j'étais plus en colère contre son ex ou son amie. Et je n'arrivais pas à croire que quelqu'un puisse être assez bête pour lui faire ça. Je ne la connaissais peut-être pas bien, mais je savais qu'elle était un joyau ; le genre de bijou qu'on ne croise pas souvent dans sa vie.

En réfléchissant à mes mots, je soutins son regard.

— C'est un gros con.

Son sourire se détendit doucement et elle écarquilla les yeux de surprise. Merde. Le sourire de Jasmine était dangereux. Ma queue se tortilla. Entre son sourire et ses joues roses, elle me faisait l'effet d'un vrai coup de foudre.

— Je crois aussi, dit-elle, et son sourire disparut aussi vite qu'il était venu. Mais c'est quand même dur.

Elle joua avec l'étiquette de sa bouteille de bière.

— Tu veux que j'aille lui botter le cul ?

J'entendis ma question et je n'arrivais pas à croire ce que je venais de dire. Mais si elle disait oui tout de suite, je trouverais un moyen de trouver ce gars et de m'en occuper.

Un rire surpris lui échappa alors qu'elle me regardait.

— Tu lui botterais le cul pour moi, hein ? demanda-t-elle, d'un ton curieux.

— Oui. Même si je suis certain du fait que Levi serait le premier sur place, ajoutai-je.

Prononcer le nom de Levi me rappela que Jasmine était sa petite sœur.

*Et alors ? C'est une **adulte**, elle peut prendre ses propres décisions.*

J'ignorai cette pensée.

— Oh, sans aucun doute. Mais, étrangement, je préfèrerais que ce soit toi, dit-elle avec un autre rire.

La pointe de douleur quitta ses yeux, et je fus soulagé.

On resta dans un silence agréable pendant quelques instants, alors que Jasmine observait la pièce. Quand son regard revint vers moi, elle prit une mèche de cheveux entre ses doigts et commença à jouer avec sans y penser.

— Tu viens d'où ?

— Avant Willow Brook, j'étais dans le nord de la Californie, mais j'ai grandi dans l'État de Géorgie.

Je reçus un sourire, et mon corps cogna fort.

— Ah, il te reste un petit accent du sud.

— Oui m'dame, répondis-je avec un clin d'œil.

— Comment tu t'es retrouvé en Alaska ?

— J'ai fait ma formation de pompier à Cali, j'ai passé quelques années là-bas, puis j'ai eu besoin de changement. Il y avait un poste ici, donc je l'ai pris.

Je ne lui donnais pas tous les détails de l'histoire, parce que je n'en avais pas envie. Pas tout de suite.

Je pouvais dire que je savais ce que c'était que de se faire tromper par quelqu'un qu'on aime avec un ami. Bill avait couché avec ma fiancée. Mais c'était une autre histoire.

J'avais toujours aimé les montagnes et les paysages sauvages. C'était ce qui m'avait donné envie de devenir pompier forestier, et ce qui m'avait amené en Alaska. Mon boulot m'occupait beaucoup, ce qui me plaisait, et je pouvais profiter de la nature.

Jasmine hocha doucement la tête. Elle prit une autre gorgée de sa bière et se leva comme si elle allait partir.

— Je crois que je vais aller faire un billard, dit-elle.

Mon envie de la protéger se réveilla quand je vis les

hommes rassemblés autour des tables de billard. Le gars qui lui avait touché les fesses était là, ainsi que quelques-uns de ses amis débiles.

Je me retins de lui dire de ne pas y aller, car ce n'était vraiment pas à moi de le faire. Elle me fit un signe de main et se retourna. Ses bottes de cowboy résonnèrent sur le sol alors qu'elle s'éloignait. Mes yeux suivirent le balancement de ses hanches.

Je me forçai à détourner le regard, en me disant que je devrais finir ma bière et partir. Parce que s'il y avait une chose que je commençais à comprendre, c'était que ce n'était pas bon pour moi de rester trop près de Jasmine. Elle me chamboulait. L'électricité qui transperçait l'air quand elle était là était difficile à ignorer. Ajouté à cela l'étincelle de vulnérabilité et la folie que j'avais vues en elle.

Je me levai, prêt à partir peu après, quand j'entendis sa voix au-dessus des autres encore une fois. Qu'est-ce qu'elle faisait maintenant, bon sang ?

En me retournant, je fixai le coin dans lequel elle jouait. Une main sur sa hanche, la queue de billard pointée en avant comme une arme, et ses yeux plantés comme un laser sur le même débile qui lui avait touché le cul l'autre soir.

Sans réfléchir, je traversai la foule. J'arrivai à côté d'elle et n'attendis même pas. Je croisai le regard du connard qui la regardait comme un morceau de viande cuisiné rien que pour lui.

— Jasmine, murmurai-je d'une voix grave alors que j'enroulais ma main autour de son bras. Partons.

Ses yeux énervés se posèrent immédiatement sur moi. Pendant un instant, je crus qu'elle allait protester, mais elle ne dit rien. Elle posa sa queue de billard sur la table et se retourna, en faisant un doigt d'honneur en signe d'au revoir. Elle me laissa l'entrainer dehors, mais je savais très bien que je n'étais en aucun cas en charge de cette situation. Elle partait parce qu'elle avait décidé de partir.

Pour la deuxième fois cette semaine, je traversai le couloir arrière du Wildlands vers le parking, aux côtés de Jasmine Phillips. Contrairement à l'autre soir, elle était sobre ; elle n'avait même pas fini sa bière.

Une fois dehors, elle dégagea son coude de mon emprise avant de se retourner pour me faire face, ses beaux yeux bleus pleins de colère.

— Je peux me défendre toute seule, tu sais ! siffla-t-elle.

Je continuai à avancer et la dépassai. Je n'allais pas faire une scène devant la porte du bar. Qu'elle choisisse de me suivre ou non la regardait. Je ne pensais pas clairement. Du tout. L'envie se répandait en moi, la vibration électrique quand j'étais près d'elle me brulait.

Je m'arrêtai devant ma voiture, en me retournant pour découvrir qu'elle me suivait encore. Elle s'approcha juste devant moi.

— Je ne te permets pas de m'ignorer, ordonna-t-elle.

Ses cheveux ambre brillaient avec l'unique lampadaire du parking. Bon sang, elle était splendide quand elle était en colère.

— Écoute chérie, je sais pas pourquoi tu es en colère contre moi. Ce gars est un connard, et je peux te garantir que les cons comme ça ne changent pas d'avis rapidement. Si tu t'approches, il va te regarder comme un bout de viande et te traiter en conséquence. À chaque fois. Et sauf si c'est ce que tu veux, je te conseille de garder tes distances.

Jasmine resta silencieuse, les yeux toujours pleins de colère. Elle posa une main sur sa hanche et leva les yeux au ciel.

— Je fais bien ce que je veux.

— Bien sûr. Et tu n'étais en aucun cas obligée de me suivre jusqu'ici. Je me suis dit que tu ne voulais peut-être pas recréer ce qu'il s'est passé la dernière fois. Non pas que ce soient mes affaires...

Mes mots s'éteignirent parce que ce n'étaient pas mes affaires. Je ne voulais pas passer plus de temps aussi proche de Jasmine, parce que plus je passais de temps avec elle, plus mon cerveau se mélangeait. À ce stade, tout ce à quoi j'arrivais à penser étaient ses jambes autour de ma taille, son chemisier ouvert pour que je puisse voir ses courbes.

J'emprisonnai mes envies et m'écartai de ma voiture pour monter dedans.

— Bon, j'y vais.

Je commençai à me retourner quand sa main attrapa ma manche, ses doigts s'enroulant autour de mon avant-bras, son toucher enflammait ma peau.

— Qu'est-ce que ça peut bien te faire ? demanda-t-elle.

Alors que je croisais son regard, je me battais contre mon propre corps. Je ne dis rien et me contentai de hausser les sourcils.

Après un instant, elle reprit la parole.

— Je sais que tu me veux, dit-elle, en me provoquant.

Je ne savais pas à quel jeu elle jouait, mais ça me poussait à bout.

Au moment où je pensais qu'elle allait lâcher mon bras, alors que je me répétais clairement de garder mes distances, sa main glissa le long de mon bras, brulant chaque centimètre de ma peau. Elle prit ma main dans la sienne, me rapprochant rapidement d'elle.

Encore une fois, sa bouche embrassait la mienne. Je ne pouvais pas résister. J'étais plus grand qu'elle et j'aurais pu reculer. Mais quand elle se mit sur la pointe des pieds, passant sa main libre dans mon cou, ses doigts jouant avec mes cheveux, je ne pus résister. C'était comme une allumette dans une flaque d'essence. Je pris feu. Cette fois, j'entortillai ma main dans sa belle chevelure, attrapai sa joue et je dévorai sa bouche.

Notre baiser devint sauvage presque immédiatement. Sa langue s'emmêla avec la mienne, elle gémit dans ma bouche. J'ignorais tout ce qui se passait autour de nous. Quand elle se cambra contre moi, ses seins s'écrasant sur mon torse, mon genou légèrement entre ses cuisses, je sentis l'humidité de son antre. Tout ce que je voulais, c'était elle. Un son doux s'échappa de sa gorge. Comme un lasso dans l'air, qui m'électrisait, chaque point de contact était un nouvel éclair contre ma peau.

Le cri d'un corbeau dans l'obscurité tombant brisa ma transe. Dans un élan de discipline qui prit tout ce que j'avais, j'arrachai mes lèvres à notre étreinte presque avec violence et reculai d'un pas. Ma respiration était saccadée, comme la sienne. L'air s'était doucement refroidi. Les étoiles brillaient sur le fond noir, alors que la nuit avalait le jour.

— On ne peut pas faire ça, murmurai-je.

Alors qu'elle me fixait du regard, sa langue lécha sa lèvre inférieure, et ma queue gonfla un peu plus.

— Pourquoi pas ?

J'avais envie d'elle plus que de tout, mais il fallait que je mette un stop parce que je sentais bien qu'elle commençait à m'atteindre. Il y avait le désir, et il y avait ce genre de désir, si intense qu'il risquait de déranger ma retenue. C'était la petite sœur d'un ami, donc ça ne pouvait pas juste être une partie de jambes en l'air. Levi me botterait le cul, et il aurait le droit.

J'aimerais dire que je faisais ça pour des raisons honorables, mais Levi n'était pas la raison pour laquelle j'essayais de mettre fin à cette folie. C'était le gouffre émotionnel. Elle touchait le bord de la muraille que j'avais construite autour de mon cœur et menaçait de la détruire.

La vulnérabilité que j'avais sentie en elle, sous cette surface dure à cuire, n'avait fait que menacer encore plus ma stabilité. Je ne savais pas ce qu'elle voyait dans mes yeux, mais un éclair de douleur se refléta dans les siens avant qu'elle ne les ferme rapidement.

Sans un mot, elle se retourna. Je la regardai traverser le parking, ses pas résonnant dans le silence de la nuit. Ce n'est qu'après qu'elle eut disparu dans sa voiture et quitté le parking que je réalisai qu'elle n'avait pas attendu de réponse à sa question. Pourquoi pas ?

Je me dis que c'était une bonne chose, parce que je n'avais pas de bonne réponse.

En rentrant chez moi, je n'eus pas d'autre choix que de me soulager moi-même. Alors que Jasmine occupait mon esprit, ma relâche physique arriva au souvenir de sa langue caressant sa lèvre inférieure et la sensation de son corps contre le mien.

Chapitre Sept

JASMINE

Mon téléphone sonna sur ma table de chevet. Il était tard, et je ne pouvais toujours pas dormir.

En me redressant contre ma tête de lit, je posai la couette sur mes hanches et regardai par la fenêtre. La lune était haute dans le ciel, jetant une lumière argentée sur le champ qui bordait la maison de Levi et les feuilles de bouleaux dansant dans la lumière. La ligne inégale des montagnes au loin créait une silhouette sombre. Avec un soupir, je me penchai pour attraper mon téléphone sur la table de chevet et passai mon doigt sur l'écran.

C'était un SMS de Glen.

Je sais que j'ai fait de la merde, mais tu pourrais au moins me dire où tu es. Ça ne veut pas dire que tout est fini. J'ai déconné, et je le sais. S'il te plait, donne-moi une chance de m'expliquer.

J'avais peut-être toutes sortes de sentiments à propos de Glen et de ce qu'il s'était passé, mais je savais très bien que tout était fini entre nous. À chaque fois que je pensais à lui, mon esprit me ramenait l'image de Lisa à califourchon sur lui, à le baiser sans fin.

Je réfléchissais à si j'allais lui répondre ou même pas. Je décidai enfin que la seule bonne raison de lui répondre était que, sinon, il allait sans doute continuer à écrire. En prenant mon téléphone, je tapai ma réponse.

Où je suis ne te regarde pas. Et pour notre relation, c'est terminé. Point final.

J'envoyai le message et reposai mon téléphone sur la table. Je me sentais si petite, si rejetée. Même si je pouvais me dire que Glen était un connard pour m'avoir trompée, ça n'enlevait en aucun cas la douleur de savoir ce qu'il avait fait. Mon estime de moi avait pris un sacré coup, sur tout ce qui concernait mon apparence.

Mon esprit revint à Donovan, et ça me donna envie de recommencer à pleurer. Même lui ne voulait pas de moi. Soyons clairs, je pensais qu'il me voulait. Mais pas assez pour dépasser la barrière qu'il voyait. Je ne savais pas pourquoi tout ça était si important. Mais ça l'était. Je n'étais pas rationnelle.

De chaudes larmes coulèrent sur mes joues, et je ramenai mes genoux contre ma poitrine, laissant mon front tomber sur mes genoux alors que je pleurais. J'avais pris des risques dans ce bar l'autre soir, et ce soir encore, et je le savais. J'avais vraiment l'impression d'être à côté de mes pompes. Donovan me faisait un drôle d'effet. À part le fait qu'il était vraiment canon, car il l'était, il y avait autre chose. Quelque chose qui me donnait envie de me laisser aller à lui et à sa force.

Mais ça faisait deux fois qu'il avait été très clair sur le fait qu'il ne voulait rien de tout ça, pas avec moi en tout cas.

Je me laissai pleurer quelques minutes, puis j'essuyai mes larmes sur les draps et essayai de me rendormir.

———

Une semaine passa alors que j'essayais de trouver ce que j'allais faire de ma vie. Levi et Lucy avaient été très clairs sur le fait que je pouvais rester aussi longtemps que je le voulais. Mais même si je les adorais tous les deux, ça me dérangeait de rester indéfiniment. J'avais besoin de trouver un endroit où vivre et de retrouver mon équilibre.

C'est avec ça en tête que je me dirigeai vers le Firehouse Café une après-midi, pour aller voir Janet James. Ma mère m'avait dit que Janet louait le deuxième étage de son B&B dans le sud de Willow Brook. Alors que je traversais la ville en voiture, je baissai ma fenêtre pour prendre une grande bouffée d'air frais. Je ne savais pas si c'était dans ma tête ou non, mais j'étais convaincue que l'air en Alaska était unique.

Fin et frais, l'air d'été était parfumé par les épicéas et les verdures riches qui remplissaient les champs pendant les étés courts et lumineux. Les bourgeons de lupin éclataient, et les belles fleurs violettes se révélaient partout dans les hautes herbes. Les épilobes s'ouvriraient bientôt aussi, et le paysage se transformerait en des vagues de fuchsia alors que cette herbe sauvage créerait une explosion de couleurs.

Alors que je conduisais vers le sud de la ville, un sourire s'accrocha aux coins de mes lèvres. Quand j'avais eu mon bac, la seule chose dont je rêvais était de quitter cette ville. J'adorais l'Alaska, mais j'étais convaincue qu'il fallait que je vole de mes propres ailes et que j'aille voir le monde.

J'avais voyagé un peu à la fac, à travers les États-

Unis, dès que j'avais des vacances. J'avais visité beaucoup de villes et j'étais tombée un peu amoureuse de San Francisco. Mais rien ne remplaçait l'Alaska. Maintenant que j'avais vu un peu le reste du monde, Willow Brook ne me paraissait pas aussi limitant.

Je pris un instant quand je descendis de la voiture pour faire un tour sur moi-même. Le sud de Willow Brook était à la fois un endroit familier et étrange. La rue appelée grande-rue traversait le centre de la ville. La caserne et le poste de police étaient d'un côté. Et de l'autre côté, il y avait une intersection entre la grande-rue et une autre rue qui menait jusqu'au petit hôpital de ville, dans une petite vallée juste en dehors du centre de Willow Brook.

Entre ces deux points centraux du sud, la grande-rue comprenait beaucoup de magasins, de restaurants et de cafés. La rue du lac Swan était parallèle à la grande-rue. Le lac tentaculaire tirait son nom des cygnes trompettes, un oiseau élégant qui migrait tous les étés. Le lac Swan était visible de n'importe où dans le sud de la ville, à moins qu'un bâtiment vous gâche la vue. Il y avait des cabines de pêche et des hôtels tout autour, et le dernier pan du lac donnait sur la forêt qui elle-même menait à la montagne au loin.

Alors que je me retournais, mes yeux se posèrent sur la devanture d'un café qui m'était familier : Le Firehouse Café, un des lieux favoris des locaux, qui ne faisait que se remplir encore plus en été.

Le Firehouse Café était installé dans la première caserne de pompier de la ville, un bâtiment carré en briques, qui était maintenant un lieu très mignon. Depuis que j'étais partie, la fresque que j'avais peinte dans le coin extérieur du bâtiment s'était effacée. C'était l'une des premières étapes de ma rébellion. Sans la permission de qui que ce soit, j'avais peint de grands tournesols sur les murs. Je n'aurais pas su dire pourquoi, ou peut-être que si, mais mon côté sauvage sortait de temps en temps, se révélant de façon bête, et me faisant faire des choses absurdes. J'avais été chanceuse. Janet avait aimé mes tournesols et m'avait simplement fait travailler pour elle comme punition.

Je pris une grande inspiration et j'expirai doucement. Rentrer à la maison me donnait le sentiment d'être ancrée. La douleur causée par la trahison de Glen était comme une griffure sur la surface de mon cœur ; ça piquait et se rouvrait. Je me dis que c'était pour le mieux, et j'essayais vraiment de m'en convaincre, mais ça faisait quand même mal. J'avais du mal à sentir ma valeur quand il s'agissait de mes relations amoureuses.

Pendant un moment, je regardai le Firehouse Café et, alors que le lieu me saluait, mon cœur se serra et l'émotion monta dans ma gorge.

Nous y revoilà donc ? Tu ne sais pas te détacher de tes vieilles habitudes, hein ?

Oh bon sang ! Est-ce que tu es obligée de te torturer sur le fait que tu te tortures ?

Une chose pour laquelle j'étais vraiment douée était de m'auto-flageller. Je me forçai à effacer ces pensées.

Avec une grande inspiration et un jeté de cheveux par-dessus mon épaule, je me forçai à avancer, poussant la porte pour entendre le son de la clochette joyeuse qui me remettrait de bonne humeur.

Quand je levai les yeux, je vis Janet au comptoir, souriant à la personne à qui elle parlait. Même si elle ne me souriait pas à moi, mon cœur s'apaisa. Je ne savais pas ce que serait Willow Brook sans Janet. Elle était le pouls de cette ville.

Depuis la dernière fois où je l'avais vue, ses

cheveux étaient un peu plus gris. Son sourire était toujours aussi large, et je pouvais voir la chaleur dans ses yeux marron d'ici. C'était le milieu de l'après-midi, donc le café n'était pas plein à craquer. J'imaginais que ça changerait bientôt, quand les bureaux fermeraient et que les gens commenceraient à arriver.

Le café était exactement comme dans mes souvenirs. Ce n'était pas comme si je n'étais jamais revenue depuis le lycée, mais j'avais l'impression que ça faisait longtemps. Mes yeux traversèrent la pièce, absorbant les taches de bleu sur le sol en béton, les rideaux colorés, les cadres de fenêtres roses, les tableaux aux murs, et les fleurs violettes sur les barres de descente de pompier. La partie du bâtiment où ils garaient les camions était maintenant remplie de tables et de chaises. Le fond du café ouvrait sur une cuisine visible et un comptoir de service, puis une porte menait à la boulangerie.

L'odeur chaude des viennoiseries et du café habitait le lieu. Même si j'étais là pour une raison bien précise, je n'avais aucune intention de partir sans une tasse de café. J'avançai jusqu'au comptoir alors que Janet finissait de s'occuper de ses clients installés là.

Elle me regarda, ses yeux s'illuminèrent avec un autre sourire et elle ne termina pas ce qu'elle était en train de dire.

— Jasmine ! Ça fait tellement plaisir de te voir en ville !

Sans une hésitation, elle se reconcentra sur son client à qui elle tendit de la monnaie. Puis la personne s'éloigna et elle se tourna entièrement vers moi alors que j'arrivais au comptoir, agrippant mes mains au bord.

— Oh bon sang ! Viens par là, dit-elle en me faisant signe de contourner le comptoir.

Personne ne pouvait dire non à Janet, et je n'en avais pas envie. Dès que je fis le tour du comptoir, elle me prit dans ses bras. Elle sentait les gâteaux à la cannelle et le café.

Quand elle recula, elle serra mes épaules.

— Comment ça va, ma puce ?

— Ça va.

Je pris un moment, et grimaçai.

— Je crois.

Janet était bien entendu amie avec mes parents. J'imaginais qu'elle savait ce qu'il s'était passé avec Glen, ce qui m'avait poussé à revenir à la maison après tout ce temps. Mais ce n'était vraiment pas le moment de parler de ça. Elle leva le menton.

— Je sais que tu es contente d'être rentrée et on est contents de t'avoir, dit-elle fermement. Allez, allons à côté.

Elle dut voir la confusion sur mon visage parce qu'elle continua :

— Je suis en train de faire des rénovations sur l'appartement, donc je ne le loue pas en chambre d'hôte cet été comme d'habitude. Il y a plusieurs personnes qui sont intéressées par les chambres à l'étage. Il n'y a pas de travaux à l'étage, mais il y a du bruit en bas, donc je ne veux pas louer ça à des touristes. Quand ta mère a dit que tu cherchais une location, je me suis dit que je voulais te donner la première visite. Tu veux aller jeter un œil ?

À mon hochement de tête, Janet appela quelqu'un dans la cuisine.

— Daniel !

Un jeune homme passa la tête par la porte battante.

— Besoin de moi ? demanda-t-il.

Tout comme moi quand j'étais au lycée, beaucoup

de jeunes travaillaient ici quand ils en avaient le temps. Janet était une bonne patronne et les pourboires étaient super.

— Oui, s'il te plait. J'emmène Jasmine à côté. Je reviens dans dix minutes, d'accord ?

Il passa la porte et s'installa au comptoir, me jetant un sourire. Il était grand et fin avec des cheveux bruns et des yeux bleus.

— Avant de partir, est-ce que je peux prendre un café ? demandai-je alors que Janet accrochait son bras au mien.

Elle sourit.

— Bien sûr. Attends.

Une minute plus tard, elle me tendait une tasse de café avec un peu de lait.

Avec sa main nichée contre mon coude, elle m'entraina dehors. Le B&B qu'elle louait l'été était dans la maison à côté du café. Quand la première caserne avait été construite, c'était la maison où le chef des pompiers vivait. Janet et son mari avaient acheté les deux bâtiments quand la ville avait fait construire une nouvelle caserne. Après la mort de son mari, dans un accident de voiture sur une autoroute gelée dans le Nord, Janet avait surmonté son deuil et était devenue un pilier de Willow Brook, en gérant l'entreprise elle-même.

On avançait rapidement parce que Janet faisait toujours tout à fond. Elle me guida à travers le rez-de-chaussée qui était en effet en travaux. Les cadres de fenêtres étaient nus, la fibre de verre était arrachée, et les placards avaient été retirés.

— Waouh, tu ne te moques pas du monde quand tu dis que tu fais une rénovation, commentai-je.

Elle me lança un sourire par-dessus son épaule.

— Je ne sais pas si tu te souviens, quand tu étais au

lycée j'ai rénové l'étage. Ça fait longtemps que je veux m'occuper du bas, mais une chose en entrainant une autre, j'ai pris du retard. Puis l'hiver dernier, certains tuyaux ont gelé et j'ai eu des dégâts des eaux quand un tuyau a explosé. Je me suis dit que, puisque j'allais devoir payer les réparations, autant faire tout le projet. Enfin, je ne fais rien moi-même, mais je paie, dit-elle avec un rire.

Elle ouvrit la porte sur un escalier, me faisant signe de la suivre. Un bel escalier en bois sombre vernis menait à l'étage où il y avait un petit couloir vers deux suites. Même si j'avais vu l'extérieur de la maison plusieurs fois, je n'étais jamais entrée.

Elle ouvrit la porte de l'une des suites et entra. Ça donnait sur un salon commun avec une partie cuisine, un plafond haut et des spots lumineux. L'espace était empli de soleil. Les fenêtres du salon donnaient sur les immeubles dans la rue en face du lac Swan. La cuisine était installée dans un coin avec deux plans de travail le long des murs et une petite table à manger ronde. C'était petit, mais je n'avais pas besoin de plus.

Il y avait une grande chambre avec une salle de bains privée, qui comptait une large baignoire.

— Woaouh, dis-je en regardant Janet. C'est vraiment chouette.

Elle sourit.

— Ah ça oui. Je facture une fortune l'été.

Je me mordis la lèvre, en me demandant si je pouvais me permettre de payer le loyer.

— C'est combien ?

Elle secoua la main en repoussant la question.

— Pour toi, rien du tout.

— Janet, il faut bien que je paie quelque chose, protestai-je.

— Ma puce, tu fais partie de la famille pour moi. Je

sais que quand tu te trouveras un boulot, et que tu auras un salaire, tu pourras payer un loyer. Je ne veux pas puiser dans les réserves que tu as juste pour un loyer. N'essaie même pas de me convaincre, dit-elle fermement. Dis-moi juste si ça te plait. Si tu veux la chambre, tu peux l'avoir jusqu'à l'été prochain, ou jusqu'à ce que tu trouves autre chose si tu préfères.

Je voulais insister, mais elle était plus têtue que moi, et je connaissais ce regard dans ses yeux.

— Bah évidemment que ça me plait et que je veux la chambre. Je serais folle de dire non. C'est magnifique. Je te promets que tu auras un loyer d'ici quelques mois.

— Parfait, dit-elle en se retournant et en sortant rapidement de la pièce. Il faut que je retourne au café. Oh, et ton voisin...

Elle s'arrêta de parler quand son téléphone se mit à chanter une chanson de Prince.

— 1999.

Elle regarda l'écran.

— Il faut que je réponde, c'est l'un des fournisseurs. Attends, je vais aller te chercher la clé.

Avant que je puisse répondre, elle décrocha le téléphone, le coinçant entre son épaule et son oreille alors qu'elle fouillait ses poches et me tendit une clé. Déjà plongée dans sa conversation, elle se dépêcha de partir avant que j'aie l'occasion de dire quoi que ce soit d'autre.

Je retournai vers la petite suite et pris le temps de tout regarder. C'était parfait. Ça me donnerait le temps de prendre mes marques sans avoir l'impression d'être dans les pattes de Lucy ou Levi. En dehors du fait que je n'avais pas envie de vivre aux crochets de qui que ce soit, l'explosion récente de mon couple faisait encore plus mal quand je passais autant de temps en présence de Lucy et Levi. Même si je les aimais tous les deux beaucoup, ça faisait presque mal de les voir ensemble. Levi adorait Lucy, ça se voyait comme le nez au milieu du visage, et elle ressentait clairement la même chose.

Ça me faisait me demander si je trouverais un jour quelqu'un qui m'aimerait comme ça et qui me prouverait à quel point je m'étais trompée en choisissant Glen. Avant même de l'avoir surpris en train de me tromper, avec mon amie-qui-était-aussi-un-peu-ma-patronne à califourchon sur lui, il ne me regardait déjà pas comme Levi et Lucy se regardaient. Ils étaient dingues l'un de l'autre, simplement.

Je me forçai à penser à autre chose et à me sortir de cet état, et détournai mes pensées de ce sujet. Je fermai la porte derrière moi et retournai chez Lucy et Levi, avec l'intention de faire mes valises et de leur dire où j'allais vivre pour le moment.

Malgré mes inquiétudes, et le fait que je n'avais pas vraiment de plan, j'avais l'impression de m'être trouvé une petite ile rien que pour moi.

Chapitre Huit

JASMINE

Plus tard ce soir-là, après une partie de cartes au Wildlands avec les filles (les filles étaient Lucy et ses amies, Amelia, Susannah, Maisie, Ella et Charlie), je traversai la grande-rue, soulagée de n'avoir bu que quelques verres de vin. Je n'aimais pas vraiment boire. D'ailleurs, j'étais tellement petite joueuse que rien que ce vin me rendait pompette. J'ouvris la porte du B&B de Janet et montai les marches.

Quand j'arrivai à l'étage, je fis tomber les clés en essayant de les enfoncer dans la serrure. Puis je les enfonçai à l'envers dans le trou. Quand je réussis à les ressortir, elles me tombèrent des mains et firent un boucan pas possible sur le sol en bois. La porte de l'autre côté du couloir s'ouvrit d'un grand geste. Je sursautai et me retournai. J'avais complètement oublié qu'il pouvait y avoir quelqu'un d'autre dans cette maison.

Donovan Ryan se tenait devant moi, d'un air glorieux. Glorieux n'était pas assez puissant pour décrire la beauté de cet homme. Il était tellement joli que c'en était à pleurer. Il ne portait pas de t-shirt, déjà. Ce qui voulait dire que je pouvais voir un mur de muscles. Son torse était tout ferme avec quelques poils noirs qui se rassemblaient pour former un chemin vers la ceinture de son jean. Mes yeux, ces cochons désobéissants qui n'écoutaient pas mon cerveau, suivirent la trace en espérant en voir plus. Son jean était bas sur ses hanches, donc j'avais la vue parfaite du V formé par ses muscles alors qu'ils disparaissaient dans son pantalon.

J'en avais l'eau à la bouche, et je sentis une chaleur se répandre en moi alors que mon intimité se resserrait. Bon Dieu. Cet homme était la définition poussée de canon. J'étais surprise de réussir à ne pas fondre à ses pieds. Je forçai mes yeux à revenir à son visage, sentant mes joues rougir.

J'étais dans tous mes états.

Ses yeux s'assombrirent quand mon regard rencontra le sien. Je déglutis en essayant de ralentir mon pouls. Après un silence lourd, il haussa un sourcil alors que son regard parcourait mon corps de haut et bas, me brulait partout où ses yeux passaient.

— Qu'est-ce que tu fais là ? demanda-t-il.

Ce n'est qu'à ce moment-là que je réalisai que j'avais la bouche ouverte. Je la fermai et fis un signe par-dessus mon épaule.

— Je suis dans cette chambre. Qu'est-ce que, toi, tu fais là ?

Il plissa les yeux puis les ferma en secouant la tête. Quand il les rouvrit, il semblait presque embêté.

— Ah, je vois. Je vis là aussi. J'imagine qu'on est voisins, du coup.

— Tu n'as pas de maison ? demandai-je.

Il lâcha un sourire un coin. Bon sang, ce genre de chose mettait ma santé mentale en danger.

— C'est temporaire. Ma nouvelle maison est en

cours de construction donc Janet m'a proposé de prendre cette chambre. Je l'aide avec les travaux en bas. Tu ne vis plus chez Levi ?

Je secouai la tête.

— Non, je voulais mon propre espace. Janet a proposé et, bah, c'est vraiment chouette comme appart.

Je m'arrêtai, sans trop savoir quoi dire d'autre, et gênée. La réponse de mon corps à sa présence me rendait à moitié folle.

— Bref, je devrais y aller, dis-je rapidement. Bonne nuit.

J'enfonçai les clés dans la serrure, relâchant un soupir soulagé quand je réussis du premier coup.

Je me dépêchai de passer la porte, la refermant derrière moi et m'y adossant. Je pris une bouffée d'air, mon cœur rebondissant dans ma poitrine.

Oh, bon sang. Je ne savais pas ce que j'allais faire maintenant que Donovan, cette tentation diabolique, était juste de l'autre côté du couloir.

Chapitre Neuf

DONOVAN

Le lendemain, je me réveillai après une très mauvaise nuit. La dernière personne que je m'attendais à voir hier soir était Jasmine. Savoir qu'elle n'était qu'à quelques mètres de moi était une torture.

J'avais accepté la proposition de Janet en prenant cette chambre pour l'été, pendant que ma maison était en chantier. J'avais commencé à construire ma maison l'été dernier, mais, cette année, j'avais engagé une compagnie pour finir. Janet m'avait proposé de vivre ici gratuitement en échange des rénovations du rez-de-chaussée. C'était parfait pour nous deux. Ma maison était un très gros projet, plus que ce que je pouvais gérer seul entre deux incendies. Mais les rénovations que Janet voulait étaient faisables. Je pouvais facile-ment m'en occuper quand je n'étais pas en mission et économiser le prix d'une location.

Je savais que Janet louerait peut-être l'autre chambre, mais ça ne m'avait jamais traversé l'esprit de m'inquiéter de qui serait l'autre locataire. Poser les yeux sur Jasmine m'avait obligé à prendre une douche froide la nuit dernière. Une relâche manuelle n'avait pas fait grand-chose pour me libérer de mon besoin.

Je me serais bien passé de fantasmer sur la petite sœur de Levi et que cette dernière vive en face de chez moi.

Je me souvenais parfaitement de ses longs cheveux ambre qui tombaient en cascades sur son dos, ses yeux bleu saphir et la courbe douce de ses seins.

Bordel.

Je me réveillai, la queue raide après avoir passé la nuit à rêver d'elle. J'étais beaucoup plus contrôlé d'habitude. Je m'étais convaincu du fait que je pouvais oublier la sensation de ses lèvres sur les miennes. Peut-être que je le pouvais mais, à priori, j'allais la croiser souvent. En soi, c'était presque comme si on vivait ensemble.

Avec un grognement, j'écartai les draps et je me dirigeai vers la salle de bains pour une autre douche froide. Une fois encore, ma main n'était pas suffisante face à mon imagination, sur ce que ça ferait de plonger dans Jasmine.

Même si ce n'était pas rationnel, j'étais énervé contre Janet. Pourquoi fallait-il qu'elle loue cette chambre à Jasmine, bon sang ? La pire possibilité. Même si elle n'avait aucune idée du fait que nous nous connaissions. Et c'était ridicule d'en vouloir à Janet. Ce n'était pas comme si elle avait fait quoi que ce soit de mal.

Après une douche froide, j'enfilai un jean et un t-shirt avant d'aller au Firehouse Café. Je ne pouvais pas dire ce que je pensais à Janet, mais je pouvais demander si elle savait combien de temps Jasmine louerait cette chambre.

Je serai là au moins jusqu'à l'automne. Ça voulait

dire plusieurs mois de torture pour moi, si Jasmine ne bougeait pas avant.

En passant la porte du Firehouse Café, l'odeur du café et des pâtisseries me frappa en plein visage. Comme d'habitude, le café était plein, un murmure de conversations se mélangeait à la musique d'ambiance. La plupart des tables étaient prises. Alors que je regardais autour de moi, mes yeux se posèrent sur Jasmine, assise seule à une table dans un coin.

Ses cheveux étaient attachés en une queue de cheval, ce matin. Elle lui tombait dans le milieu du dos. Elle regardait par la fenêtre, son pouce caressait le bord de sa tasse de café.

Au moment où je posai les yeux sur elle, mon corps se contracta à nouveau. Mince. Si ça continuait, ma main allait devenir ma meilleure amie. En me forçant à détourner le regard, je me mis à faire la queue. Quelques minutes plus tard, j'étais au comptoir et Janet me souriait.

— Bonjour Donovan, dit-elle. J'étais dans la maison l'autre jour, on dirait que ça avance. Merci beaucoup de ton aide.

— Pas de problème, répondis-je.

Je réfléchissais à lui poser ma question sur la durée de la location de Jasmine mais elle me proposa la réponse d'elle-même.

— Je voulais te passer un coup de fil, mais je n'ai pas trouvé le temps. Jasmine.

Elle s'arrêta en jetant un œil vers la table où elle était installée.

— Elle va s'installer dans la chambre en face de toi. Je suis sûre que ça ne te dérange pas, n'est-ce pas ?

Janet ne pouvait pas savoir que le simple fait de voir Jasmine me mettait dans tous mes états. Ça ne me dérangeait pas qu'elle vive en face de chez moi, mais ça allait sans doute me faire perdre la tête. J'écartai ces pensées.

— Non, bien sûr, mentis-je. Elle reste combien de temps ?

Janet haussa les épaules.

— Aussi longtemps qu'elle a besoin pour l'instant. À priori, je ne vais pas louer ces chambres à des touristes avant l'été prochain. Ça ne m'inquiète pas. Je suis sûre que vous serez bons voisins, dit-elle avec un hochement de tête satisfait.

Je retins un rire. Tant que Jasmine arrêtait d'être aussi diaboliquement tentante, j'étais certain que ça irait.

— J'en suis certain. Bref, j'aurais bien besoin d'un Shot in the Dark, dis-je, en parlant du mix de café maison avec une dose d'expresso en plus, et je lui tendis un billet de cinq.

— Ça marche, dit Janet, en s'envolant pour aller préparer mon café.

Je m'écartai en attendant qu'elle me le serve. Elle essaya de me rendre la monnaie mais je jetai le tout dans la coupelle à pourboire.

Alors que je me détournais du comptoir, café en main, Jasmine leva la tête et son regard croisa le mien de l'autre bout de la pièce. Cet éclair que je ressentais quand je la voyais se réveilla, et avant que je ne puisse m'arrêter, j'avançai vers elle.

Qu'est-ce que tu fous, mec ? Je suis un bon voisin, c'est tout. Ce n'est pas comme si je pouvais l'ignorer.

Je repoussai ces pensées quand j'arrivai à sa table, en baissant les yeux vers elle.

Ses épais cils se recourbèrent contre ses joues quand elle leva le regard vers moi.

— Bonjour.

— Bonjour, répondis-je, d'une voix soudainement grognonne.

Être si proche d'elle n'aidait en rien. Malheureusement, ou heureusement selon le point de vue, j'avais une vue parfaite sur la vallée entre ses seins d'ici. Elle portait un chemisier et, même s'il était lâche, je voyais très bien le creux de sa poitrine. Son haut était d'un bleu sombre, et mes yeux se posèrent sur la dentelle qui bordait le col. J'aurais donné tout ce que j'avais pour arracher les boutons de ce chemisier et attraper ses seins.

L'air autour de nous semblait électrique alors que je la regardais, et je remarquai ses tétons pointer contre le coton fin de son haut.

Bordel.

Je forçai mes yeux à revenir à son visage. Ça aurait dû aider, mais ce n'était pas le cas. Ses lèvres étaient un peu tordues, rondes et pulpeuses. Elle se mordit le coin de la lèvre inférieure pendant un instant de silence.

— Donc j'imagine qu'on est voisins.

— J'imagine, répondis-je, ignorant le battement de mon cœur contre mes côtes et la bosse de ma queue. Si tu as besoin de quoi que ce soit, n'hésite pas.

— Combien de temps tu restes ?

— Quelques mois, au moins. Je fais les rénovations du rez-de-chaussée entre deux missions. Je suis là parce que je termine aussi la construction de ma maison.

Jasmine prit une gorgée de son café et je me retrouvai jaloux de ses lèvres quand sa langue les essuya pour attraper une goutte perdue.

— On sera voisins pendant un petit moment, alors. Je crois que je serai là tout l'été au moins. Tu ne remarqueras même pas que je suis là. Je te promets que je suis une bonne voisine, dit-elle avec un petit sourire malin.

Elle n'avait aucune idée de l'effet qu'elle me faisait. Je réussis à acquiescer et pris une gorgée de mon café, pour que le gout amer et riche me sauve.

— Je suis en chemin vers la caserne. Je te croiserai plus tard, dis-je en me retournant, forçant mes pieds à s'éloigner.

En me dirigeant vers la caserne, je me dis que l'excitation qui m'envahissait dès que je voyais Jasmine finirait par disparaitre. C'était obligé.

Plus tard cette après-midi-là, je me retournai pour regarder les flammes qui grimpaient dans le ciel. Nous étions en plein incendie contrôlé à la sortie de Willow Brook. Les propriétaires du terrain nous avaient donné la permission de bruler cette portion. Ça ne ferait que jouer en leur faveur car nous avions brulé un ensemble d'épicéas morts, tout en donnant une chance à nos équipes de s'entrainer.

C'était une journée sans nuage et le vent était calme. La moitié de notre équipe terminait l'opération, alors que le reste arrivait pour s'occuper des braises encore rouges. Je regardai les flammes danser et j'écoutai le son des branches craquer sous la chaleur pendant un moment. Alors que je me retournais pour partir, j'entendis mon nom. En levant la tête, je vis Levi s'avancer vers moi.

Dès que je le vis, Jasmine revint dans mon esprit. Bordel. Je n'avais vraiment pas envie d'être obsédé par sa sœur. Il s'approcha avec un demi-sourire.

— Eh bah, vous avez bien lancé le truc, c'est tout prêt pour nous, dit-il avec un petit rire.

— Ouais, c'est pas mal. Ça devrait vous occuper un moment, mais ça se calme déjà.

Levi hocha la tête, son regard se refroidissant.

— Au fait, merci encore de t'être occupé de Jasmine l'autre soir.

— Bien sûr. C'est normal pour un ami.

Je manquai de dire qu'elle était maintenant ma voisine, ma voisine-bien-trop-proche-de-mon-lit-pour-que-je-puisse-dormir. Mais je ne dis rien. La dernière chose dont j'avais envie, c'était d'avoir une discussion avec Levi sur sa petite sœur canon, qui me tentait jour et nuit.

Le moins j'en savais sur Jasmine, le mieux ce serait.

Chapitre Dix

JASMINE

Assise à la table ronde dans la cuisine de mes parents, je regardai le champ qui s'étendait derrière leur maison. Il était tard, et le soleil commençait enfin à se coucher. La cuisine offrait une jolie vue sur un champ ouvert qui s'étendait jusqu'à la bordure de la forêt, qui elle-même menait aux montagnes au loin. Je me dis qu'il n'y avait pas beaucoup de lieux en Alaska que je pouvais décrire sans terminer sur « la montagne au loin ».

La voix de Levi me ramena à la conversation. En regardant les visages autour de la table, je vis son sourire alors qu'il caressait le ventre de Lucy.

Lucy leva les yeux au ciel.

— Tu vas faire ça tous les jours jusqu'à ce que j'accouche ? demanda-t-elle avec un sourire.

Elle n'était enceinte que de quelques mois, et Levi lui tapait déjà sur le système, même si elle disait ça pour rire. Ma mère les regarda avec un sourire compréhensif. Levi et moi avions hérité de ses yeux bleus, mais mes cheveux étaient bien plus sombres que leurs cheveux blonds.

— Je suis certaine que oui. Peut-être que tu peux lui autoriser ça, suggéra-t-elle.

Lucy rit à nouveau, jetant un sourire vers Levi.

— Je le fais.

Levi plongea la tête et déposa un baiser dans le creux de son cou, et les joues de Lucy rosirent. Mon cœur se cogna à mes poumons. Il y avait quelque chose d'adorable chez eux. Mon grand frère, qui avait été un coureur de jupons, était tombé fou amoureux de Lucy, c'en était difficile de se souvenir d'un temps où il n'était pas aussi dingue d'elle.

Quant à Lucy, elle n'était pas vraiment quelqu'un de chaleureux ou pétillant. Mais avec Levi, il était clair qu'il avait le droit à toutes les attentions.

La tristesse s'empara de moi en un éclair. Je ne dirais pas que Glen me manquait, j'étais encore très en colère et blessée, mais, pendant un moment de ma vie, j'avais enfin réussi quelque chose. J'avais construit une vie qui me permettait de faire de l'art et j'allais épouser quelqu'un de responsable et respectable.

Mon passé avec les hommes avant Glen n'avait pas été particulièrement stable. J'avais un don pour trouver des hommes qui ne voulaient rien de plus qu'un nom de plus sur leur liste, alors que je cherchais partout quelque chose de plus profond. Glen avait semblé vouloir plus que du sexe, ou du moins c'était ce dont je m'étais convaincue.

Je posai mes coudes sur la table pour attraper mon verre d'eau et prendre une gorgée. Ma mère me regarda.

— Alors ma chérie, des idées de ce que tu vas faire ?

Je retins un soupir. J'entendais une version de cette question environ cinq fois par jour ces temps-ci. Ça m'avait frappée ce matin, quand j'avais vu Donovan, qu'il était bien la seule personne à ne pas me demander ce que j'allais faire maintenant.

Je me forçai à sourire et j'essayai de garder un ton calme.

— Je ne sais pas encore, maman. J'ai un appartement, grâce à Janet, donc je vais m'installer un peu. Amelia a parlé du fait que Quinn connait une femme à Diamond Creek qui gère une galerie d'art et qui s'occupe de quelques autres lieux. Tu te souviens de Quinn Haynes, n'est-ce pas ?

— Bien sûr ! s'exclama ma mère. Je suis amie avec sa mère. Bon sang. Tellement fière de Quinn. Il gère la clinique médicale à Diamond Creek maintenant, et il attend son deuxième enfant.

Levi gloussa, en me jetant un coup d'œil.

— Ne demande jamais à maman si elle se souvient de quelqu'un.

— Ouais, je sais ! Bref, je vais appeler l'amie de Quinn. C'est une vraie possibilité qu'elle ait quelque chose. Même si elle n'est pas intéressée par ma poterie, elle aurait peut-être des pistes pour moi. Après ça, il faudra que je trouve quelque part où installer mon atelier.

— Je réfléchissais à ça, au fait, interrompit Lucy. Quand tu décideras où tu veux faire ça, si tu veux, Amelia et moi pouvons t'aider avec l'installation, entre deux chantiers.

Un éclair d'excitation me traversa. J'avais eu l'impression que ma vie entière était de travers depuis que j'étais tombée sur Glen et Lisa. Faire de la poterie m'ancrait et me calmait. Ça ne faisait que quelques semaines, mais ça me manquait. Vu l'état de ma vie, ça aiderait sans doute de retrouver cette passion.

— Eh bien, je vais trouver un lieu d'abord. Puis je

verrai ce qu'il y a à faire. Une fois que j'aurai un peu d'argent, je pourrai vous payer.

Lucy secoua fermement la tête. Elle et sa meilleure amie Amelia géraient une compagnie de construction.

— Tu ne vas pas me payer. Ce ne sera sans doute pas beaucoup de boulot pour nous, sans doute juste un jour ou deux, tout au plus.

Je sentais les yeux de ma mère, de mon père et de Levi sur moi. J'avais toujours l'impression d'être celle dont il fallait s'occuper dans cette famille.

— Ce serait super, dis-je enfin. Mais je trouverai quand même une façon de te le rendre.

Mon père, qui était sans nul doute le plus silencieux de la famille, me fit un clin d'œil.

— Pour moi, tout ce qui veut dire que tu resteras ici suffit. Si tu as besoin de mon aide, il suffit de demander.

Levi posa son bras à l'arrière de la chaise de Lucy, ses doigts jouant avec le bout de ses cheveux. Il regarda son ventre, un air de fierté sur le visage.

— Lucy et Amelia sont les meilleures ouvrières de la ville.

La tension accumulée en moi commença à se dissiper doucement. J'étais encore dans tous mes états. Avec tout ce qu'il s'était passé cette semaine, je ne savais plus où donner de la tête.

La conversation continua et, un peu plus tard, je sortis avec Levi et Lucy. En s'arrêtant en bas des escaliers qui menaient au porche, Levi attrapa mon regard.

— Tu sais que tu n'avais pas à déménager.

On avait eu plusieurs versions de cette conversation à chaque fois que je l'avais vu depuis que j'avais emménagé dans la suite de Janet. Clairement, je l'avais blessé. Mais il ne comprenait pas pourquoi j'avais besoin d'un peu d'espace. Dans la lumière tombante, je retins un autre soupir.

— Je sais, Levi. Mais, comme ça, je n'aurai pas l'impression d'être dans vos pattes.

Lucy prit la parole en donnant un petit coup de coude à Levi.

— Chéri, je lui ai dit plein de fois qu'elle pouvait rester aussi longtemps qu'elle le voulait. Je pense qu'il est possible qu'elle en ait eu marre que son grand frère surveille chacun de ses agissements.

Lucy ne cessait de me surprendre avec sa perspicacité. Je n'avais rien dit de tout ça, mais elle avait clairement compris. Un éclair d'agacement apparut sur le visage de Levi alors qu'il plissait ses grands yeux bleus.

— Je ne surveillais pas chacun de ses agissements.

Ses yeux revinrent à moi.

— Si tu n'as pas l'intention de rester longtemps, ne donne pas de faux espoirs à maman et papa.

Maintenant, j'étais en colère. Je sentis mes joues se réchauffer, un mix de douleur et de colère s'emmêlant en moi alors que je regardais Levi. Mon frère, ce gars adorable, drôle, qui tient beaucoup aux gens et qui, comme beaucoup de frères pour une sœur, me faisait vraiment chier parfois. On avait aussi un passif un peu compliqué, qui n'avait fait que renforcer son envie de me protéger de tout.

Tout ça était passé, mais ça avait laissé des cicatrices. Je savais que je me sentais ridicule, donc je ne pouvais qu'imaginer à quel point j'avais l'air ridicule. J'avais réussi à me fiancer à un connard qui m'avait trompée et à m'énerver au point de perdre mon boulot, tout ça en l'espace de deux heures. Et j'étais là, de retour à la maison, à me reposer uniquement sur ma famille et mes amies pour me sauver de cette situation.

Je le regardai, et quoi qu'il vît dans mes yeux, il

ferma les siens, en secouant rapidement la tête. Lucy resta silencieuse, les yeux écarquillés alors qu'elle nous regardait.

C'était rare qu'elle ne sache pas quoi faire. Une chose qu'on pouvait toujours attendre de Lucy, c'était son avis honnête.

Je déglutis, la gorge serrée et la poitrine lourde. Quand Levi ouvrit les yeux, je n'y vis rien d'autre que du regret.

—Je suis désolé, Jasmine, dit-il, la voix basse et les yeux peinés. Je ne voulais pas dire ça comme ça.

— C'est pas grave. C'est pas comme si je ne savais pas pourquoi tu le disais. Je comprends. Peut-être que je ne sais pas exactement ce que je fais, mais je suis là, et je n'ai aucune intention de partir. Je dois y aller, dis-je en me retournant pour partir vite.

—Jasmine, m'appela Lucy.

Je sentis sa présence douce, mais d'acier, alors qu'elle me rattrapait.

— Tu as besoin de quelque chose ? demanda-t-elle doucement.

— Ça va. J'ai juste besoin de partir.

Je regardai Levi s'approcher.

Je fis un salut de la main et montai dans ma voiture avant que la conversation ne continue. En rentrant vers le B&B de Janet, ma maison temporaire, je me sentais mal, agitée. Sous une vieille cicatrice, les mots de Levi avaient rouvert une vieille vérité douloureuse. Ça faisait mal.

Je ne voulais pas y penser. Quelques minutes plus tard, je me garai, j'attrapai mon sac à main et je traversai le parking. J'entrai au rez-de-chaussée et je fermai la porte derrière moi. Le son rythmique d'un marteau résonnait dans la pièce. Je me dis que Donovan était sans doute en train de bricoler quelque chose. Au moment où je jetai un œil par l'une des portes vers une pièce qu'il rénovait, ma bouche s'assécha.

Il y avait le Donovan habillé, et il y avait le Donovan torse nu avec rien d'autre qu'un vieux jean noir. Cet homme-là était très dangereux pour l'état de ma santé mentale, tout ce que je pouvais faire était prier de ne pas fondre. Il ne m'avait pas entendue arriver, donc mes yeux profitèrent de ce moment de liberté. Il tenait une poutre contre le plafond, pour créer un nouveau mur, je supposais. Son dos était parfaitement exposé. Ce n'était rien que du muscle. Mes yeux admirèrent les pans de son corps, qui brillaient sous une couche de sueur.

Une envie douloureuse se réveilla entre mes cuisses, et mon pouls galopa.

J'étais simplement là, à le regarder, quand il se retourna. Il écarquilla les yeux quand il me vit. Mais il avait l'air bien plus contrôlé que moi dans ce moment, alors que je donnais une nouvelle définition à l'expression « chaude comme la braise ».

J'étais certaine que mes joues étaient plus rouges qu'une pivoine. Je pouvais tout aussi bien rendre mes ovaires immédiatement. J'étais tellement excitée.

Donovan baissa lentement les bras et relâcha un peu sa prise du marteau, et j'espérais qu'il ne pouvait pas lire l'envie sur mon visage. Même détendu, il était magnifique. Bon sang, que je le voulais. Il était bon à lécher. Mes yeux suivirent les poils de son torse jusqu'à sa ceinture. Je mourais d'envie de le toucher.

Avant de m'en rendre compte, j'avançais vers lui comme un papillon vers une flamme. Je n'essayai même pas de résister. Je voulais Donovan, et je le voulais maintenant.

Chapitre Onze

DONOVAN

Jasmine traversa la pièce, ses cheveux dégringolant par-dessus ses épaules en cascades et ses yeux saphir s'assombrissant alors qu'elle s'approchait. Elle me prit par surprise. J'étais rentré après une journée fatigante, mais j'étais toujours un peu agité. Je m'étais lancé dans les travaux. Malheureusement, ça ne m'avait pas calmé.

Au moment où je sentis la présence de Jasmine derrière moi, ce fut comme un coup de fouet dans l'air, l'air s'alourdit comme un jour d'orage, rendant tout électrique.

Elle portait ses bottes de cowboy avec une jupe un peu élastique, en coton, qui embrassait ses hanches et lui arrivait juste au-dessus des genoux. En plus de tout ça, elle portait un chemisier large avec un col ouvert, les petits boutons descendaient vers la vallée de ses seins. La couleur de son haut en soie, beige, me permettait de voir la dentelle de son soutien-gorge. Je n'avais aucune idée de ce que je voyais vraiment, mais mon corps y croyait. Il lui suffisait d'exister et elle était tentante.

Je forçai mes yeux à me poser sur son visage quand

elle arriva à quelques mètres de moi. Ses joues étaient rouges et ses yeux fous. Je ne savais pas ce qu'elle pensait. Et je ne savais pas pourquoi je pensais que j'étais censé savoir. Il fallait que je maintienne une distance claire entre Jasmine et moi. Je ne voulais pas fantasmer sur la petite sœur d'un ami.

Mais il y avait fantasme, et le genre de fantasme que j'avais sur elle, qui déconnectait complètement mon cerveau.

Je savais que je voyais du désir dans ses yeux. Au moment où nos regards se heurtèrent, ce fouet frappa encore, déchirant l'air d'un éclair. Ma queue gonfla et je resserrai ma main autour du marteau, comme si le tenir me permettrait de rester en contrôle.

Alors qu'elle me fixait un moment, ce regard dur dans ses yeux disparut et un élan de vulnérabilité émergea des profondeurs. Ça n'arrangeait en rien mon désir pour elle, ça ne faisait qu'empirer les choses. Une envie profonde de la protéger s'empara de moi. Ce sentiment ne faisait qu'alimenter le besoin que je ressentais déjà pour elle.

On resta en silence pendant de longues secondes, nos regards mêlés. J'essayai de me dire que je ne pouvais pas suivre mes sentiments. Mais ce désir pur que je ressentais court-circuitait toute pensée rationnelle. Je m'étais dit qu'il ne se passerait rien à moins qu'elle ne fasse le premier pas.

Elle avança un peu plus, réduisant la distance entre nous. Je sentais la chaleur de son corps et son odeur arriva jusqu'à moi. Une odeur un peu poivrée mélangée à l'odeur des fraises. Je me demandai si c'était son shampoing, perdu dans mon esprit.

Elle tendit la main pour prendre le marteau de mes mains.

— Tu n'as pas besoin de ça, dit-elle, d'une voix

rauque qui m'enveloppait comme de la fumée, réchauffant l'air et me fouettant encore de désir.

J'entendis à peine le son du marteau qui tombait au sol. Elle n'était pas très grande, elle m'arrivait à peine à l'épaule, et leva délicatement la main pour une caresse douce le long de ma mâchoire. Tout comme la première fois où je l'avais rencontrée, c'était une flamme sur ma peau.

Mais si je m'étais dit qu'il fallait qu'elle fasse le premier pas, dès qu'elle me toucha, je passai la main dans ses cheveux et la posai à la base de son cou. Je la tins un instant, comme si j'attendais de voir si je pouvais me retenir.

Mais j'en étais incapable. En un instant, ma bouche trouva la sienne. Ce point de contact, quand nos lèvres se touchèrent, était comme une allumette dans un réservoir d'essence. Tout autour de nous prit feu. Je ne savais pas si j'avais eu l'intention de prendre mon temps à un moment, car ça me paraissait simplement impossible maintenant. Au moment où ses muscles se détendirent et qu'elle soupira dans ma bouche, j'entremêlai ma langue à la sienne et notre baiser devint sauvage.

Sa langue répondit à la mienne et elle s'approcha encore quand ma main passa de ses cheveux au long de son dos, jusqu'à son joli cul. Je grognai dans sa bouche et elle se cambra contre moi, ses seins doux s'écrasant contre mon torse. Je sentais les pointes de ses tétons percer la soie de son chemisier.

Bordel.

Je savais depuis la première fois où je l'avais vue, avant même de savoir qui elle était, que ce serait comme ça. Il y avait esprit, et il y avait corps. Et mon corps l'avait reconnue, comme un aimant.

Sa main voyagea sur mon torse, caressant chaque

muscle. Chaque endroit où elle me touchait prenait feu, ma peau bouillonnait. Et dire que j'avais essayé de me retenir, d'être raisonnable, et de ne pas me laisser aller à ce désir fou et brulant que je ressentais pour elle. Ma retenue, ce qu'il en restait, avait été réduite en cendres pour ce baiser.

Dans un coin lointain de mon esprit, ma raison hurlait de toutes ses forces, et je l'entendais à peine à travers la transe du besoin.

En m'accrochant à mon dernier gramme de contrôle de soi, j'arrachai mes lèvres aux siennes, le regrettant immédiatement amèrement, pour passer ma langue le long de son cou. Je pouvais voir son pouls battre dans son cou, à une vitesse folle, et son odeur se répandit en moi comme une drogue.

Cette voix distante dans ma tête me força à parler.

— Tu es certaine que c'est ce que tu veux ? demandai-je.

Je ne savais pas si je lui posais la question à elle, ou à moi-même. Peut-être les deux.

Elle me regarda, les yeux embrumés de désir. Ses lèvres étaient gonflées et rouges après ce baiser, et ses joues étaient brulantes. Elle ne bougea pas, chaque centimètre de son corps collé au mien. Quelque part dans la folie de notre baiser, mon genou s'était placé entre ses cuisses. Je pouvais sentir la chaleur humide de sa chatte à travers les couches de tissu entre nous. Je savais sans même la toucher qu'elle était trempée. J'étais très pressé d'aller vérifier.

Elle me regarda, entièrement silencieuse. Le seul son dans cette pièce était celui de nos respirations, la sienne, saccadée, et la mienne, perdue. Mon pouls explosait dans mes oreilles.

— J'en suis certaine, dit-elle enfin, de cette voix

rauque qui m'achevait, resserrant les cordes du désir qui nous liait.

J'étais tellement ailleurs que, pendant une seconde, j'oubliai ma propre question. Sa bouche se recourba en un demi-sourire.

— Et toi, tu es sûr ?

Cette voix de la raison, pas encore noyée, parla.

— Ton frère est mon ami, murmurai-je.

Oh, elle n'apprécia pas cette réponse.

Elle plissa les yeux, le regard noir.

— Je ne suis pas la propriété de Levi. Et il n'a vraiment aucun regard sur ma vie sexuelle, dit-elle platement en levant le menton, comme si elle essayait de me provoquer.

On resta là, avec l'air lourd de la tempête qui se préparait entre nous. Lourd, puissant, agité, prêt à être libéré.

Mes défenses étaient battues, mon contrôle tenait à un fil. Si j'avais pu rassembler la force de m'éloigner de Jasmine avant maintenant, cette option disparut quand elle ferma les yeux et commença à embrasser mon torse.

Sentir ses lèvres sur moi était comme être plongé dans de la lave. Un grognement m'échappa et elle leva la tête pour ramener ses lèvres sur les miennes. On retourna là où on s'était retrouvés avant cette conversation, lèvres et langues emmêlées entre baisers et morsures, chauds, mouillés.

Son pied s'enroula sur mon mollet alors que sa main descendait le long de mon dos, ses ongles me griffant doucement, juste assez pour alimenter le feu en moi. Je la portai contre moi, grognant en libérant mes lèvres pour enfin gouter sa peau. Traçant un chemin de baisers sur son cou, je me délectai de son gout sucré-salé et de son odeur divine. Je voulais la manger.

Ses jambes s'enroulèrent facilement autour de mes hanches, alors que sa jupe remontait. Je pris plusieurs pas et posai ses hanches sur le comptoir qui longeait le mur. En me reculant, je pris une seconde pour l'admirer. Elle était essoufflée, ses tétons se plantaient dans mon torse à chaque respiration. Avec des joues roses, ses lèvres gonflées et la chaleur de son centre qui s'écrasait sur ma queue, j'arrivais à peine à réfléchir alors que le besoin résonnait en moi comme un tambour, noyant tout le reste.

Elle leva la main pour la placer entre ses seins. En quelques secondes, elle détacha son chemisier. Je ne savais pas ce qui l'animait, mais je sentais une énergie sauvage sous la surface. Même si je n'aurais jamais pu m'arrêter, j'étais bien trop loin maintenant. Au moment où son chemisier s'ouvrit, mes yeux tombèrent, j'étais si perdu que je ne voyais plus de sortie.

Elle portait un soutien-gorge en dentelle crème, les pointes de ses tétons roses s'écrasant contre la dentelle, m'appelant. Ses seins avaient gonflé et dépassaient des bonnets. En tendant la main, je passai le dos de mes doigts sur son ventre, très satisfait quand j'entendis son souffle siffler entre ses dents. Je soutins son regard alors que je passais mes doigts sur les courbes douces de ses seins et j'en pris un dans ma main. Passant mon pouce d'avant en arrière sur son téton, je regardai ses yeux s'illuminer. Ses lèvres s'ouvrirent et je sentis son pouls contre ma main, fort et rapide. Comme le mien.

— Qu'est-ce que tu veux ?

Je lâchai ma question sans y réfléchir.

Parce que même si j'étais forcé d'admettre que je la

voulais plus que je n'avais jamais voulu quoi que ce soit, il y avait une pointe de vulnérabilité chez elle, une douceur qui me faisait ralentir.

— Toi. Maintenant, dit-elle platement.

Je penchai la tête, passant ma langue dans le creux de son cou, respirant son odeur, et savourant le salé de sa peau. Je passai ma langue le long de sa clavicule, puis entre ses seins. Promenant ma langue sur la dentelle, j'encerclai l'un de ses tétons, le suçant et le mordant doucement, me délectant de ses gémissements alors qu'elle plantait ses mains dans mes cheveux. La douleur subtile quand elle agrippa mes cheveux fut un coup de fouet de désir, et me libéra en même temps.

En levant ma tête, je reculai, enroulant mes mains autour de ses mollets et les glissant le long de ses jambes pour séparer ses genoux. Sa peau était comme du miel, légèrement dorée, et ses yeux bleus brillaient.

J'avais besoin de la toucher, partout. Avec ses bottes de cowboy sur ses pieds qui pendaient du comptoir, sa jupe relevée sur sa taille, le simple fait de la regarder manqua de me finir. Elle avait l'air sauvage et spontanée, et j'avais tellement envie d'elle que j'en avais mal.

Quand mes paumes atteignirent ses cuisses, je glissai jusqu'à ses hanches pour la tirer vers le bord du comptoir. En regardant vers le bas, je vis qu'elle portait une culotte en coton bleu confortable. Ce qui ne fit que m'exciter encore plus, sans que je comprenne pourquoi. Je serrai les dents et j'essayai de me contrôler. Même si je la voulais et, bon sang, je la voulais vraiment, cette soirée n'était pas centrée sur moi.

J'avais besoin de la gouter, mais je voulais plus qu'une nuit de folie, donc j'allais attendre parce que tout me paraissait trop pressé. Ce soir, je m'occupais d'elle.

Quand mes pouces arrivèrent à l'intérieur de ses cuisses, je traçai la courbe de ses hanches au creux de ses cuisses, cette peau douce et provocante. Elle frissonna à mon toucher, et je vis une chair de poule apparaitre. Je passai mes doigts sur le coton humide entre ses cuisses. En accrochant mes doigts au bord du tissu, j'écartai sa culotte, grognant presque à la vue de sa chatte rose et gonflée qui brillait de mouille.

Je ne vivais pas dans une grotte, mais ça faisait un moment que je n'avais rien fait. Jasmine me poussait à bout. En levant les yeux, je passai mes doigts dans ses plis. Elle était trempée, dégoulinante, et ses cuisses étaient couvertes de son jus.

— Regarde-moi, murmurai-je.

J'avais besoin de la voir jouir. Ses seins montèrent et descendirent rapidement avec ses respirations saccadées. Ses yeux s'accrochèrent aux miens, sa langue sortit pour passer sur sa lèvre inférieure. Ma bite gonfla encore un peu.

Je plongeai un doigt dans sa chatte, jusqu'à la jointure, et la regardai alors qu'elle gémissait en fermant les paupières. Un autre doigt rejoignit le premier. Embêtant son clitoris avec mon pouce, je la regardai en étirant doucement sa profondeur avant de faire des va-et-vient avec mes doigts.

Malgré la retenue que j'essayais de montrer, j'avais besoin de la gouter. Je plongeai la tête, passant ma langue autour de ses plis alors que je la prenais avec mes doigts, savourant les sursauts de sa chatte mouillée. Je savais ce que ça ferait d'être profond en elle. Ce serait le paradis.

De petits bruits s'échappaient de sa gorge alors que ses hanches se balançaient avec moi. En la baisant doucement avec mes doigts, je bus presque tout son jus et elle cria en s'accrochant à mes cheveux. J'utilisai ma main libre pour me tenir à ses hanches, mes doigts s'enfonçant dans sa chair. J'adorais ses courbes généreuses, elle était tellement belle. À couper le souffle.

Quand je sentis son corps se raidir, je passai ma langue sur son clitoris, l'aspirant doucement dans ma bouche. Elle hurla, sa chatte se resserrant sur mes doigts. Avec un dernier coup de langue, je me reculai pour la regarder se cambrer, ses seins juteux se jetant vers l'avant. Elle était splendide.

Chapitre Douze

JASMINE

Le plaisir berçait mon centre. Mon orgasme s'écrasa si fort en moi que je ne voyais plus rien à part cet instant, un feu immense qui s'emparait de mon corps et me consumait. La seule chose qui me retenait sur Terre était la prise de Donovan sur ma hanche, et ses doigts enfoncés en moi.

Alors que je revenais doucement dans mon corps, je trainai mes yeux jusqu'aux siens. Mon cœur battait fort dans ma poitrine. Je n'avais aucune idée de quoi dire. Il venait de me donner l'orgasme le plus intense de ma vie.

Ce que je voulais, me perdre, m'oublier, bruler cette agitation en moi, était arrivé. Ne serait-ce parce que c'était impossible de ne pas me perdre dans le moment à la sensation des lèvres de Donovan sur les miennes.

Je ne m'attendais pas à ça. À ce besoin fou qui tourbillonnait follement en moi jusqu'à l'ivresse, l'ivresse de lui.

Sous le choc, je le regardai alors que la brume de mon esprit se dissipait. Il se tenait là, dans toute sa gloire, son torse musclé, ces poils provocateurs qui se resserraient au niveau de ses abdos serrés. Je n'en avais pas fini avec lui, en revanche. En passant la main entre nous, j'attrapai les boutons de sa braguette en les arrachant rapidement et enroulai ma main autour de son manche chaud et dur.

Merde, j'étais foutue. Bien sûr que Donovan Ryan ne portait pas de sous-vêtements. La peau de velours se réveilla à mon toucher. Il était déjà dur comme la pierre, mais quand sa bite se libéra de son pantalon et que j'enroulai mes doigts autour, la serrant un petit peu, son souffle siffla entre ses dents et un grognement sourd s'échappa de sa gorge.

Même sa queue était magnifique. Épaisse et longue, elle remplissait ma main quand je levai les yeux vers son visage. Il recula, repoussant doucement ma main.

— Pas encore, murmura-t-il en s'attrapant dans son poing.

L'excitation explosa en moi, les murs de mon intimité se serraient à la vue de sa queue dans sa propre main. Je le voulais. En moi. Ça ne changeait rien que je vienne d'exploser de plaisir. La vue de son corps me donnait envie, la luxure coulait dans mes veines.

— Pas encore quoi ?

Son regard noisette soutint le mien et il plissa les yeux.

— Certaines choses valent la peine d'attendre.

Je voulais contredire cet argument, mais, avant que je puisse même ouvrir la bouche, il passa entre mes genoux, le regard bas. Quelque part dans la folie chaude, il avait tiré mes hanches vers le bord du comptoir. Mes jambes pendaient de chaque côté et ma chatte était juste là, gonflée et mouillée.

Il s'approcha encore plus près, passa la grosse tête

de sa queue entre mes plis et joua avec mon clito. Alors que mes sens étaient en feu, je criai.

Je m'entendis le supplier au loin :

— S'il te plait...

— Plus tard, murmura-t-il.

Il s'approcha, passant le long de son membre sur ma chatte. Il se couvrait de mon jus. J'étais tellement mouillée qu'il glissait sur moi sans soucis.

Je me retrouvai immédiatement terrassée par l'envie, le souffle court, demandeuse d'une nouvelle explosion. Je regardai entre nous. Il prit l'un de mes seins dans sa main, jouant avec mon téton alors que sa queue glissait d'avant en arrière, me rendant folle. Je vis une goutte de liquide pré-séminal rouler sur la tête de son membre, se mêler à mes jus.

J'étais frénétique et mes hanches se cambrèrent contre lui. Puis le plaisir monta encore en moi, mon sexe se serra et vibra. Je le regardai faire un va-et-vient de plus sur moi avant de lâcher un grognement quand il termina, explosant sur mon ventre alors que ses doigts pinçaient mon téton. Ce point de douleur subtile m'ancrait dans l'instant, m'empêchant de tomber en mille morceaux.

Je repris doucement conscience, sortant dans cette transe. Je sentis qu'on sortait tous les deux d'un coma de plaisir.

Je me sentis soudainement mal à l'aise, j'avais presque peur de le regarder dans les yeux. D'habitude, j'étais beaucoup plus contrôlée, je décidais de ce qu'il se passait. Avec lui, je ne pouvais rien contrôler. J'étais bien trop proche de ma propre vulnérabilité.

Je m'ordonnai de ne pas être lâche et me forçai à lever doucement les yeux. Son regard se planta sur moi.

Ça faisait presque mal de le regarder. Je me sentais

mise à nue, en dedans et en dehors. Mon corps entier rougit. Alors qu'il me regardait, je ne savais pas comment interpréter ce que je voyais dans ses yeux. J'avais l'impression qu'il me faisait vibrer d'une façon que je n'avais jamais envisagée, avec rien d'autre qu'un regard.

Sa main relâcha doucement sa prise sur ma hanche et il recula, marmonnant quelque chose dans sa barbe et faisant le tour de la pièce. Il attrapa quelque chose et mes yeux se posèrent immédiatement sur le mouvement de ses abdos quand il se releva. Il attrapa ce qui semblait être son t-shirt sur le coin du comptoir. Il essuya rapidement mon ventre et sa bite avant de refermer son pantalon. J'étais encore là, culotte de travers et ma jupe remontée jusqu'à mes hanches.

Je me sentais sale. J'avais un côté sauvage, que je ne révélais pas beaucoup. C'était ce qu'il y avait de fou dans cette situation. Je n'avais couché avec personne d'autre que Glen en trois ans.

Je me forçai à bouger, avançant mes hanches sur le comptoir et sautant au sol. Mes bottes frappèrent le sol d'un bruit sourd dans cette pièce en travaux, alors que ma jupe retombait et que j'ajustais ma culotte. Ce que je voulais à ce moment précis, c'était me mettre au lit avec Donovan, dans ses grands bras forts pour me protéger. Mais ça n'avait aucun sens.

Ce moment était gênant.

Quand je levai la tête, son regard trouva le mien. Je tombai soudainement de l'autre côté de ma vulnérabilité, et je me sentais nue, à fleur de peau, et parfaitement exposée. Tout en moi m'attirait à lui, mais je me forçai à reculer et à offrir un grand sourire.

— Je dois y aller. Je te recroiserai bientôt, sans doute, dis-je rapidement avant de me retourner.

Alors que j'ouvrais la porte, je réalisai que j'avais dû

avoir l'air stupide. Je pris chaque gramme de courage théâtral que j'avais et me retournai à nouveau vers lui en reboutonnant mon chemisier, qui était encore grand ouvert.

Donovan se tenait devant moi, la main posée sur le bord du comptoir où il m'avait envoyée au septième ciel. Sa peau était brillante d'une couche de sueur. Mes yeux suivirent la ligne de ses muscles jusqu'au V qui disparaissait sous sa ceinture.

En un instant, il me coupa le souffle à nouveau.

Le temps que je retrouve son regard, j'avais piqué un fard. Je n'avais aucune idée de ce à quoi il pensait. Son regard était opaque.

Je réussis à prendre une respiration pour lâcher un autre sourire.

— C'est plus que ce que j'attendais, dis-je en essayant de garder un ton léger et dragueur.

Il n'avait aucune idée du fait qu'il venait de me donner les deux meilleurs orgasmes de ma vie.

Je ne pouvais pas en prendre plus. Le masque de courage que j'avais arboré en me retournant pour reboutonner mon chemisier commençait déjà à disparaitre.

Avec un salut de la main, je partis à nouveau, en fermant la porte derrière moi et en montant les escaliers rapidement, alors que chacun de mes pas résonnait fort dans mes bottes. J'allai rapidement dans ma suite, claquant presque la porte. Je rattrapai la porte au dernier moment, la fermant et la verrouillant silencieusement. Pas parce que j'avais peur qu'il entre. C'était surtout que j'avais besoin d'une barrière entre moi et mon envie de lui courir après.

Parce que j'étais déjà en feu à l'intérieur. Encore.

Ce qui était censé m'emmener loin de mes problèmes avait été très efficace. Mais maintenant, j'étais arrivée tellement loin de tout que le désir qui m'animait pouvait prendre toute la place et m'avaler tout entière.

Je m'adossai à la porte, le souffle saccadé, alors que je réalisais enfin que j'avais laissé mon sac au rez-de-chaussée.

Merde, merde, merde.

Ma tête tomba contre la porte.

Quelle idiote.

Je n'étais pas lâche d'habitude mais, à l'instant, je n'arrivais pas à me convaincre de retourner en bas et de faire face à Donovan. Je me détachai de la porte et décidai que j'attendrais de l'entendre monter avant de redescendre discrètement pour mon sac.

Je retirai mes bottes et traversai la pièce pour regarder par la fenêtre. Le B&B de Janet donnait sur la grande-rue, qui était la partie la plus jolie du sud de Willow Brook. Il y avait de jolies devantures de magasins, de belles fleurs, des couleurs éclatantes, tout ça pour célébrer l'arrivée des touristes en ville. L'étage du B&B était assez haut pour voir le lac Swan de l'autre côté des bâtiments.

Le ciel était coloré par les derniers rayons du soleil. Des traits orangés et violets teintaient la surface du lac. Il était tard, j'aurais dû être fatiguée, mais je ne l'étais pas.

Je m'étais complètement retournée sur un plan émotionnel ce soir. Agitée après que Levi eut touché un point sensible sans le vouloir, j'étais rentrée à la maison, j'avais vu Donovan et avais décidé que je pouvais oublier mes soucis avec lui.

J'avais eu raison là-dessus. Mais je n'avais pas calculé ce que ça me couterait. Mais, là encore, comment aurais-je pu savoir ce que ça me ferait d'être aussi proche de lui ?

Je pris une grande inspiration, en essayant de calmer les échos de mes orgasmes. Mon cœur battait encore la chamade, vibrant dans les fissures de mon corps brisé. Brisé deux fois.

J'entendis les pas de Donovan dans l'escalier. Chaque pas résonnait sur le sol en bois. Mon pouls s'accéléra à nouveau, de plus en plus vite alors que j'attendais d'entendre sa porte s'ouvrir et se fermer.

Je me dis que j'allais lui donner quelques minutes avant de courir chercher mon sac. Les pas continuèrent, jusqu'à ma porte. Plus un petit coup.

J'hésitai à ouvrir, parce que je supposais qu'il avait mon sac. Je n'étais pas vraiment prête à lui faire face, mais je me dis que c'était mieux. J'avais besoin d'apprendre à me faire violence face à lui et à l'effet qu'il me faisait. Après une grande inspiration, je traversai la pièce et j'ouvris la porte. Il était plus grand que dans mon souvenir, même par rapport à quelques minutes plus tôt. Je n'avais pas les talons de mes bottes de cowboy.

Je me tenais là, avec mon chemisier entrouvert, ma jupe froissée et mes chaussettes. Donovan croisa mon regard, avec l'ombre d'un sourire aux coins de ses lèvres, qui m'emplit de papillons.

Ses yeux descendirent, et son sourire s'élargit avant qu'il ne me regarde dans les yeux à nouveau. Je regardai mes pieds et réalisai que mes chaussettes étaient dépareillées, l'une était rose fuchsia avec de petites étoiles, et l'autre était vert fluo avec de petits éclairs.

J'aimais avoir des chaussettes fun. Quand je le regardai, je haussai les épaules, un peu gênée.

— Mes chaussettes sont dépareillées, dis-je, allant à l'évidence.

— À peine, répondit-il avec une pointe d'accent du sud qui pinça un coin de mon cœur.

J'aurais pu l'écouter parler toute la journée. Heureusement, il continua.

— Tu as laissé ton sac en bas.

Il le leva, et je tendis la main pour l'attraper. Le bout de mes doigts caressa son poignet. Rien que ça me faisait frissonner.

Je fixai ses yeux, j'étais presque hypnotisée par le mélange de couleurs. Du vert et de l'ambre, avec des éclats dorés.

— On n'en a pas terminé.

Il tendit la main et écarta une mèche de cheveux de ma joue, avant de la ranger derrière mon oreille.

— Bonne nuit, chérie.

Sa main retomba et il se retourna. Je restai sur place, sous le choc, silencieuse, alors qu'il traversait le couloir et passait la porte de sa chambre, la fermant silencieusement derrière lui.

Oh. Mon. Dieu.

Chapitre Treize

DONOVAN

En regardant au loin, je voyais la fumée se répandre dans le ciel. Fred, notre pilote pour l'après-midi, parla dans son casque à micro, puis jeta un coup d'œil à Levi.

— On y est presque, entendis-je Fred dire, par-dessus le son régulier des pâles d'hélicoptère.

Nous nous dirigions vers un feu dans l'ouest de l'Alaska. Une grande partie de l'Alaska était considérée comme « l'intérieur » de l'État. La zone vers laquelle nous nous dirigions était à la limite de l'intérieur, mais pas vraiment sur la côte non plus, donc la forêt était principalement constituée d'épicéas, puis se transformait lentement en toundra, et le vent balayait tout le paysage. On allait atterrir au nord de Willow Brook, à une heure de vol.

La saison des feux était violente cette année, mais, là encore, il semblait que toutes les saisons des feux étaient violentes depuis que j'avais pris ce poste. Partout à l'ouest, les étés étaient de plus en plus dangereux. J'avais travaillé avec une équipe dans le nord de la Californie avant de venir ici, et c'était tout aussi violent là-bas. Les étés étaient plus longs, plus chauds, plus secs, et ça créait plus de feux.

Le petit avantage qu'avait l'Alaska dans ce domaine était qu'il y avait beaucoup moins de gens et de maisons à protéger. Cela dit, cela voulait également dire qu'il n'y avait personne pour remarquer les incendies quand ils débutaient. C'était souvent les petits avions qui traversaient les ciels d'Alaska toute l'année qui remarquaient la fumée dans les zones sauvages. Cette zone était principalement forestière, des dizaines et des dizaines d'hectares, pour la plupart non exploités, avec rien d'autre que des cabines de chasse et quelques hôtels par-ci par-là. Il fallait que l'on contrôle ce feu rapidement avant qu'il ne prenne une nouvelle ampleur et ne menace les communautés voisines.

Quelques minutes plus tard, Fred posa l'hélicoptère au camp principal. La caserne de Willow Brook était une base pour deux équipes de pompiers forestiers et une équipe locale. Dans notre équipe, je partageais les responsabilités de contremaitre avec Levi. Cade Masters était le surintendant de notre équipe. Il était là depuis la veille.

En tout, il y avait 25 pompiers dépêchés ici. Autant dire que nous ne pouvions pas tous arriver en même temps. La moitié de l'équipe était arrivée hier, et le reste d'entre nous arrivait aujourd'hui. Il y avait plusieurs camps sur les limites du feu. J'aidai Fred à décharger l'équipement attaché sous l'hélicoptère. Il me lança un sourire et un clin d'œil et continua son chemin. Fred transportait souvent nos équipes partout en Alaska. Son visage marqué nous accueillait souvent après des semaines de dur labeur sur le terrain.

On alla se présenter dans la zone commune, où une équipe de Fairbanks se préparait à partir, ayant terminé leur garde. Cade était occupé à discuter avec leur surintendant. Je croisai le regard de Levi alors qu'il désignait la pile d'équipements au sol. En appelant quelques membres de l'équipe, on s'organisa.

Je posai ma main sur ma hanche en vidant une bouteille d'eau quelques minutes plus tard, en regardant les flammes mordre le ciel au loin, détruisant les arbres en chemin. Nous étions sur le point de nous séparer en deux groupes pour s'occuper de deux zones différentes, pour créer des pare-feu en utilisant le paysage à notre avantage.

J'étais pressé de me mettre au travail, ne serait-ce que parce que ce serait une distraction pour oublier ces derniers jours. Au moment où j'avais réalisé que Jasmine vivait en face de chez moi, toute ma paix intérieure avait disparu. J'étais un papillon et elle était la flamme. Je pourrais facilement me bruler, mais je m'en fichais.

La nuit dernière, ça avait demandé toute ma retenue pour ne pas plonger en elle. Mais, pour une raison absurde, j'avais décidé de garder ça pour plus tard. Je ne pouvais pas cesser de penser à la sensation de son canal embrassant mes doigts et du regard sur son visage quand elle explosait.

J'étais complètement fou de tenter quoi que ce soit avec elle. Levi me tuerait s'il savait ce à quoi je pensais avec sa sœur. Enfin, c'était plus que des pensées maintenant. Et comme je l'avais dit la nuit dernière, on n'en avait pas terminé. Je ne voulais pas que ce soit la fin.

Je me souvenais du rose sur ses joues quand elle avait ouvert la porte, ses cheveux ébouriffés sur ses épaules. Son chemisier entrouvert, la jolie courbe de ses seins offerte à mes yeux.

Je me dis que ce n'était que du désir, un désir sauvage et primitif. Mais, dans un coin de ma tête, je n'arrivais pas à oublier la vulnérabilité dans ses yeux. Ça me donnait envie de la prendre dans mes bras et de m'assurer qu'elle sache qu'elle était mienne.

Voilà, c'était ça le problème. Quand il s'agissait de Jasmine, j'avais des pensées folles.

Quelqu'un m'appela, et je levai la tête pour trouver Levi qui me faisait signe. En me secouant pour me vider la tête, je courus vers lui.

— On est prêts ? demandai-je.

— Ouais. Comme on a dit, on prend la moitié de l'équipe de ce côté-là, répondit-il, et désignant les arbres.

Je jetai un œil et j'observai la zone. Les arbres étaient encore verts, pas encore brulés. Le paysage montait vers des rochers. Apparemment, il y avait un cours d'eau de l'autre côté des rochers. J'allais emmener la moitié de l'équipe pour créer un pare-feu jusqu'à l'eau, puis utiliser ça pour nous aider.

Pendant ce temps, Levi prendrait le reste de l'équipe pour suivre le ravin jusqu'à l'autre côté du feu pour créer un autre pare-feu. On ne faisait que suivre le travail commencé par l'équipe de Fairbanks. Ils avaient passé deux semaines ici et partaient juste aujourd'hui, l'air fatigué. Ce feu était violent en son centre, qui était à des kilomètres de là où nous nous tenions maintenant.

— Ça marche, répondis-je.

Levi passa sa main dans ses cheveux avec un soupir.

— Espérons qu'on pourra contrer le vent, dit-il en se retournant.

Quand on est pompier, le vent est souvent notre ennemi. L'oxygène alimente les feux. Quel que soit le sens dans lequel le vent souffle, il attise les flammes.

Cette après-midi et les quelques jours à venir étaient censés être calmes mais, après ça, la météo annonçait des tempêtes. Les tempêtes amèneraient la pluie, et pas trop de vent, on l'espérait.

Jasmine disparut un instant de mes pensées, un soulagement bienvenu pour le moment. Je rassemblai ma demi-équipe et me mis en route, équipement sur le dos, pour randonner sur un terrain inégal.

Créer un pare-feu était un travail difficile, et j'étais prêt à tout pour m'occuper l'esprit. Jasmine avait fait tomber quelques pierres du mur que j'avais construit autour de mon cœur. Elle m'avait ramené à de vieux souvenirs, des souvenirs que j'aurais préféré ne jamais retrouver.

Même si je me jetais dans des tâches difficiles, la nuit, sous les étoiles, Jasmine dansait dans ma tête.

J'essayais sans cesse de me convaincre que c'était parce qu'elle était tellement belle que ce désir qui brulait entre nous était incontrôlable. Mais les souvenirs qu'elle avait déterrés me disaient autre chose. Ça me disait qu'elle était la seule femme que j'avais rencontrée depuis toutes ces années qui me donnait envie de plus que d'une histoire brève.

Tard, une après-midi de notre deuxième semaine sur ce feu, je travaillais à la tronçonneuse pour déblayer quelques buissons épais. On avait créé un pare-feu de cinq-cents mètres de large le long des arbres, sur des kilomètres. On suivait le cours d'eau jusque là où il plongeait dans la rivière.

— Donovan ! appela Levi.

En regardant par-dessus mon épaule, je relâchai la poignée de la tronçonneuse et l'éteignis. Je la posai doucement et j'attrapai une bouteille d'eau posée au sol non loin, pour la descendre rapidement.

— Qu'est-ce qu'il y a ? lançai-je en retour.

Je marchai vers Levi qui avançait vers moi, pour se rejoindre entre des arbres couchés. Le son des haches qui battaient le bois et des tronçonneuses continuait de résonner autour de nous. Levi avait l'air fatigué, et c'était exactement ce que je ressentais.

Il passa sa manche sur son visage, retira ses lourds gants de travail pour les taper contre sa jambe.

— Je viens de recevoir un appel de la part de Cade. Il va pleuvoir demain, on devrait pouvoir partir. On s'en sort pas mal avec ce feu, pour l'instant, expliqua-t-il.

J'acquiesçai, passant ma propre manche sur mon front. Mon dos était couvert de sueur.

— Super. Tu veux qu'on aille jusqu'où aujourd'hui avant de laisser les gars se reposer ?

Levi afficha un sourire éreinté.

— Je suis tellement fatigué, j'arrêterais bien tout de suite. Mais il nous reste quelques heures de jour. Moi je dis, allons jusqu'à la rivière. T'en penses quoi ?

— Exactement ce que je pensais, répondis-je.

— Super. Ça nous laissera le temps de manger quelque chose ce soir, et de faire la moitié du chemin vers le camp, répondit-il.

On parla quelques minutes de plus avant de nous séparer à nouveau, pour aller voir nos équipes et leur donner le plan de l'après-midi. Dès qu'on savait qu'on était sur le point de terminer une mission en forêt, tout le monde travaillait plus dur. Être pompier forestier était l'un des boulots les plus physiques du monde. Les hommes et femmes qui y dédiaient leur vie donnaient une nouvelle définition au terme « don de soi ».

Alors que je me jetais dans l'après-midi, mon esprit revint à une autre époque, seulement quelques années plus tôt. J'adorais mon équipe, l'entraide, l'honneur, la confiance. Je faisais confiance à chaque personne dans cette équipe, j'aurais mis ma vie entre leurs mains.

Quand j'étais dans l'État de Géorgie, mon meilleur ami d'enfance s'appelait Bill. On voulait tous les deux la même chose et on s'était inscrits comme pompiers volontaires à la caserne locale. On avait quitté l'État pour une formation de pompier forestier en Californie, ensemble. Et comme mon équipe actuelle, je faisais confiance à Bill, sur tout. Le simple fait de penser à lui me ramena un gout amer au fond de la gorge. Il y avait différents types de confiance. Je pensais encore que Bill me sauverait la vie s'il le fallait.

Mais il avait réduit le reste de ma confiance en lui en cendres.

On était allés à la fac ensemble, comme beaucoup d'amis. Je ne savais même pas pourquoi j'allais à la fac, puisque je savais exactement ce que je voulais faire. Mais je pensais que j'y étais obligé. J'étais tombé amoureux, ou du moins j'avais suivi mon désir sexuel, de Katie Sharp. Elle était tout ce que je pensais vouloir : hyper courageuse, magnifique et intelligente. Elle ne bronchait pas quand on était en campagne. Elle n'était pas pompière, mais peu de gens en étaient capables.

On était sortis ensemble pendant trois ans à la fac, et je l'avais demandée en mariage peu de temps après. Parce que j'étais bête et que je ne voyais pas l'évidence. Ce ne fut que quand je rentrai à la maison un soir, à l'appartement que nous partagions, que la vérité me frappa.

Bill et moi étions tous les deux pompiers. Quand on avait déménagé en Californie, Katie était venue avec nous. Après notre formation, on avait pris des postes dans deux équipes différentes, juste parce que c'était ce qui s'était présenté. J'avais fini plus tôt que prévu après une mission d'une semaine en Arizona. Je rentrais à la maison, fatigué, pressé de prendre une douche et de faire un câlin à Katie, mais, au lieu de ça, je l'avais trouvée en train de tailler une pipe à Bill dans notre cuisine.

Aujourd'hui encore, je ne savais pas quelle était la pire partie de l'histoire. Les trahisons se mélangeaient. Mon meilleur ami d'enfance couchait avec ma nana dans mon dos depuis des mois à ce moment-là. Ou du moins, c'est ce que j'avais fini par comprendre en me renseignant. Je n'avais pas vu Katie depuis que j'avais vu ses lèvres avaler la bite de Bill. L'avant-dernière fois que j'avais parlé à Bill était quand je lui avais hurlé dessus et mis un coup de poing alors que son pantalon était encore baissé.

Le pire ? C'était déjà pas mal que mon meilleur ami se tape ma fiancée, mais il avait essayé de se faire pardonner, de m'appeler pour parler. J'imaginais qu'il avait fini par se sentir coupable. À ce moment-là, ça n'avait pas d'importance. Pas pour moi. Les amis ne se faisaient pas ce genre de saloperies. Mais, ces temps-ci, la colère et l'amertume avaient disparu. Bill me manquait. L'ami qui m'avait trahi me manquait.

Depuis ce moment-là, j'avais arrêté de chercher l'amour. D'ailleurs, j'avais simplement décidé que j'étais mieux sans. Après des années à entendre que je me casais trop jeune, j'avais changé de trajectoire et ça m'allait parfaitement. Je n'avais jamais rencontré de femme qui me donnait envie de plus que quelques nuits de plaisir.

Mais Jasmine était différente. Peut-être que c'était parce qu'elle était sacrément sexy, mais le simple fait de la voir me faisait bander. J'en oubliais mon amertume.

J'étais agité et agacé par le fait que mes pensées allaient dans cette direction alors que je n'y avais pas pensé depuis des années, et je rejetai cette amertume.

Jasmine, la belle Jasmine, sexy, jolie, avait dénoué les liens de mon cœur.

Je ne pensais même pas qu'elle l'ait voulu. Je savais depuis qu'elle avait parlé de son ex qu'elle s'y connaissait en trahison. Tout ce que je savais, c'était que je ne voulais jamais revoir cette vulnérabilité briller au fond de ses yeux. Je voulais la prendre parce qu'elle ne devrait pas avoir à la porter.

Quelques heures plus tard, je pensai enfin à autre chose qu'à Jasmine. Il fallut que trois arbres manquent de me tomber sur la tête pour que j'y arrive, mais bref. Tant que ça marchait.

Cette nuit-là, dans le coucher de soleil infini d'Alaska, les gars et moi étions installés au sol. Pas de feu de camp pour nous. Mais nous avions des rires et de la nourriture. Un peu plus tard, j'étais allongé sur le dos à regarder le ciel. Il était minuit passé et l'obscurité arrivait enfin. Les étoiles brillaient dans le ciel, la lune se levait d'un côté, l'odeur de la fumée était loin.

Mes pensées se tournèrent encore une fois vers Jasmine. Je m'endormis en pensant à son corps sur le mien.

Chapitre Quatorze

JASMINE

En garant ma voiture, je jetai un œil autour de moi. La galerie d'art Midnight Sun Arts était au bord d'une plage rocheuse, ainsi qu'une série d'autres magasins. La baie de Kachemak rayonnait sous le soleil de l'autre côté du trottoir. Les montagnes s'élevaient de l'autre côté de la baie, et un glacier brillait face au ciel d'un bleu divin. Le mont Augustine était un volcan qui vivait au-delà de la baie, une réelle ancre dans ce paysage. En sortant de ma voiture, un air salé me frappa, agitant la surface de l'eau. Je pris une grande inspiration pour rassembler mon courage et montai les quelques marches vers le trottoir.

Diamond Creek était à quelques heures au sud de Willow Brook, sur les côtes de la baie de Kachemak. Tout comme Willow Brook, cette petite ville attirait beaucoup de touristes l'été. Je jetai un œil partout autour de moi en entrant dans la galerie, admirant les plafonds hauts, la luminosité et les murs beiges. Il y avait des œuvres d'art sur toutes les surfaces disponibles partout dans la galerie.

Je me baladai dans la pièce et pris une grande inspiration que je relâchai en un soupir. J'adorais être entourée d'art.

— Bonjour, m'appela une voix accompagnée de bruits de pas qui résonnaient sur le parquet. Puis-je vous aider ?

Une femme fit le tour de l'une des œuvres pour se mettre dans mon champ de vision. Elle avait des cheveux noirs courts qui tombaient sur son front. Sa coupe était dégradée avec une mèche rose d'un côté et violette de l'autre. Elle était de taille moyenne et un peu ronde. Elle portait un chemisier violet en coton un peu large avec une jupe noire droite qui lui arrivait aux genoux. Elle complétait l'ensemble avec des bottes de cowboy et des bijoux en argent larges. Elle était magnifique.

Au moment où elle me vit, elle sourit.

— Oh, êtes-vous Jasmine ?

— Vous êtes Risa ? demandai-je en lui rendant son sourire.

Car si elle savait qui j'étais, c'était que ça devait être Risa.

— Je suis Risa, tout à fait. Ravie de vous rencontrer, dit-elle en s'approchant rapidement de moi et en me tendant la main.

Sa poignée de main était ferme. Elle recula, en affichant toujours un sourire chaleureux et un regard ravi.

— Je suis très contente que vous ayez pu venir, et si ça fait quelques minutes que vous attendez, je suis désolée. J'étais prise par un coup de téléphone dans l'arrière-boutique.

Il y avait d'autres clients dans la galerie. Elle se pencha en avant, parlant plus bas.

— Est-ce que ça vous dérange si je passe voir les clients ? On pourra parler derrière le comptoir après ça. Quelqu'un arrive pour s'occuper de la salle dans quelques minutes.

— Bien sûr. Je vais faire le tour de l'expo.

— Faites donc ! dit-elle avec un petit signe de main avant de traverser la pièce.

Risa Thomas était l'une des propriétaires de Midnight Sun Arts à Diamond Creek. Amelia, la meilleure amie de Lucy, m'avait mise en contact avec elle car Risa était amie avec le grand frère d'Amelia, Quinn, qui vivait à Diamond Creek. Je connaissais Quinn, mais je ne l'avais pas vu depuis des années. Il était un peu plus vieux que moi et avait terminé son lycée un peu avant moi, c'était pour ça que je ne le connaissais pas très bien.

Alors que j'avais été très pressée de contacter Risa, elle m'avait coupé l'herbe sous le pied. Elle m'avait écrit l'autre jour en me demandant de passer à la galerie. Elle cherchait plus de poterie pour cet espace ainsi que pour d'autres galeries qu'elle gérait avec ses partenaires.

Midnight Sun Arts à Anchorage était l'une des galeries les plus actives de la ville. Je n'aurais jamais eu le courage de les contacter. Même si j'avais fait partie de la scène artistique à San Francisco, ce qui aurait dû être plus intimidant, j'avais déjà quelques contacts là-bas avant de me lancer, puisque j'y avais étudié.

En Alaska, je n'avais aucun contact, et je n'avais pas beaucoup de confiance en moi quand ça touchait à mon art. Je marchais doucement dans la galerie. Risa avait une très bonne sélection de tableaux, photographies, poteries, bijoux, sculptures en bois et autres. Les prix étaient plus élevés que ce que j'aurais pensé pour la région, mais je ne connaissais pas grand-chose au marché d'art local.

J'avais envoyé un lien vers mon site web à Risa, qui

contenait des photos de mes poteries à des expos et dans des galeries de San Francisco. J'étais stressée et je détestais ce sentiment. Juste au moment où je commençais à me dire que l'art qu'elle avait ici était beaucoup trop sophistiqué pour mon style, j'arrivai dans un autre coin de la pièce et je tombai sur une petite collection de meubles peints de façon parfaitement étonnante et charmante. Ça, c'était tout à fait mon style. Ma poterie était plutôt du genre rigolote.

La voix de Risa arriva jusqu'à moi alors qu'elle me rejoignait.

— Ah, vous voilà !

Je me retournai et trouvai son sourire chaleureux qui m'attendait.

— Allons-y. Je vais m'éclipser réellement maintenant. Mon employé de l'après-midi vient d'arriver.

Je la suivis à travers les pièces exposées au fond. Elle s'arrêta et me présenta une fille amicale du nom de Kayla avant de m'emmener dans un hall, par la porte du fond. On entra dans un petit bureau, mes yeux furent immédiatement attirés par la fenêtre qui offrait une superbe vue de la baie.

Sa galerie était juste au bord de la côte, près du port d'Otter Cove. En plus d'être entourée d'art toute la journée, elle avait une vue magnifique. La baie de Kachemak s'étendait loin devant nous. Les mouettes dansaient et chantaient au bord de l'eau.

— Asseyez-vous, dit Risa en m'indiquant une petite table ronde. Vous voulez un café ?

— Avec plaisir, dis-je.

Elle s'avança vers un petit comptoir au fond et nous servit deux tasses de café. J'entendis le murmure distant d'un outil, mais je ne savais pas ce que c'était. En revenant à la table, elle prit une gorgée de café et étendit ses jambes. Elle écarta ses cheveux de son front puis pencha la tête sur le côté.

— Donc, comme je vous disais dans mon mail, j'ai déjà vu ce que vous faisiez en ligne. J'aimerais beaucoup présenter vos œuvres dans nos galeries. Nous avons ce lieu, une autre galerie à Anchorage, une à Juneau et une à Fairbanks. On vend beaucoup. Je sais que vous pensez sans doute que je suis folle, mais, avec tous nos lieux, je pense que nous pourrions avoir besoin d'une commande toutes les deux semaines. La seule chose qui m'inquiète pour l'instant, c'est de savoir si vous avez un lieu où travailler. Je sais que vous vivez à San Francisco et venez de revenir en Alaska.

J'étais tellement occupée à rassembler mes pensées sans m'évanouir que j'arrivais à peine à enregistrer ce qu'elle disait. Si elle pensait ce qu'elle venait de dire, je venais de trouver un travail à temps plein à faire de la poterie et à la vendre. Ces galeries suffiraient largement à me faire vivre.

Elle dut sentir ma surprise parce qu'elle rit doucement.

— Je vous ai dit, on vend beaucoup. Ce n'est pas pareil ici et en ville. Je veux dire, si on regarde les bénéfices, San Francisco gagne beaucoup plus grâce à ses ventes d'art en une journée que nous. Mais les touristes adorent acheter des souvenirs, simplement pour dire où ils l'ont trouvé. Les artistes locaux se vendent mieux, et ce ne sont pas pour les mêmes clients. Vous êtes née et avez grandi en Alaska. Votre travail est splendide, amusant et pratique. Croyez-moi, ça va se vendre comme des petits pains.

Je croisai le regard chaleureux de Risa et me retrouvai à hocher la tête. Je n'arrivais pas à croire ce qu'elle me proposait et j'étais très préparée au fait que ça ne marcherait pas. Elle avait l'air certaine, mais j'avais un don pour tout gâcher. Cependant, je n'étais pas bête, et je voulais saisir cette opportunité. Plus que tout. Je savais qu'il faudrait que je trouve une façon de m'organiser et trouver un lieu où installer mon studio, mais, quoi qu'il arrive, j'allais m'en sortir.

Quand j'acquiesçai, elle frappa des mains.

— Parfait. On a vraiment besoin de plus de poterie. Les gens adorent ça, parce qu'en plus d'être beau, c'est utile. Les meubles que vous regardiez ?

Quand je hochai la tête, elle continua :

— On en vend des tonnes. Ils sont marrants, et fous, et tout comme de la poterie, ils sont pratiques. Quand j'ai vu votre style en ligne, j'ai immédiatement pensé à ces meubles. Ce n'est pas du tout le même type d'art, mais c'est la même ambiance.

— Je me suis dit la même chose quand je les ai vus, ajoutai-je alors qu'un sourire s'emparait des coins de ma bouche.

Une joie montait en moi. Avec tout ce qu'il s'était passé ce mois dernier, j'avais l'impression de renaitre. C'était une chose positive, une chose à laquelle je pouvais m'accrocher.

— Venez, dit Risa. Laissez-moi vous montrer l'étage. Et vous pourrez rencontrer Jessa. C'est elle qui fait tous les meubles. Elle vit à Diamond Creek et loue l'espace à l'étage. J'aime bien peindre mais je ne suis pas artiste. Je peins des signes et des choses pour la galerie. Il n'y a que Jessa et moi qui travaillons à l'étage en ce moment. Je fais rénover les deux autres pièces.

Je la suivis dans le couloir puis dans l'escalier qui menait à un autre couloir avec deux portes de chaque côté. Le murmure distant que j'avais entendu plus tôt s'intensifia et je supposai que c'était les travaux dont elle parlait.

Risa me montra rapidement son espace, qui avait

une table de travail avec de la peinture et des posters partout. Elle frappa à la porte d'à côté et découvrit que Jessa n'était pas là. Le simple fait de voir l'espace me serra le cœur. Il y avait de la peinture partout sur des tissus qui protégeaient le sol, et des meubles en cours de travail partout dans la pièce.

— Eh bien, si vous repassez par ici, vous la rencontrerez peut-être, dit Risa en se retournant.

Alors qu'elle parlait, le murmure ralentit doucement dans une pièce de l'autre côté du couloir. Elle s'arrêta à côté de la porte pour l'ouvrir en disant :

— Eh, qu'est-ce qu'il se passe là-dedans ?

Dès que la porte s'ouvrit, de la poussière de placoplâtre vola jusque dans le couloir en un nuage épais, me frappant en plein visage.

— Oh !

J'éternuai encore et encore en essayant de reprendre mon souffle. C'était trop. En quelques secondes, je faisais une crise d'asthme.

Risa arriva rapidement pour voir ce qu'il m'arrivait et ferma la porte, s'excusant sans fin en me faisant sortir du couloir. Je repris mon souffle alors que ma gorge sifflait, j'avais du mal à respirer, Risa me traina presque vers son bureau. Elle m'installa sur une chaise dans son bureau. Je l'entendis me demander si j'avais de la Ventoline. J'essayai de fouiller mon sac mais elle me le prit des mains et trouva rapidement ma Ventoline avant de me la tendre.

Quelques minutes plus tard, je pouvais respirer normalement.

— Je suis vraiment désolée. Je n'ai pas réfléchi. Cette quantité de poussière ne me fait pas faire une crise d'habitude.

— Vous n'avez pas besoin de vous excuser, me dit Risa en me touchant le bras. C'est moi l'idiote qui ai ouvert la porte alors qu'ils ponçaient des plaques de plâtre.

— Vous ne pouviez pas savoir que je faisais de l'asthme, dis-je en prenant un inspiration lente.

C'était difficile de mettre des mots sur ce que ça fait de respirer quand on s'étouffait quelques minutes plus tôt.

— Vous en avez encore besoin ? demanda-t-elle en désignant la Ventoline dans ma main.

Après une autre bouffée de Ventoline, mes poumons étaient libres. Je m'adossai à ma chaise et soupirai.

— C'est vraiment désagréable de faire des crises d'asthme.

— Comment est-ce que vous faites pour la poterie ? demanda-t-elle.

— Eh bien, il n'y a pas beaucoup de poussière si je m'en sors bien. Et j'adore ça. J'avais un système d'aération dans mon studio à San Francisco. Je suis sûre que je peux installer quelque chose de similaire à Willow Brook.

Au moment où je fis ce commentaire, mon esprit revint à Donovan, torse nu, qui faisait des travaux dans le B&B de Janet. Voilà l'état dans lequel j'étais quand ça touchait à Donovan. N'importe quel commentaire pouvait me ramener à lui. Je me forçai à me concentrer sur autre chose.

Quelqu'un frappa à la porte. En levant les yeux, Risa lança :

— Entrez.

Un policier passa la porte. Au moment où Risa posa les yeux sur lui, son sourire s'élargit. Elle se leva et avança vers lui. L'agent de police se pencha en avant et déposa un petit baiser sur ses lèvres.

— J'avais un appel dans le coin, donc je me suis dit

que je passerais te voir avant de retourner au commissariat, dit l'agent de police.

Risa attrapa son bras et trouva mon regard.

— Voici mon mari, Darren. Chéri, dit-elle en me présentant, voici Jasmine Phillips. La sœur de Quinn m'a appelée pour me parler d'elle. Je suis en train de la convaincre de m'envoyer toute sa poterie.

Darren me lança un sourire.

— Ravi de vous rencontrer. Ne la laissez pas vous malmener, ou je vous promets qu'elle prendra toute votre poterie. Elle a passé une nuit entière à m'en parler, l'autre jour.

Risa lui donna un petit coup de coude.

— J'adore trouver de nouveaux artistes, dit-elle avec un petit sourire gêné.

Ils allaient très bien ensemble. Risa était très belle et Darren était joli garçon, avec des cheveux brun foncé et des yeux de la même couleur.

— Je dois y aller, chérie, dit-il. J'avais juste une minute pour passer.

Risa le raccompagna jusqu'à la porte. Il pencha la tête à nouveau, déposant un baiser le long de son cou. C'était assez innocent, mais l'intimité qu'ils partageaient était tellement puissante que j'avais l'impression de m'immiscer dans quelque chose. Ils s'aimaient clairement. C'était ça que je voulais. Une tristesse s'empara de ma poitrine soudainement. Je me forçai à détourner le regard et me levai pour aller me tenir à côté de la fenêtre.

— Cette vue est incroyable, n'est-ce pas ? demanda Risa par-dessus mon épaule.

En me retournant, je souris, me forçant à ne pas me morfondre sur l'état de ma vie personnelle. Ma crise d'asthme m'avait complètement déboussolée et m'avait rappelé à quel point tout est incertain.

— Oui. Mes parents nous amenaient ici en été, parfois. C'est tellement beau. Bref, je devrais y aller. Je veux rentrer à Willow Brook avant qu'il ne soit trop tard.

— Vous m'appellerez dès que vous vous sentirez prête à nous livrer des pièces, n'est-ce pas ? demanda Risa rapidement.

Tout ça me paraissait encore fou, qu'elle ait prévu de vendre mes poteries.

— Vous êtes sûre ? demandai-je.

— Ça oui, plus sûre que tout ! Quand vous aurez quelques pièces, faites-le moi savoir, et on pourra s'organiser sur combien de pièces il me faut, semaine après semaine. Mes partenaires à Anchorage peuvent vous recevoir à n'importe quel moment aussi. Je ne vais pas remonter dans le Nord avant un mois ou deux, c'est pour ça que j'espérais que vous pourriez descendre. Merci beaucoup d'avoir fait la route, dit-elle avec un autre sourire chaleureux.

La tension qui s'était formée en moi se dissipa un peu.

— Je suis heureuse d'être venue. Je dois vous avouer que votre enthousiasme est un peu surprenant. J'aime bien mon style mais...

Je me tus parce que je n'étais pas certaine de ce que je voulais dire.

— Je ne peux pas imaginer ce que c'est que de vendre son art dans une ville comme San Francisco, offrit-elle. On a ouvert une galerie à Seattle, et j'y vais une fois par an. C'est complètement différent. J'adore l'art, mais je n'aime pas particulièrement la prétention qui vient parfois avec.

— On peut le dire comme ça, dis-je avec un rire. Dans tous les cas, je vous écrirai ou vous appellerai.

Mon but, je l'espère, est de monter mon studio dans les semaines à venir.

— Vous êtes sûre que vous pouvez conduire ? demanda-t-elle alors que je rangeais ma Ventoline dans mon sac et mettais mon sac sur mon épaule.

— Oh, oui. Croyez-moi. Ce n'était en aucun cas la pire crise d'asthme de ma vie. Ça m'a juste surprise.

Risa s'avança vers moi et me prit dans ses bras un instant.

— On va être amies. J'en suis certaine. Vous n'êtes peut-être pas à Diamond Creek mais, avec votre poterie, on sera souvent en contact. Si vous avez besoin de quoi que ce soit, n'hésitez pas.

Chapitre Quinze

JASMINE

Alors que je rentrais chez moi, tard cette même après-midi, je ne me sentais pas dans mon assiette. Entre le fait que Risa m'ait fait cette proposition incroyable et ma crise d'asthme, je ne me sentais simplement pas très bien.

Je faisais de l'asthme depuis que j'étais petite fille. Je détestais ça. Quand j'étais petite, j'avais fait beaucoup trop de crises d'asthme. Je n'aimais pas trop y penser, mais c'était une chose qui avait créé un fossé entre moi et Levi quand on était petits. Levi avait quatre ans de plus que moi, et ne me laissait venir avec lui que rarement quand il sortait.

J'avais oublié la Ventoline une fois quand on faisait une randonnée pas très loin de la maison, peu de temps après avoir emménagé à Willow Brook. C'était une journée d'été en Alaska. On était au lac Swan, mais du côté sauvage. Quand j'avais réalisé que je n'avais pas ma Ventoline, je savais que j'aurais dû dire à Levi qu'il fallait faire demi-tour. Mais on était avec quelques autres amis, on était une bande de mômes en liberté.

Quand on est jeune, et qu'on ne comprend pas à quel point certaines choses sont importantes, on se dit qu'on peut juste décider d'oublier. J'avais fait une très grosse crise d'asthme cette après-midi-là, et Levi avait dû me porter jusqu'au Wildlands où nos parents déjeunaient.

Je me souvenais encore à quel point j'avais eu peur, plus peur que jamais avant dans ma vie. J'avais déjà fait des crises d'asthme, mais c'était la première et dernière fois de ma vie que je n'avais pas de Ventoline sur moi. J'étais presque bleue quand on était enfin arrivés au Wildlands, ça avait terrifié mes parents. À juste titre.

Levi était déjà un frère protecteur avant ça. Pas le genre à essayer de prendre mes décisions pour moi, mais toujours à s'occuper de moi. Après ce jour-là, ça n'avait fait qu'empirer. Levi était quelqu'un de calme et détendu, toujours prêt à vous vanner. Mais après ça, quand c'était moi le sujet... disons juste que ça m'avait volé beaucoup de joies de l'adolescence.

En tant qu'adulte, je pouvais comprendre qu'il avait dû être mort de peur ce jour-là. Il avait été assez grand pour voir la peur sur le visage de mes parents. Je me souvenais à peine de cette après-midi, même si je me souvenais très bien de la sensation d'être à bout de souffle, de ne plus pouvoir respirer et à quel point ça m'avait fait peur.

En conduisant vers le nord sur l'autoroute aujourd'hui, en longeant l'océan et les montagnes, je pris une grande inspiration avant de la relâcher. Respirer était un vrai cadeau, et c'était facile de l'oublier quand on n'avait pas perdu l'usage de ses poumons plus d'une fois dans sa vie.

Je savais qu'une partie de moi était sur la défensive. Je m'étais tellement démenée pour prouver que je pouvais faire des choses toute seule et que je n'avais besoin de personne pour me protéger. L'inquiétude de mes parents et de Levi, et leur façon de surveiller chacun de mes mouvements, avait fait partie de la raison pour laquelle j'avais quitté Willow Brook. Mais j'étais revenue comme un boomerang, au final.

Le monde m'avait renvoyée chez moi vaincue. Je voulais leur montrer que je pouvais me débrouiller toute seule, mais la seule chose que j'avais réussi à prouver c'était à quel point j'avais besoin d'eux.

En rentrant chez moi, je réfléchissais aux options que j'avais pour monter mon studio. Il me fallait de l'espace pour installer ma roue de poterie, mon four, une table d'atelier, un espace de vernissage et un espace de rangement. C'était un vrai cadeau du ciel que mon ancien four à poterie et mon ancienne roue de mes années lycée soient encore dans le garage de mes parents. Le studio où je travaillais à San Francisco me louait aussi des outils. Même si j'avais déjà les éléments les plus couteux, j'avais quand même besoin de trouver un lieu où les installer. Il fallait donc que je demande un grand service à Lucy et Amelia… ou que je demande à Donovan. Je n'arrivais pas à croire que je pensais à lui demander de l'aide.

Je ne savais pas pourquoi, mais ça semblait être l'option la plus simple des deux. Même si Lucy avait déjà proposé d'aider, lui demander de l'aide voulait dire que Levi serait également impliqué. Je détestais cette vieille blessure entre nous.

Parfois, quand j'étais honnête avec moi-même, je savais que mon envie d'aller voir le monde et de quitter Willow Brook revenait à ce jour où il m'avait sans doute sauvé la vie. C'était étrange comme certains moments peuvent changer toute une vie.

Ce n'était qu'une crise d'asthme. Beaucoup de gens

étaient asthmatiques. Mais je n'avais pas fait attention et j'en étais presque morte. Ça avait complètement changé la dynamique de ma relation avec Levi, que j'adorais à l'époque et encore aujourd'hui, et celle de ma relation avec mes parents.

C'était un non-dit dans ma famille mais, depuis ce jour-là, j'essayais de me faire pardonner pour cette erreur et de montrer que j'étais quelqu'un d'autre. Au lieu de ça, j'avais été assez bête pour me fiancer à un connard qui m'avait trompée. Puis je m'étais énervée, j'avais laissé ma colère prendre le dessus et je m'étais fait virer.

Et maintenant j'étais là, de retour en Alaska, le lieu qui m'avait toujours appelée. C'était rare qu'un lieu entier vous manque, mais c'était très difficile de faire ses preuves ailleurs.

Je détestais devoir compter sur les gens.

Le paysage défilait alors que je revenais de Diamond Creek. L'autoroute Sterling suivait la côte. De temps en temps, la route rentrait un peu dans les terres, mais Cook Inlet était visible presque tout du long. Les montagnes s'élevaient au loin. Même maintenant, en plein été, il y avait encore de la neige sur les plus hauts sommets. Un glacier bleu brillait sous le soleil. C'était la fin de l'après-midi et le soleil ne se coucherait que dans plusieurs heures.

Au bout d'un moment, je m'engageai sur l'autoroute Seward, qui me ramènerait à Anchorage avant de pouvoir me diriger vers l'ouest, pour Willow Brook. L'autoroute Seward passait à travers les montagnes Chugach. Pendant un court instant, l'océan disparut alors que je traversais un petit morceau de forêt sur Trail Creek. Le paysage était tellement beau que ça me donna presque envie de pleurer.

Après avoir passé la montagne, je conduisis le long

de Turnagain Arm, la partie de l'autoroute qui suivait la base de la montagne alors qu'elle flirtait avec l'eau salée de Cook Inlet. Je me souvenais m'être dit que les montagnes étaient si proches de la route quand j'étais petite que, si je tendais le bras, je pourrais les toucher.

La circulation s'intensifia un petit peu alors que quelques véhicules ralentissaient pour regarder les bélugas traverser le bras de mer, leurs silhouettes blanches apparaissant alors qu'elles remontaient à la surface de l'eau. Un corbeau vola à côté de ma voiture, en croassant.

Plusieurs heures après avoir quitté Diamond Creek, j'arrivai sur la portion d'autoroute qui me ramènerait à Willow Brook. Alors que j'arrivais en ville, mon cœur tambourina, et je décidai que je trouverai un moment, bientôt, pour parler une fois pour toute de cette après-midi où Levi m'avait sauvé la vie.

Ce qu'il y avait de plus bizarre, c'est qu'il n'y avait rien de dramatique dans cette histoire. Je ne pouvais pas raconter la fois où j'avais failli mourir. La fois où j'avais échappé à la mort, c'était à cause d'une crise d'asthme. Tout ça parce que j'avais oublié ma Ventoline. Et que j'avais été trop têtue pour faire demi-tour.

Quand je finis par me garer devant le B&B de Janet, je me sentais vulnérable et à fleur de peau. Malgré la super nouvelle que m'avait annoncée Risa, cette journée avait rouvert de vieilles blessures, ravivant le sentiment que je ne pouvais jamais vraiment me débrouiller toute seule, ce sentiment de vulnérabilité. Même si la proposition de Risa était géniale, vraiment, vraiment géniale, ça m'avait piquée. Elle était tellement sûre que tout fonctionnerait. Et si... ça n'était pas le cas ?

Je secouai la tête en garant ma voiture devant le

B&B. Ça faisait deux semaines que je n'avais pas vu Donovan.

Quand je vis sa voiture garée là, c'était comme si une cloche sonnait en moi, la vibration résonnait dans mon corps. Je ne savais pas ce qui était pire : le voir ou ne pas le voir. Je n'avais pas posé les yeux sur lui depuis cette nuit-là, quand nous avions partagé quelque chose de si intime qu'à chaque fois que j'y pensais je rougissais.

En prenant une grande inspiration, je me dis que je n'allais pas le voir car c'était plus simple comme ça, et j'entrai silencieusement dans la maison. Je détestais le dire, mais, depuis que je l'avais trouvé torse nu au rez-de-chaussée, je me demandais tous les soirs s'il serait encore là. Je n'avais pas eu le courage de demander à qui que ce soit quand il rentrerait de mission. Il faisait partie de l'équipe de Levi, donc ils étaient sur le terrain ensemble. J'étais trop anxieuse à propos de mes sentiments pour Donovan pour même oser demander à Lucy quand Levi reviendrait.

Ça donnait une idée d'à quel point je me sentais ridicule. Ce soir, le rez-de-chaussée était complète-ment silencieux. La lumière du couloir était allumée, et c'était tout. En traversant la pièce pour monter les marches, je me sentis un peu blessée par l'état de mes pensées.

En arrivant à l'étage, je manquai de perdre connais-sance quand je vis Donovan au bout du couloir, torse nu, à bricoler la fenêtre. Il ne semblait pas m'avoir entendue monter, donc je pris un moment pour admirer son dos. Si on m'avait dit avant que je rencontre Donovan que le dos d'un homme pouvait m'exciter, j'aurais ri. Mais c'était maintenant la deuxième fois que j'avais vu le dos nu de Donovan et que ça m'avait réchauffée à plus d'un endroit.

Il avait un bras en l'air et les muscles de son épaule se contractèrent lorsqu'il poussa fort contre la fenêtre.

— Oh bordel, marmonna-t-il dans sa barbe. Ouvre-toi.

Ma question m'échappa avant que je puisse y penser, presque comme un réflexe.

— Tu as besoin d'aide ?

Il s'immobilisa. Avant même qu'il ne se retourne, l'air devint électrique. La vibration chargée partait du sol et montait dans les airs, remplissant tout le couloir. Il baissa le bras et se retourna lentement. Ma bouche s'assécha. Son torse était une œuvre d'art, tellement musclé. Je mourais d'envie de le toucher, de suivre chaque ligne.

Je réussis à trouver son regard et à ne pas le lâcher, même si je savais que mes joues étaient roses. J'avais l'impression d'être en feu.

Ses yeux gardèrent les miens, alors qu'il réfléchissait, calculait. J'avais l'impression qu'il pouvait lire dans mes pensées. Avec tout ce qui me tournait en tête, je me sentis soudainement encore plus vulnérable.

Il avait l'air fatigué avec un soupçon de tristesse dans les yeux.

— Tu viens de rentrer ? demandai-je.

— Oui. Il y a environ une heure.

Je semblais incapable de faire quoi que ce soit d'autre que de rester là alors qu'un désir liquide coulait dans mes veines.

— Je veux bien de l'aide, ajouta-t-il après une pause.

Pendant un instant, j'oubliai que j'avais proposé. Puis je me souvins.

— Oh ! D'accord.

Il était au bout du couloir, à cinq ou six mètres de

moi. Je marchai vers lui, m'arrêtant devant ma porte pour poser mon sac. Alors que je m'approchais de lui, je sentis la brulure de son regard sur moi à chaque pas. Je portais mes bottes de cowboy préférées. Je les portais si souvent qu'elles étaient presque mes meilleures amies. Le cuir était détendu et usé, enveloppant mes mollets de façon parfaite. Je portais une jupe lâche qui m'arrivait juste au-dessus des genoux avec un chemisier trop grand et un débardeur bleu.

Je n'avais pas tellement pensé à mon apparence jusqu'à ce que ses yeux me dévorent. Mes tétons se tendirent si fort que ça fit mal.

Si des tétons pouvaient parler, je suis presque certaine que les miens hurleraient le nom de Donovan et lui demanderaient de les lécher ou de les tenir entre ses dents. Mes cuisses étaient trempées de besoin. Je me dis que c'était le moment de lui dire que je ne pouvais pas l'aider à faire ce qu'il faisait à cette fenêtre. Parce que c'était dangereux de m'approcher si près de lui alors que je me sentais si vulnérable et excitée.

Mais le désir en moi était bien plus puissant que ma raison et noya tout le reste. Il était autoritaire, me disait quoi faire, comme un fouet qui me forçait à avancer. Quand j'arrivai à son niveau, je frissonnais presque.

— Tu essaies d'ouvrir la fenêtre ? demandai-je bêtement.

Bien sûr qu'il essaie d'ouvrir la fenêtre. Idiote.

Mon critique intérieur avait beaucoup d'expérience et savait toujours quand prendre la parole.

Je l'ignorai et j'essayai de reprendre mon souffle pour me comporter comme un humain normal. C'était mon gentil voisin qui avait besoin d'aide avec la fenêtre du couloir.

Un tout petit sourire tira les coins de ses lèvres et

des papillons s'installèrent dans mon ventre, en tourbillonnant comme des fous.

— Oui, j'essaie de l'ouvrir. Un peu d'air ne ferait pas de mal, dit-il enfin. Si tu pousses ce coin-là, je pousse le haut.

Je regardai sa main s'enrouler sur le cadre de la fenêtre. Bon Dieu, le simple fait de regarder ses mains me donnait des spasmes. Ma culotte était foutue. Ses mains avaient l'air rudes et fortes, ses doigts longs et épais. Je me souvenais très bien de la sensation de les avoir en moi.

J'essayai d'éloigner mes pensées de ça. Bon Dieu, je l'aidais à ouvrir une fenêtre et ça m'excitait tellement que je n'arrivais plus à réfléchir. Je doutais du fait qu'il soit aussi affecté par moi que moi par lui.

Après un moment, on se mit tous les deux à pousser doucement, la fenêtre s'ouvrit et apporta un vent frais dans le couloir. L'air froid du soir frappa ma peau et mes tétons se tendirent encore plus.

Chapitre Seize

DONOVAN

Je laissai ma main sur le cadre de la fenêtre, avec une prise ferme. J'avais besoin de m'accrocher à quelque chose pour ne pas céder à la tentation d'attraper le cul rond de Jasmine. J'avais envie de gouter ses tétons tendus, qui pointaient à travers son débardeur en soie.

Je n'avais vraiment pas besoin de son aide pour ouvrir cette fenêtre. Je voulais juste qu'elle soit beaucoup plus près de moi. Maintenant, il n'y avait pas plus d'un demi-mètre entre nous. L'excitation vibrait dans l'air, ce fouet qui me torturait à l'intérieur et gorgeait ma queue déjà douloureuse de sang.

J'étais mort de fatigue après deux semaines sur le terrain. La plupart du temps, quand je rentrais à la maison, la dernière chose dont j'avais envie c'était de sexe. Habituellement, je buvais une bière et mangeais au Wildlands, rentrais chez moi et m'effondrais sur le lit.

Ce soir, j'étais agité, donc j'avais commandé une pizza et j'étais immédiatement rentré me doucher. J'avais essayé d'ignorer ma déception quand j'avais compris que Jasmine n'était pas là.

Et maintenant elle était là, juste à côté de moi. Ses cheveux dégringolaient sur ses épaules. Elle portait ses bottes de cowboy avec une petite jupe aguicheuse. En voyant sa jupe danser, je ne pouvais penser à rien d'autre qu'à l'envie de me pencher et de la plier en deux pour regarder son cul.

Comme si sa jupe n'était pas assez tentante en soi, elle portait un chemisier ouvert et un débardeur en soie, qui épousait parfaitement ses seins. Je regardai ses tétons pointer à travers la soie alors qu'elle s'approchait de moi dans le couloir, en espérant vraiment qu'elle me voulait autant que je la voulais.

Parce qu'aussi fou que ce soit, nous n'en avions vraiment pas fini l'un avec l'autre. Vraiment pas.

Je relâchai enfin le cadre de la fenêtre en me tournant vers elle. Je m'attendais presque à ce qu'elle recule, mais elle ne fit rien. Elle resta juste là, sa hanche collée au bas de la fenêtre avec sa main enroulée sur le cadre. Je voyais son pouls battre dans son cou et je retins la pulsion de pencher la tête pour y passer ma langue. Je n'avais pas oublié son gout. Bon sang, je n'avais rien oublié de notre dernière rencontre.

Ces deux semaines avaient été longues. La seule chose qui m'avait permis d'oublier Jasmine avait été de me tuer au travail. Heureusement, mon boulot n'en demandait pas moins. J'aurais dû être bien trop fatigué pour la vouloir.

Mais quand elle était près de moi, mon corps prenait feu, rien qu'en sentant son odeur et sa chaleur. Toutes les raisons que j'avais pour garder mes distances s'évaporaient.

Alors qu'un vent frais passait par la fenêtre, je levai la main pour écarter ses cheveux. J'avais besoin de la toucher. En rangeant sa mèche derrière son oreille, je passai le bout de mes doigts le long de son cou, savourant le sursaut de sa respiration et la chair de poule que mon toucher provoqua.

J'attendais encore qu'elle recule. Mais elle n'en fit rien.

— Comment tu vas ? demandai-je.

J'étais perdu dans ses yeux, si beaux, si bleus. Je passai mon pouce sur le pouls agité de son cou.

— Ça va, chuchota-t-elle, d'une voix rauque et cassée.

Ce simple son créait des étincelles en moi.

Sa langue apparut pour caresser sa lèvre inférieure. Son souffle sursauta à nouveau.

— Et toi ? demanda-t-elle en retour.

Son odeur comportait une pointe de fraise. C'était comme une drogue, elle brouillait mes pensées.

— Ça va. Fatigué, ajoutai-je avec un haussement d'épaules.

— Oh, je ne voulais pas te retenir, si tu allais dormir. J'imagine que tu es fatigué. Deux semaines en mission, c'est épuisant.

Elle commença à reculer. Et c'est là que je réalisai qu'elle interprétait ma réponse comme un message pour dire qu'il ne se passerait rien entre nous.

Oh, ça non.

Je voulais Jasmine. Tout de suite.

Je me fichais complètement de l'effet incroyable qu'elle me faisait et du fait qu'elle avait dépassé tous mes murs, comme un courant d'air passe par une fenêtre ouverte. J'avais besoin de la prendre.

Je m'avançai vers elle alors qu'elle commençait à partir, et passai ma main libre autour de sa taille, l'abaissant pour attraper son cul.

— Où tu vas ?

Je murmurai ma question alors que je déposais de petits baisers le long de son cou.

Elle gémit.

— Je pensais que tu étais fatigué.

— Je le suis, mais je te veux.

Quand j'installai mon genou entre ses cuisses, elle lâcha un petit cri.

Je reculai parce que, même si j'étais complètement fou de désir et au bord du gouffre, je voulais m'assurer qu'on soit sur la même longueur d'onde.

— Si tu n'as pas envie, c'est pas grave. Peut-être...

Je commençais à me dire que j'avais peut-être mal compris. Mais elle secoua la tête, donc je ne terminai pas ma phrase.

— J'en ai envie, dit-elle, avec un ton presque insistant.

— Très bien alors, murmurai-je.

Je resserrai ma prise sur ses fesses, en savourant le doux rebond alors que j'enfonçais mes hanches vers elle. Son souffle siffla et elle se mordit la lèvre. La vue de ses dents plantées dans la chair généreuse de ses lèvres m'électrocuta de besoin.

D'habitude, j'étais quelqu'un de mesuré, mais, avec Jasmine, j'étais toujours sur le fil.

Je plongeai la tête pour embrasser ses lèvres, et cette bouche beaucoup trop sexy. Au moment où nos lèvres se trouvèrent, un éclair d'énergie nous traversa, et mon corps entier vibra. Notre baiser devint chaud, mouillé, et profond, presque immédiatement. Je plongeai dans la chaleur de sa bouche et sa langue me rejoignit à chaque passage. Quand elle gémit dans ma bouche alors que je balançais ma longueur contre ses hanches, ça me demanda toute la volonté du monde de ne pas la sauter dans ce couloir. Ses hanches se balancèrent sur mon genou, et je savais qu'elle essayait de se donner le même plaisir.

Les minutes qui suivirent furent floues. Ses mains

étaient aussi gourmandes que les miennes. Elle caressa mon torse et mon dos, ses ongles marquant ma peau. En arrachant mes lèvres aux siennes, je tirai sur son débardeur. La soie un peu élastique me laissa juste assez d'espace pour que je puisse libérer ses seins.

Je reculai pour les voir dépasser d'un soutien-gorge en dentelle noire. Ses tétons traversaient la dentelle. En levant les yeux, je trouvai son regard brumeux et rêveur. Sa tête roulait contre le mur. Elle chevauchait presque mon corps alors que je la gardais dans la cage de mes bras, plaquée au mur.

On se regarda, l'air était lourd de désir. Je ne réfléchissais pas, du tout. Ce moment resterait sans doute gravé dans mon esprit. La puissance de ce désir que j'avais pour elle était telle que je ne pouvais pas l'arrêter. Quand je la regardai dans les yeux, mon cœur se serra et cela se mêla au désir. Cet éclat de vulnérabilité au fond de son regard me renvoyait à un état primitif.

En passant ma main sur la courbe de son ventre, je pris l'un de ses seins, qui pesait lourd dans ma main. Je passai mon pouce d'avant en arrière sur la dentelle, caressant l'un de ses tétons pointés, la regardant fermer les yeux avec un long gémissement.

Avec Jasmine, je vivais quelque chose que je n'avais jamais vécu avant. Le choc de deux besoins. Celui qui me poussait à la toucher, qui me donnait envie de la marquer comme étant mienne si fort qu'on s'y perdait tous les deux. Et le besoin de boire ses réponses, de faire durer tout le plus longtemps possible car rien ne pouvait être mieux que ça. Rien que je puisse imaginer.

Je penchai la tête et passai ma langue sur la dentelle, souriant contre sa peau quand elle se cambra en moi. En faisant rouler un téton entre mes doigts, et en jouant avec l'autre entre mes dents, avec ma langue, je savourai les sons de ses soupirs alors qu'elle murmurait mon nom avec un petit pleur.

Il m'en fallait plus. Immédiatement.

En remontant la tête à contrecœur, je passai mes mains sous ses hanches et la levai contre moi. Sa jupe tomba de chaque côté de ses cuisses alors qu'elle enroulait ses jambes autour de ma taille en se cambrant.

Je sentais la chaleur mouillée de son centre alors qu'elle enfonçait ses hanches contre mon membre tendu.

— Bordel, Jasmine, murmurai-je alors que je m'écartais du mur en la tenant fort contre moi.

Ses lèvres étaient logées dans le creux de mon cou, jouant avec moi et me créant des frissons de désir.

En traversant rapidement le couloir, je me débattis avec ma porte. Quelques secondes plus tard, nous étions chez moi. Je me dirigeai directement vers ma chambre au fond. Je la posai sur le lit, me redressai et la regardai.

Sa jupe était remontée sur ses hanches, la soie noire entre ses cuisses me provoquait. Ses cheveux étaient emmêlés et ses lèvres gonflées par nos baisers. Ma barbe avait griffé la peau délicate au-dessus de ses seins, et elle était maintenant rouge.

Ses joues étaient roses et ses yeux sombres, ses seins dépassaient de son soutien-gorge, et ses vêtements étaient de travers, c'était la femme la plus sexy que j'aie jamais vue. Elle se redressa sur ses coudes pour attraper ma braguette.

— Trop de vêtements, marmonna-t-elle.

— Pareil pour toi, renvoyai-je.

Elle se leva du lit. Elle retira ses bottes, se tortilla pour retirer sa jupe et jeta son chemisier et son débardeur dans un coin. Puis elle resta devant moi, avec sa culotte en soie noire et son soutien-gorge en dentelle noire.

Je ne pouvais pas détourner le regard. J'aurais pu jouir rien qu'en la regardant. Elle me fit un signe de main avant de la poser sur sa hanche en penchant la tête sur le côté.

— Allez, Donovan, joua-t-elle, les yeux brillant.

Je jetai mon jean dans un coin et j'attrapai un préservatif dans le tiroir. Quand je me retournai, elle était complètement nue. À couper le souffle. Elle posa un genou sur le lit et rampa dessus. En avançant rapidement, je passai derrière elle pour attraper ses hanches avant qu'elle ne se retourne.

— Pas encore, murmurai-je. J'ai besoin de te gouter, et j'adore ton cul.

Elle rit, un son qui me faisait l'effet d'un ruban de soie enroulé autour de mon cœur.

Je passai ma paume le long de son dos, en regardant son corps réagir : sa taille s'abaissa avec un soupir alors que je plongeais entre ses cuisses. Elle était trempée, mouillée de désir.

Je plongeai deux doigts en elle, en entier, mes yeux plantés dans les siens alors que ses hanches se cambraient à mon toucher. Elle gémit mon nom quand je sortis mes doigts et les plongeai à nouveau, son canal se serra sur ma main.

J'avais besoin de voir son visage. Je la retournai et j'écartai brutalement ses genoux avant d'y plonger mon visage. Elle avait un gout sucré-salé, un réel délice. En jouant avec elle, je la baisai doucement avec mes doigts alors que je l'explorais avec ma langue. Alors que je n'entendais plus que ses cris et que son corps commençait à se contracter, j'attrapai son clitoris entre mes dents, la regardant alors que j'enfonçais mes doigts encore une fois.

Elle gémit mon nom dans un cri saccadé, alors que son corps entier se tendait quand elle se resserra sur mes doigts. J'étais au bout de ma retenue. Je craquai, et reculai un peu pour enfiler une capote à la vitesse de la lumière avant de me placer entre ses cuisses.

— Jasmine.

Ses cheveux étaient emmêlés sur mon oreiller, et elle se força à ouvrir ces beaux saphirs qu'elle avait pour yeux. Je restai immobile, le bout de ma queue à l'entrée de sa chatte.

— Donovan, je t'en supplie, murmura-t-elle.

Ma retenue disparut et je plongeai en elle pour trouver ce puits de mouille alors que je regardais ses yeux s'écarquiller.

Chapitre Dix-Sept

JASMINE

— Jasmine, murmura Donovan d'une voix grave et rauque.

En me forçant à ouvrir les yeux, je le regardai. Il était au-dessus de moi, une main sur sa queue et l'autre accrochée à ma hanche.

Mon corps récupérait encore de l'orgasme énorme qui venait de me traverser. Mais j'avais déjà besoin de plus. Le désir que j'avais pour lui me remplissait.

— Donovan, je t'en supplie.

J'entendis ma voix lui demander d'aller plus loin. Mais je m'en fichais, je n'avais plus honte. J'étais prise dans cette folie sans fin. Tout ce que je voyais, c'était ce dont mon corps avait besoin. Son corps était une œuvre d'art, de grands pans de muscle et des petites cicatrices un peu partout. Rien n'était superficiel chez Donovan, il était naturel, sauvage, fait d'une masculinité pure si intense que sa simple présence m'entourait.

Mes hanches se cambrèrent vers lui et il plongea enfin en moi. C'était tellement bon et intense que je perdis presque connaissance, perdue dans une brume de besoin et de vibration. Il me remplit complètement avec chaque épais centimètre.

Il resta immobile un instant alors que mon corps s'ajustait au sien. Je ne voulais pas que ça aille doucement. Je voulais qu'il y aille fort et vite. J'avais presque envie que ça fasse mal parce que je ne savais pas comment calmer ce besoin en moi autrement. En ouvrant les yeux, je me collai à lui, enroulant mes jambes autour de ses hanches, mes talons poussant les muscles tendus de ses fesses.

C'est là qu'il se mit à bouger, reculant et revenant. Il commença doucement alors qu'il s'étirait sur moi. La dureté de son corps contrastait avec la douceur de ses lèvres dans mon cou tandis que je devenais complètement folle sous lui. Je hurlais, mes ongles déchiraient sa peau et il commença à accélérer le mouvement, en allant un peu plus loin à chaque poussée. Il murmura des mots sales et sexy alors que je me resserrais de plus en plus, à la recherche d'une nouvelle explosion.

Il se redressa légèrement, passa la main entre nous, pour jouer avec mon clitoris. Je perdis tout contrôle et me perdis dans un orgasme, mon sexe pulsait alors que je me brisais en mille morceaux, dans un climax plus intense que le dernier. Avec un dernier grand coup de hanche, il frissonna et lâcha un cri rauque en s'effondrant sur moi.

Alors que je reprenais doucement mes esprits, je le sentis me retourner pour m'installer sur lui. Je m'effondrai à nouveau, molle et ravie.

Installée sur le torse musclé de Donovan, j'écoutais le battement de son cœur, fort et rapide, qui ralentissait doucement comme le mien.

Au bout d'un moment, je levai la tête et j'installai

mon menton sur ma main. Comme s'il avait senti mon regard sur lui, il ouvrit les yeux, ces belles billes vert et or trouvant mes yeux. Même s'il était encore en moi et que je venais de jouir deux fois de façon spectaculaire, l'air dans ses yeux, la chaleur languissante qui y résidait, me redonna toute mon énergie, faisant vibrer mon ventre d'électricité et de chaleur.

Je n'étais pas certaine de ce que je devais dire. Il me sauva de devoir trouver mes mots en passant sa paume le long de mon dos, en une caresse calme.

— Eh bah, c'est une super façon de revenir à la maison, dit-il d'une voix rauque.

Quand sa bouche s'étira en un sourire lent, un petit gloussement m'échappa. Je n'étais pas timide quand il s'agissait de sexe, mais je n'étais pas habituée à ce niveau d'intensité ou aux sentiments qui couraient en moi. Je ne voulais pas trop y réfléchir parce que je ne savais pas quoi penser. Il se redressa et me souleva facilement en se levant du lit. Je ris, encore, en me sentant légère alors que mon ventre pétillait encore.

— Eh bah, ça a l'air facile, murmurai-je.

Son rire grave dans mon oreille me fit frissonner.

— On va où ? demandai-je.

— Prendre une douche, dit-il simplement.

Quelques pas plus tard, nous étions dans la salle de bains à côté de sa chambre. Sa suite était un miroir de la mienne. La salle de bains était exactement la même, mais inversée. Il me posa une fois arrivés pour jeter son préservatif d'une main et mettre la douche en marche de l'autre. Puis on se retrouva sous la douche, entourés de vapeur chaude. En peu de temps, il m'enveloppait dans une serviette de douche et on se jetait au lit.

L'idée de traverser le couloir et d'aller dormir dans

mon propre lit ne m'avait même pas traversé l'esprit. C'était beaucoup trop agréable d'être enveloppée dans sa force. Il me blottit contre son corps musclé et je posai ma tête contre son épaule avant de m'endormir, trop satisfaite et détendue pour quoi que ce soit d'autre.

Plusieurs fois pendant la nuit, je me réveillai à la sensation des mains de Donovan qui caressaient mon corps, son souffle survolant ma peau et ses doigts s'enfonçant dans mes plis. Il était enroulé dans mon dos, et je sentais la peau de velours de son membre dur contre mes fesses.

J'entendis au loin le bruit d'un emballage de préservatif qui s'ouvrait avant qu'il ne lève ma cuisse, enfonçant son gland en moi. Il me mordilla le cou alors que je gémissais, hurlant quand il me transperça.

Dans un brouillard endormi et sensuel, il me baisa doucement par derrière. J'explosai en un orgasme, sentant mon corps se déchirer en deux. Je savourai sa jouissance alors qu'il se raidissait en grognant mon nom dans mon oreille.

J'étais emprisonnée dans ses bras, heureuse de sentir son emprise. Je me sentais sensuelle, endormie et parfaitement connectée à lui, mon cœur sursauta une ou deux fois avant de retrouver son rythme. Je ne me souvins de rien d'autre que du fait que je m'étais rendormie dans ses bras. Je n'avais aucune idée du temps écoulé.

Je me réveillai un peu plus tard, perdue. Après un instant, je sentis le matelas bouger quand il se leva.

— Tout va bien ? demandai-je.

— J'ai eu un appel de la caserne, répondit-il, d'une voix encore endormie.

J'étais soudainement complètement réveillée et je me redressai.

— Tu veux dire que tu dois y retourner ?

Donovan se tourna vers moi. Dans la lumière fuyante de l'aurore, il était si beau que j'en eus le souffle coupé. Il se tenait devant moi alors que le soleil matinal traversait les rideaux, jouant avec les formes et les ombres de son corps musclé. Alors que j'étais fièrement nue, ses yeux trouvèrent les miens et son regard s'assombrit quand il parcourut mon corps.

Je n'avais même pas fait attention au fait que j'étais nue et que le drap était tombé sur ma taille. Mes tétons pointaient, le saluant presque dès que ses yeux se posèrent dessus, son regard chaud comme la braise.

— Non, ce n'est pas ce genre de feu, dit-il.

Ses yeux revinrent à mon visage.

— C'est pas loin, en ville. Ils ont appelé notre équipe en renfort.

Il revint vers le lit, passant une main dans mes cheveux. Il attrapa mes lèvres dans un baiser rapide et vif, sa langue plongeant dans ma bouche comme pour me marquer, avant de se retirer.

— J'aimerais rester, mais je dois partir, dit-il en filant dans la salle de bains.

Alors que le bruit de la douche résonnait dans la pièce, je restai assise sur le lit, ma chatte en feu et mes tétons tendus. Je savais que ce n'était pas le moment d'être timide. Je sortis du lit en cherchant mes vêtements. Je ne m'embêtai même pas à m'habiller, je rassemblai simplement mes vêtements et me dépêchai de traverser le couloir, en attrapant mon sac à main oublié au passage.

Quelques minutes plus tard, j'avais enfilé un t-shirt et un jogging, fait du café et étais revenue chez Donovan sans même frapper. Je passai la porte alors qu'il sortait de la chambre. Il sourit doucement quand il vit la tasse de café à emporter que j'avais dans la main.

— Tiens, dis-je en lui tendant le café et un muffin aux groseilles. Ce n'est pas grand-chose, mais c'est quelque chose.

Il passa son t-shirt par-dessus sa tête en s'avançant vers moi, me volant la vue de son splendide torse. C'était vraiment très décevant. Habillé ou non, Donovan restait l'homme le plus sexy que j'aie jamais rencontré.

— Merci, dit-il d'un ton bourru, acceptant ma tasse de café et prenant une petite gorgée. Oh, c'est bon.

— Pas aussi bon que celui de Janet, mais je fais du bon café. Si tu aimes le café fort.

— J'adore ça, dit-il, et sa voix grave me fit frissonner. Il faut que j'y aille.

Il enfila ses bottes près de la porte, attrapant son manteau avec sa main libre. En se retournant, ses yeux me survolèrent.

— Fais attention, lui dis-je en le suivant dans le couloir.

Il me lança un sourire et un clin d'œil par-dessus son épaule.

— Toujours.

J'entendis le son de ses pas alors qu'il descendait rapidement les marches et sortait. Ce n'est qu'à ce moment-là que je retournai dans ma suite.

Alors que je me couvrais de savon quelques minutes plus tard, je remarquai la douleur entre mes cuisses. Donovan était bien monté, ce qui n'était pas une surprise. La nuit dernière, il m'avait mieux baisée que n'importe qui d'autre dans ma vie. Je penchai la tête sous le jet d'eau chaude, en me disant que je commençais à l'aimer de plus en plus. Je ne savais pas si c'était une très bonne idée. D'ailleurs, j'étais peut-être complètement folle. Après tout, ça ne faisait que quelques semaines que j'avais quitté San Francisco sur un coup de tête, en abandonnant le fiancé qui m'avait trompée.

Chapitre Dix-Huit

JASMINE

Ce matin-là, j'allais chez mes parents pour le petit-déjeuner. Ma mère, Gloria Phillips, me retrouva devant la maison, ses cheveux en queue de cheval et un regard chaleureux alors qu'elle me souriait. Ses cheveux blonds étaient maintenant striés de gris, mais ses yeux bleus étaient tout aussi brillants qu'avant. Sa beauté n'était que plus frappante avec quelques rides. Ça lui donnait un air hors du temps.

Elle portait un pantalon en coton bleu roi et un t-shirt gris. Dès que je montai sur le porche, elle me prit dans ses bras, déposant des baisers sur ma joue et enroulant son bras autour du mien. J'avançai avec elle vers la cuisine.

— Ton père est en ville, donc c'est la journée parfaite pour un petit-déjeuner. Je fais des omelettes, et j'ai déjà lancé le café.

Je m'installai sur un tabouret près du comptoir. La maison de mes parents était une maison de campagne classique, sur deux étages et avec un porche qui faisait tout le tour. La cuisine était grande et ouverte, avec une table près des fenêtres qui donnait sur le champ derrière la maison.

Il y avait trois plans de travail le long des murs et un ilot central avec une gazinière au centre. Ça ne me dérangeait pas de rester assise et de la regarder cuisiner. Je savais qu'elle ne me laisserait pas l'aider, donc je la laissai cuisiner. J'adorais cuisiner aussi. La cuisine était l'une de mes pièces préférées, surtout parce que c'était là que je passais le plus de temps avec ma famille. Quelle que soit la maison, la cuisine était le centre de la maison. Ma mère s'affaira à battre les œufs, à couper les légumes et à râper le fromage. Pendant ce temps, je bus mon café alors qu'on discutait.

Une fois les omelettes prêtes, j'emmenai les assiettes jusqu'à la table. Elle s'assit à côté de moi, au bout de la table. Il était encore assez tôt. J'étais levée depuis que Donovan avait été appelé. Je me dis que Levi était sans doute avec lui, mais je fis attention de ne pas parler de ça.

Le boulot de Levi, au quotidien, était d'aller éteindre des incendies. Si je suggérais ça, à cette heure-ci, que je savais qu'il était déjà sur le terrain, ma mère se demanderait surement comment je savais ça.

Après quelques bouchées, je décidai de lui annoncer ma bonne nouvelle.

— Du coup, Amelia m'a mise en contact avec un femme qui s'occupe des galeries Midnight Sun Arts.

Ma mère sourit doucement.

— Je sais. Lucy a dit qu'Amelia lui avait parlé de toi. Alors, tu vas l'appeler ?

Pour une fois, j'avais une nouvelle dont ma mère n'était pas encore au courant.

— Eh bien, elle m'a appelée elle-même. J'ai pris la journée pour aller à Diamond Creek hier. Elle ne passait pas à Anchorage avant quelques semaines, et j'avais le temps d'y aller. Bref, dès que je trouve un endroit où monter mon studio pour pouvoir me lancer dans la production de poterie, elle veut exposer et vendre mes œuvres dans toutes les galeries. Ils ont une galerie à Fairbanks, une à Juneau, une à Anchorage, celle de Diamond Creek et même une à Seattle.

— Oh, chérie ! C'est une super nouvelle. Je suis tellement contente !

Ma poitrine se serra d'émotion. J'avais déménagé pour essayer de construire une carrière qui me passionnerait, mais je n'avais fait que des bricoles par-ci par-là. Je n'avais jamais pensé que je pourrais gagner ma vie à Willow Brook en travaillant dans l'art, mais Risa me faisait penser que c'était possible.

— C'est une bonne nouvelle, n'est-ce pas ?

Ma mère sourit, s'arrêtant pour boire une gorgée de café.

— En parlant de ton four à poterie, je parlais à Janet de ça aussi, dit-elle.

— Maman ! Tu sais que je peux m'occuper de ça toute seule.

— Je sais. Et tu fais tout toute seule depuis des années. Ce n'est pas grave de laisser quelqu'un essayer de t'aider.

— Je sais, je sais. C'est juste...

Je perdis mes mots quand ma mère secoua la tête.

— Chérie, c'est pas grave d'avoir des amis et une famille qui te soutiennent. On s'occupe tous les uns des autres.

Je ne voulais pas me battre et je savais qu'il me fallait des idées d'où installer un studio, donc je pris une gorgée de café et penchai la tête sur le côté.

— D'accord, de quoi tu as parlé avec Janet ?

— Je lui ai juste dit que tu allais rester en ville, et

que tu chercherais sans doute un lieu pour monter ton studio. Je ne sais pas exactement ce dont tu as besoin, mais je sais qu'il te faut pas mal de place pour travailler et installer le four. N'est-ce pas ?

— Bien sûr. Donc, qu'est-ce que Janet a dit ?

— Eh bien, tu sais que le café est installé dans l'ancienne caserne ?

— Bien sûr que je sais ça maman, dis-je avec un rire.

Elle haussa les épaules.

— Eh bien, il y a tout un espace de rangement au fond dont elle ne se sert même pas. Qui est simplement vide. Il y avait deux garages à la base, le plus grand où elle a installé le café, et un deuxième au fond. Elle dit que tu peux en faire ce que tu veux si tu veux cet espace-là. Elle a même dit qu'elle savait que tu voudrais sans doute payer un loyer, et que tu pourrais voir avec elle, après t'être installée.

Ma mère était clairement assez fière d'elle-même, comme le prouvait son sourire. Elle ne put s'empêcher de sourire davantage quand je répondis :

— Je pense que ça pourrait marcher. J'irai lui parler.

Je pris une gorgée de café et j'ajoutai :

— Et merci.

Elle me fit un clin d'œil.

— J'essaie de ne pas te mettre la pression, mais j'essaie aussi de faire en sorte que ce soit facile pour toi de rester. Tu sais que ton père et moi adorerions que tu sois là. Tu sais à quel point tu nous manques.

— Je sais, maman. Vous m'avez manqué aussi.

Une chose que j'adorais chez ma mère était le fait qu'elle passait rapidement à autre chose. Dès qu'on eut terminé cette conversation, elle changea de sujet. Elle parla de son boulot, de quelques-uns des projets de mon père et d'à quel point elle était heureuse de devenir grand-mère.

Ça faisait du bien d'être à la maison. J'aimais toujours venir ici en vacances, mais c'était différent quand on prévoyait de rester. J'avais l'impression de pouvoir me détendre, et que je n'avais pas besoin d'essayer de tout faire d'un coup.

Après le petit-déjeuner, elle me fit un autre gros câlin et je partis, en me dirigeant directement vers le Firehouse Café. Tant que l'offre de Risa me pendait sous le nez, j'avais besoin de m'organiser le plus vite possible.

En entrant dans le café, je trouvai une salle aussi pleine que d'habitude, mais Janet n'était pas derrière le comptoir. Le jeune homme du nom de Daniel la remplaçait, ses mains passant d'une tasse de café à l'autre. Un groupe de touristes s'était rassemblé au comptoir. Il leva les yeux vers moi et me sourit.

— Vous cherchez Janet ? Ou autre chose ?

— Les deux.

Je pouvais toujours boire plus de café, donc je commandai un Shot in the Dark.

Après m'avoir encaissée, il me tendit mon café puis me fit signe d'aller vers la boulangerie, où Janet travaillait. Je la trouvai à une grande table en acier au centre de la pièce. Elle portait un tablier couvert de farine, et elle s'affairait à pétrir de la pâte.

— Salut Janet, lançai-je alors que la porte se refermait derrière moi.

Elle me regarda avec un petit sourire, avant d'utiliser son coude pour écarter une mèche de cheveux de ses yeux.

— Salut Jasmine, ça fait plaisir de te voir. Assieds-toi, dit-elle, en levant le menton vers un tabouret à côté du plan de travail juste en face d'elle.

Je m'installai sur le tabouret, et je posai mon sac au sol. Je la regardai pétrir sa pâte pendant quelques minutes en buvant mon café.

— Ma mère m'a dit qu'elle t'avait parlé d'un espace de travail pour moi, dis-je enfin, sans vraiment comprendre pourquoi cette question me stressait autant.

Janet faisait partie de la famille. Mon stress était sans doute lié à l'importance de ce projet pour moi. Maintenant que j'avais un acheteur potentiel et une date limite, je n'allais que stresser de plus en plus jusqu'à trouver un lieu où faire de la poterie.

Quelque part dans ma tête, je m'étais dit vite fait que je pouvais aussi passer quelques coups de fil à Anchorage, pour voir si quelqu'un me ferait une place dans un studio partagé. Mais je n'avais aucun contact là-bas, et ça prendrait sans doute autant de temps que d'installer mon propre studio.

Janet leva les yeux avec un sourire chaleureux.

— J'ai exactement ce qu'il te faut. L'espace est complètement vide. Quand Dan était en vie, il l'utilisait comme garage pour sa voiture. C'est là qu'il bricolait et il y gardait tous ses outils et choses du genre. Pendant longtemps, je l'ai laissé comme tel. Mais il y a quelques années, j'ai fini par donner tout ce qu'il y avait dedans, et maintenant la pièce est vide. Je me suis dit que ce serait parfait pour ce qu'il te faut. J'ai déjà dit à ta mère que tu peux faire exactement ce qu'il faut pour t'installer. Puis, quand tu pourras payer un loyer, on s'organisera là-dessus.

Un sourire fleurit en moi alors que je regardais Janet.

— Ça serait vraiment parfait, dis-je enfin.

J'étais folle de joie. Depuis tout ce temps, je joignais à peine les deux bouts avec des petits boulots et des mi-temps dans des galeries, tout en essayant de gagner ma vie avec ma poterie. Je m'étais convaincue que ça ne pouvait arriver qu'ailleurs qu'à Willow Brook. Étrangement, l'univers avait décidé de me prouver, assez poliment, que j'avais tort. Je pouvais tout avoir ici.

Janet continua à pétrir la pâte et forma une belle petite boule qu'elle posa dans un bol huilé. Elle s'essuya les mains sur son tablier, avant de les poser sur ses hanches et de me sourire.

— Parfait, dit-elle.

Elle se retourna pour se laver les mains dans l'évier derrière elle. En me regardant par-dessus son épaule, elle désigna la porte au fond de la cuisine, à côté d'une grande chambre froide.

— Il faut que je continue ça. J'ai quelques autres trucs à finir ici, mais tu peux aller jeter un œil. En ce qui me concerne, tu as carte blanche pour faire ce dont tu as besoin. Je te trouverai une clé pour que tu puisses entrer de l'extérieur. J'imagine que tu auras besoin de faire deux ou trois trucs pour installer le studio. Tiens-moi au courant si tu as besoin de quelque chose.

Je me levai et fis le tour de la table pour faire un câlin à Janet. Elle me serra fort avant que je recule, puis attrapa un torchon pour s'essuyer les mains.

— On est vraiment heureux que tu sois rentrée, chérie.

Quelqu'un l'appela.

— J'ai du boulot ! dit-elle en se dépêchant de partir. Jette un œil et dis-moi ce qu'il te faut.

Elle poussa la porte battante pour sortir. J'attrapai mon sac au sol et me dirigeai vers le fond avec mon café.

Je me souvenais vaguement de cette pièce, à

l'époque où le mari de Janet était en vie. Il y avait plein d'outils stockés dans ce garage, et il avait toujours un projet en cours. Aujourd'hui, c'était juste un grand espace vide. Le sol en béton était taché du même bleu clair que dans le café. Je ris doucement, en me demandant quand est-ce que Janet avait fait ça. Les murs étaient nus, et il y avait des étagères sur deux des côtés. Ça ressemblait à un garage parce que c'était un garage. La grande porte était fermée et il y avait une petite porte à côté. Les fenêtres laissaient passer un peu de lumière. Des moutons de poussière volaient dans l'air, le soleil les dévoilait.

Je me baladais dans la pièce vide, en essayant de m'imaginer comment j'allais m'installer. Je me dis qu'il valait mieux avoir le four à poterie dans un coin et une table de travail au centre, avec ma roue dans un autre coin.

Je pris une grande inspiration, puis sortis à l'arrière, en me demandant à qui je pouvais demander de l'aide. Lucy avait proposé, mais je savais qu'elle et Amelia étaient très occupées à cette époque de l'année. La saison des constructions en Alaska était courte et dense. Levi ou mon père seraient une meilleure option. J'étais dans une période difficile, qui me faisait hésiter à leur demander de l'aide, mais je m'en remettrais. Forcément.

Pour m'obliger à surmonter cette petite difficulté, je sortis mon téléphone de ma poche, m'installant sur un banc devant le B&B de Janet. Je trouvai rapidement le numéro de Risa et l'appelai.

Elle répondit à la troisième sonnerie.

— Allô ?

— Bonjour Risa, c'est Jasmine.

— Oh, bonjour ! dit-elle d'une voix chaleureuse. Des nouvelles pour moi ?

— C'est pour ça que j'appelle. J'ai trouvé un espace pour mon studio. Dans quelques semaines, je pourrai vous donner une date. Vous êtes toujours sûre ?

Risa rit.

— Ça oui, plus sûre que tout ! J'ai déjà parlé à Ethan et Jack, les propriétaires des autres galeries. Ils sont très excités. Tenez-nous au courant sur vos dates, et on s'assurera d'avoir de la place pour votre travail.

Je me sentis remplie de joie, et des larmes montèrent au fond de mes yeux. Ça allait être parfait. La partie difficile, espérer que quelqu'un achèterait mes œuvres, viendrait plus tard. Pour l'instant, il fallait que je me mette au boulot.

Chapitre Dix-Neuf

DONOVAN

Je m'adossai à un arbre coupé au sol, penchant la tête en arrière pour regarder le ciel. Une semaine s'était écoulée depuis ma nuit avec Jasmine. Je ne l'avais pas vue depuis, mais je n'arrivais pas à penser à quoi que ce soit d'autre, dès que j'avais un moment de libre. Après que notre équipe eut été appelée pour un incendie en ville, j'étais rentré chez moi le soir, mais il était tard.

J'avais dû me lever tôt le lendemain matin quand notre équipe avait été appelée sur un autre feu en campagne. Ces appels n'étaient pas inhabituels. On faisait ça tout l'été.

Mais ça me dérangeait de ne pas avoir vu Jasmine avant de devoir repartir aussi longtemps.

Et qu'est-ce que t'aurais fait ? C'est toi qui disais qu'il ne pouvait rien se passer avec elle. Tu t'es vraiment raté sur ce coup-là.

Mon esprit se moqua de moi. Oui, j'avais réduit cette promesse personnelle en poussière.

Elle était beaucoup trop tentante, et ça faisait trop de bien d'être avec elle. C'était comme un morceau de paradis, un paradis chaud, brulant et excitant.

Pour la première fois depuis des années, j'étais intéressé par une femme. Je n'avais en aucun cas été abstinent depuis la fin tragique de mes fiançailles, mais je m'étais cantonné à un chemin de « légèreté ». Honnêtement, je n'avais pas croisé une seule femme qui m'avait donné envie de plus. Jasmine avait décousu les murailles de mon cœur si rapidement que je ne savais même pas quoi penser.

Il était tard, et on avait installé notre campement pour la nuit. L'odeur de fumée flottait dans l'air, et les étoiles brillaient dans le ciel alors que l'obscurité dominait. Nous étions assez loin du feu maintenant. On avait travaillé très dur pour créer un pare-feu autour des flammes, et nous avions réussi à contenir le feu. Nous avions été prévenus que nous pourrions rentrer à Willow Brook demain. Vu notre niveau de fatigue, nous étions prêts à trouver un peu de répit.

Pour la première fois depuis des années, j'avais quelque chose, ou plutôt quelqu'un, qui me donnait envie de rentrer à la maison. Un peu plus tard, j'étais installé sur mon sac de couchage, les mains derrière la tête alors que je regardais les étoiles, m'endormant doucement en pensant à Jasmine et à ses yeux fous quand elle avait joui pour moi.

Le lendemain, je regardais le paysage défiler sous notre hélicoptère. Nous survolions une zone de forêt où les flammes étaient nées et avaient ravagé des hectares entiers d'épicéa. Les arbres noircis contrastaient avec le ciel, offrant un paysage désolé. Mais en regardant sur les côtés, je pouvais voir les pare-feu que nous avions construits au loin, et une large rivière qui retenait les flammes.

Une équipe de pompiers de Fairbanks était arrivée ce matin pour s'occuper de la dernière zone en feu. Loin devant, je vis les montagnes apparaitre. Denali, la pièce centrale de la chaine d'Alaska et le plus haut sommet d'Amérique du Nord, se dressait haut dans le ciel, une forteresse spectaculaire. La neige de son sommet brillait face au ciel bleu.

La vue de Denali signifiait que nous étions à une demi-heure de Willow Brook. Je repensai à Jasmine, au toucher de ses cheveux, doux et soyeux, et à la sensation de son intimité, mouillée, serrée, chaude et accueillante. Un nid rien que pour moi.

Pour moi.

Je devenais complètement fou. Me dire, même pendant un court instant, qu'une femme pouvait être un nid, un lieu sûr pour moi, était complètement fou. Et dangereux. Mais mon corps voulait ce qu'il voulait, et il était en train de se passer quelque chose d'inimaginable. Mon désir était emmêlé à mes émotions quand il s'agissait de Jasmine. Je ne savais pas quoi penser de ça.

Levi dit quelque chose, et je levai les yeux vers lui.

— Ouais ?

Parler dans l'hélicoptère n'était pas facile, le bruit des pales était assourdissant.

— Je disais juste que ça va faire du bien de rentrer à la maison, dit Levi.

J'avais réussi à compartimenter le fait qu'il était le grand frère de Jasmine. Mais, tout de suite, ce fait me frappa à nouveau en plein visage. S'il avait la moindre idée de l'intimité que j'avais partagée avec elle, il me botterait le cul. Je choisis de continuer à ignorer les conséquences de mes actions pour le moment.

— Ça fait toujours du bien de rentrer, répondis-je. Tu passes au Wildlands ?

On allait souvent diner et boire quelques verres ensemble en rentrant. Après nous être douchés à la caserne, c'était une belle façon de célébrer la fin d'une mission avec l'équipe.

Levi haussa les épaules.

— Sans doute, mais si Lucy veut que je rentre, c'est ce que je ferai, dit-il avec un sourire malin.

— Bien sûr. Si j'étais toi, je ferais tout pour ne pas la mettre en colère, offris-je.

Levi gloussa.

— Oh crois-moi, je fais de mon mieux.

C'était une blague récurrente à la caserne, Lucy avait résisté aux avances de Levi de façon assez impressionnante. Mais Levi était quelqu'un de vraiment persistant, et il avait fini par la fatiguer. Maintenant, ils étaient heureux, mariés et attendaient leur premier enfant.

Jusqu'à Jasmine, je n'avais jamais pensé à l'idée de m'installer avec quelqu'un. En ce moment, l'image de Jasmine, un ventre rond et gonflé pour notre bébé, me traversa l'esprit et dirigea un choc d'énergie vers ma queue.

S'il n'était pas clair que j'étais vraiment foutu, rien ne pouvait rendre ça plus évident maintenant.

Pire encore, je me fichais complètement de ce que Levi penserait du fait que je voulais sa sœur plus que tout et que je n'avais pas l'intention de me retenir. J'allais aller au Wildlands avec l'équipe ce soir, ne serait-ce que parce que je n'avais pas de famille qui m'attendait à la maison, et que les gars se poseraient des questions si je partais. Mais je n'avais pas l'intention de rester tard, et j'avais vraiment prévu de frapper à la porte de Jasmine ce soir.

Chapitre Vingt

DONOVAN

Quelques heures plus tard, je m'installai sur une chaise à la table que nous avions envahie au Wildlands, et jetai un œil dans le bar. Les tables étaient pleines à craquer, il y avait plusieurs parties de billard en cours dans le coin de la pièce alors qu'un groupe s'installait sur la scène au fond pour un concert plus tard dans la soirée.

Beck Steele rit à quelque chose puis me donna un petit coup de coude.

— Tu vois ce que je veux dire ? demanda-t-il.

Je ne voyais pas ce qu'il voulait dire parce que je ne savais même pas de quoi il parlait. Mon esprit était resté sur Jasmine depuis que nous avions atterri.

Je regardai Beck et haussai les épaules.

— Pas vraiment.

Beck jeta sa tête en arrière en riant.

— Tu ne sais même pas de quoi je parle je parie, hein ?

Je secouai la tête en riant.

— Non, j'avoue que je n'écoutais pas. De quoi tu parles ?

— Ah. Je disais juste que s'il fallait choisir entre un feu dans la campagne intérieure ici, ou être envoyé en Arizona, je préfère travailler ici. Pas toi ?

— Carrément. Les feux en Arizona sont tellement chauds. Au moins ici, quand on est en tenue, il ne fait pas 35 degrés dehors.

Beck jeta un œil vers Remy Martin et acquiesça.

— Tu vois. Exactement ce que j'ai dit.

Remy leva les yeux au ciel et gloussa.

— Mec, je ne disais pas que j'étais pas d'accord. Je disais juste que c'est un boulot difficile où que ce soit.

Remy venait tout juste de rejoindre l'une des équipes de la caserne, et il s'intégrait parfaitement. Il n'avait aucun mal à renvoyer ses blagues à Beck.

Cade Masters était assis dans l'angle à côté de nous. C'était le surintendant d'une autre équipe de la caserne. Il lança un regard à Beck et leva les yeux au ciel.

— Quoi ? demanda Beck.

— Tu veux juste trouver un sujet à débattre.

Le téléphone de Beck sonna sur la table, et je sentis la vibration avant même qu'il ne le remarque. Après un moment, il baissa les yeux et l'attrapa.

— Salut chérie, dit-il dans le téléphone.

J'ignorai la conversation, en répondant à la question que Cade venait de me poser, me demandant si j'allais prendre des vacances cet été.

— Nan. Je préfère rester ici entre deux incendies. En plus, j'aide Janet à finir ses rénovations.

— Et ta maison, ça en est où ? demanda-t-il. Amelia a dit qu'elles étaient un peu en avance.

Amelia, la femme de Cade, et Lucy de Kick A** Construction s'occupaient des rénovations de ma maison. Je les avais engagées parce qu'elles faisaient bien leur boulot. Je leur avais demandé des choses que j'aurais pu faire seul, mais, avec mon emploi du temps chargé l'été, ce n'était pas pratique de faire de gros travaux. Pas quand je passais l'été à faire des aller-retours.

En croisant le regard de Cade, je hochai la tête.

— Ça avance plus vite que ce que je pensais. Elles font vraiment un super boulot.

— Évidemment. Amelia est meilleure que moi, quand il s'agit de travaux manuels, répondit-il avec un petit rire.

— J'imagine ! offris-je. Je suis pas mauvais quand ça touche au bâtiment, et pourtant je suis sûr qu'elles font un meilleur boulot que moi aussi.

Levi se joignit à la conversation de l'autre côté de la table.

— D'accord, mais Amelia est loin d'être aussi autoritaire que Lucy. Ça, je te le promets !

Cade rit encore, passant sa main dans ses boucles marron en désordre.

— Peut-être, peut-être pas. Ça dépend des jours. Mais ça me va. De ce que je peux dire, tu es tellement amoureux de Lucy que tu t'en fiches complètement qu'elle prenne toutes tes décisions pour toi.

Levi sourit.

— Tout à fait. Je sais qui est la cheffe, et je m'en fous.

Beck finit son appel et se leva.

— Il faut que j'y aille les gars. Maisie est épuisée et Max a vomi sur le canapé. Je suis papa de garde, je vous verrai demain !

Avec un salut de la main, il quitta la pièce. Notre table se vida doucement après son départ.

En sortant, je m'arrêtai un instant dans le parking en face du lac Swan. J'avais garé ma voiture au B&B, donc il fallait que je marche jusqu'à la maison. Le soleil se couchait au loin, jetant des trainées roses et violettes sur la surface du lac. Deux cygnes trompettes flottaient près du bord, le cou gracieusement arrondi. Leurs silhouettes argentées flottaient dans la lumière fuyante du crépuscule, presque fantomatiques.

Alors que je restais là, à regarder le lac, mon vieil ami Bill traversa mes pensées à nouveau. Bill adorerait Willow Brook. Nous passions beaucoup de temps à pêcher dans des lacs en Géorgie quand on était jeunes. Rien n'était vraiment pareil là-bas, les étés étaient chauds et humides, et pleins de moustiques. L'Alaska avait son lot de moustiques, tout comme dans l'État de Géorgie, mais l'air était plus sec et frais ici, et la verdure n'était pas aussi épaisse et dense.

Je détestais le fait que Bill ait trahi notre amitié. D'une certaine façon, sa trahison m'avait fait plus de mal que celle de Katie parce qu'il était mon ami. Mais ma vieille colère n'était plus qu'un petit point dans mon esprit. Et il me manquait toujours, tout comme notre amitié. Ce que j'avais appris était que quelqu'un pouvait vous faire beaucoup de mal et pouvait ensuite quand même vous manquer quand il ne faisait plus partie de votre vie.

Quant à Katie, elle avait essayé de m'appeler quand ils avaient fini par rompre, en pleurant et en s'excusant et en me disant qu'elle avait fait une grossière erreur. Avec elle, je n'avais pas besoin de tourner la page. Ou plutôt, je l'avais déjà fait. Au moment où j'avais appris qu'elle me trompait depuis des mois, c'était fini dans ma tête et dans mon cœur.

J'avais beaucoup de défauts, mais j'étais loyal. Ça ne m'avait jamais traversé l'esprit de la tromper. J'en avais eu l'opportunité plus d'une fois, et je n'avais jamais été tenté. Ça ne voulait pas dire que j'étais un idiot. Je trouvais d'autres femmes belles, mais je n'avais jamais envisagé quoi que ce soit de plus.

Je ne voulais pas continuer à penser au passé et aux choses que je ne pouvais pas changer. Je me détournai du lac et j'avançai vers chez moi en suivant la grande-rue. À cette époque de l'année, et à ce moment de la journée en Alaska, on pouvait admirer la danse languissante du crépuscule. Partout ailleurs, le coucher de soleil était bref. Mais ici, il durait des heures. Le crépuscule était un entre-deux où le jour laissait place à la nuit, un moment suspendu dans le temps, presque magique.

Les gens marchaient encore dans la rue, à faire les magasins. Des voix s'échappaient des restaurants que je passais, et le Firehouse Café était plein. Deux soirs par semaine, Janet organisait une soirée musicale, ouverte à tous. Et pour l'occasion, ce soir, la foule arrivait même sur le trottoir.

Je continuai mon chemin, en pensant à Jasmine. J'avais envie de la voir. Terriblement. Je n'étais pas d'humeur à me raisonner.

Après trop de temps en mission dès le lendemain de la nuit la plus chaude de ma vie, mon désir était incontrôlable. Quand j'arrivai au B&B de Janet et je vis la voiture de Jasmine, la tension que je retenais en moi s'apaisa. Je n'avais aucune raison de penser qu'elle serait là et aucune raison de penser qu'elle me voudrait autant que je la voulais.

Et pourtant, en montant les marches, la seule chose à laquelle je pouvais penser était que ça faisait bien trop longtemps que j'attendais de plonger en elle. Je montai les dernières marches deux par deux, mes yeux atterrissant sur la porte de sa chambre.

Il n'y avait aucun mot ni aucune structure pour désigner ce que nous partagions. Mes pieds s'arrêtèrent devant sa porte, qui était légèrement plus proche de l'escalier que la mienne. Ma main se leva d'elle-même, mes phalanges s'écrasant rapidement contre la porte.

J'entendis ses pas avancer puis la porte s'ouvrit. Chaque fibre de mon corps se contracta d'anticipation, pressée de la voir.

Ses cheveux étaient retenus dans une queue de cheval de travers, qui tombait sur ses épaules. Des mèches perdues encadraient son visage. Elle portait un t-shirt ajusté qui épousait ses seins. Alors que je la regardais, je vis ses tétons se tendre sous le coton. Bordel.

Elle ne portait pas de soutien-gorge. Elle était clairement dans une tenue confortable, en t-shirt et avec un jogging qui tombait bas sur ses hanches. Je voyais une bande de peau s'échapper de ses vêtements.

Je réussis à remonter les yeux vers son visage, admirant la belle courbe de ses sourcils, ses pommettes angulaires et ses lèvres rebondies qui s'étendirent en un sourire. Elle semblait surprise de me voir.

— Donovan, je ne savais pas que tu étais rentré, me dit-elle en guise de bonsoir.

— Je suis rentré ce soir.

On resta là à se regarder. J'étais sur le point d'entrer dans son appartement quand je réalisai que je devrais demander la permission.

— Ça te dérange si j'entre ?

— Bien sûr que non. Entre donc, dit-elle en accompagnant ses mots d'un signe de main et en reculant alors que ses joues rougissaient.

Je passai la porte et j'observai la pièce. Sa suite était identique à la mienne, mais inversée. Le même salon ouvert avec une lumière au plafond, une vue sur la grande-rue, et une petite cuisine au fond.

Je posai les yeux sur un soutien-gorge rose fuchsia posé sur le canapé. Je me retrouvai soudainement jaloux du tissu. Jaloux d'un soutif, bordel. Je me dis que cette soie avait pu embrasser les seins de Jasmine toute la journée.

Mes pensées s'emmêlaient. Ou plutôt, j'étais incapable de penser à quoi que ce soit.

Quand la porte se referma derrière moi, Jasmine resta là, dos à la porte et sa main sur la poignée. J'eus une vision d'elle contre la porte pendant que je la baisais.

Je me dis que le plus simple était de faire de cette idée une réalité.

En m'avançant vers elle, je levai la main, caressant l'une de ses mèches et l'écartant de son front.

— Ça te dérange si je les détache ? demandai-je en attrapant sa queue de cheval.

Sa langue apparut, jolie et rose, caressant sa lèvre inférieure. Je savais exactement où je voulais faire ça. Je voulais tout d'un coup : ma bouche entre ses cuisses, ses lèvres sur ma queue et en même temps trouver un moyen de m'enfoncer en elle pour sentir sa chatte chaude et mouillée.

J'allais devoir y aller étape par étape. Quelque part dans ce fantasme mélangé, ma main s'était retrouvée dans ses cheveux.

— Non, ça ne me dérange pas, murmura-t-elle enfin.

À sa réponse, j'enroulai mon doigt sous l'élastique et je libérai ses cheveux, en les regardant dégringoler en de belles vagues ambre sur ses épaules.

— Ça te dérange si je t'embrasse ? demandai-je ensuite.

Sa peau devenait rose, et son souffle se raccourcit. Je voulais savoir si elle était prête.

Elle secoua la tête en soupirant :

— Non.

Je m'avançai vers elle, m'écrasant doucement contre son corps. C'était un vrai contraste avec le mien. Je ne pensais pas beaucoup à mon corps, à part quand je ne pouvais pas faire quelque chose, à cause d'une blessure. Mon corps était un outil, et faisait partie intégrante de mon boulot. J'avais besoin d'être solide et fort. Elle était douce alors que j'étais dur.

Je penchai la tête, j'avais besoin de gouter sa peau d'abord. Je déposai un baiser juste derrière son oreille, et sa peau frissonna sous mes lèvres. Puis je déposai des baisers le long de sa gorge avant de trouver ses lèvres. Merde. Elle avait un gout de paradis, tellement sucrée, salée et chaude.

Elle soupira dans ma bouche quand je posai mes lèvres sur les siennes, sa langue s'échappant pour jouer avec moi. J'avais l'impression d'être drogué, alors que la chaleur de son corps et l'odeur de sa peau s'emparaient de moi, m'emprisonnant dans leur aura.

Notre baiser était chaud et lent, ses hanches se balançant contre la bosse de mon entrejambe.

Je réussis à me libérer car j'avais besoin de savoir.

— Tu es mouillée ?

Jasmine me regarda, ses pupilles dilatées, le bleu de ses yeux si sombre qu'il était presque bleu marine. Elle hocha la tête doucement en se mordant la lèvre.

— Oui.

— Pour moi ?

Elle cambra les hanches vers moi et hocha à nouveau la tête. Sa main passa entre nous quand elle lâcha la poignée de porte. Elle la passa à l'intérieur de son jogging. Sa main effleura ma queue alors qu'elle passait entre ses cuisses.

Je ne pouvais pas le voir, mais je savais qu'elle jouait

avec sa chatte. Elle sortit ses doigts, trempés de son jus.

— Tu vois, dit-elle, avec un petit sourire en coin.

Je me penchai et pris ses doigts dans ma bouche, les léchant pour me délecter de cette saveur salée.

C'était la chose la plus sexy que j'aie jamais vue.

Je reculai, arrachant rapidement son jogging et sa culotte pour les jeter au sol. J'étais à genoux et je levai la tête pour la regarder. Son ventre vibrait de respirations inégales alors qu'elle posait les yeux sur moi.

— Encore, ordonnai-je.

Je n'avais pas besoin d'en dire plus. Sa main passa sur son ventre à nouveau. Elle écarta un peu les cuisses pour révéler sa chatte rose, mouillée et brillante.

Ma queue était si dure que ça ne m'aurait pas surpris d'exploser dans mon pantalon.

Ses doigts plongèrent dans ses plis, encerclant son clitoris et plongeant dans son trou.

J'avais besoin de gouter. En me penchant en avant, je passai ma langue sur ses plis, la passant entièrement sur son bouton.

— Ne t'arrête pas, murmurai-je.

Alors que ses doigts faisaient des va-et-vient, je la taquinai avec ma langue. Elle était tellement bonne.

Et elle était vraiment réactive, son souffle n'était plus que de petits sursauts et ses hanches se balançaient dans ma bouche. En regardant vers le haut de là où j'étais, je vis sa tête s'écraser contre la porte en un bruit sourd. Elle murmura mon nom alors que sa main libre s'agrippait à mes cheveux.

— J'ai besoin de te sentir jouir, murmurai-je en plongeant mes doigts en elle.

Elle claqua sa main contre la porte et s'accrocha alors que j'enfonçais mes doigts dans son trou chaud et mouillé. Quelques secondes plus tard, elle jouit bruyamment, ses hanches s'écrasant contre ma bouche.

Tout souhait de voir ses lèvres sur ma queue disparut quand le besoin incontrôlable d'être au fond d'elle prit le dessus.

En sortant doucement mes doigts, je la léchai une dernière fois parce que j'avais besoin de la sentir sur ma langue. Je me redressai doucement alors qu'elle arrachait les boutons de ma braguette pour baisser mon jean et mon caleçon sur mes hanches, puis passa sa main sur ma queue. Je grognai quand elle commença à me branler doucement.

— Donovan, murmura-t-elle, d'une voix rauque et perdue.

En la regardant, je trouvai son regard sombre sur moi. Ses joues étaient rouges et son souffle court.

— Oui ?

— J'ai besoin de toi. Tout de suite.

Je passai ma paume sous l'un de ses genoux et levai sa jambe en attrapant ma bite dans ma main pour la passer dans sa mouille.

Je ne réfléchissais même pas. J'étais sur le point de m'enfoncer en elle quand je réalisai qu'il me fallait une capote. Je m'immobilisai. Parce que je n'en avais pas. Je n'avais pas pour habitude d'en emmener avec moi quand je partais éteindre un feu de forêt. Je n'avais pas non plus pour habitude d'aller baiser quelqu'un avant de rentrer chez moi.

Mais Jasmine me rendait complètement fou.

— Merde, marmonnai-je. J'ai besoin...

Mes mots fondirent en un grognement quand elle cambra ses hanches contre moi, me provoquant avec sa chaleur mouillée.

— Quoi ? demanda-t-elle.

— Capote, crachai-je.

— Je prends la pilule, gémit-elle. Et je me suis fait tester y a pas longtemps. Je te le promets. Si tu as une autre raison pour une capote, dis-moi.

La conversation la moins excitante du monde devenait sexy avec Jasmine, chacun des mots qui échappait à ses lèvres gonflées et rougies de baisers.

— Pas besoin. Je n'ai pas couché avec qui que ce soit sans protection depuis des années. Je suis parfaitement propre. Tu es sûre ? C'est toi qui choisis.

Je n'arrivais pas à croire que j'étais capable de former des phrases entières, et pourtant.

Elle hocha la tête, resserrant sa jambe sur ma hanche. Je la soulevai, prenant ses fesses dans une main et m'aidant de la porte pour la soulever contre moi. Je n'attendis pas. Je plaçai ma queue à l'entrée de sa chatte et plongeai en elle, jusqu'à la garde. Sa tête tomba contre la porte et elle hurla.

Sa chatte était tellement mouillée et serrée sur ma queue que c'était comme rentrer à la maison. Un vrai paradis.

Je restai immobile un instant. Elle était tellement serrée. J'ajustai sa position contre moi en la tenant par les hanches. Elle se balança pour m'en demander plus. Je reculai enfin pour plonger à nouveau en elle. Quelques secondes plus tard, nous nous balancions ensemble. Une danse lente de plaisir pur. C'était trop bon pour durer longtemps. Je plongeai dans un chaudron de chaleur, entouré de son odeur, la fumée de notre désir emplissant la pièce. Avec chaque coup de hanche, sa chatte vibrait plus fort sur mon membre.

Chapitre 21
– Jasmine

La force de Donovan m'englobait alors qu'il me tenait contre la porte en bois froide. Il me portait facilement alors qu'il me baisait dans un cercle lent à en perdre la tête, plongeant en moi jusqu'à la garde, encore et encore.

Il m'écarta et me remplit d'une sensation délicieuse, j'avais l'impression d'avoir été droguée, perdue dans mon désir. Chaque fois qu'il s'enfonçait, il touchait mon point G. Avec chaque balancement de ses hanches, la pression sur mon clitoris envoyait des éclairs dans mon corps alors que je chassais mon prochain orgasme.

Ses doigts s'enfoncèrent dans mes hanches alors que je l'entendais murmurer mon nom, d'un ton suppliant. J'étais frénétique quand la pression qui montait en moi se libéra en vagues.

— Regarde-moi, murmura-t-il d'une voix chaude alors qu'il me donnait un ordre que je ne pouvais refuser.

Je me forçai à ouvrir les yeux et trouvai son regard sur moi, me marquant intensément. Mon cœur se serra fort. L'intimité qui nous liait était tellement puissante qu'elle me coupait presque le souffle. Pendant tout ce temps, les va-et-vient rapides de sa queue en moi me faisait monter dans les tours.

— Tellement canon, murmura-t-il. Je veux te voir jouir, chérie.

Sa voix suffit à me faire basculer. Un coup de plus et j'explosai, la vague qui montait se libéra et le plaisir me remplit.

Sa prise se resserra sur ma hanche et il hurla mon nom sauvagement dans la pièce silencieuse. Je sentis la chaleur de son explosion me remplir alors que le plaisir frissonnait dans mon corps.

Son front tomba sur le mien alors qu'on essayait de reprendre notre souffle ensemble.

Sans perdre une seconde, Donovan me porta contre lui et se retourna alors qu'il décollait son front du mien.

— Douche, murmura-t-il doucement.

Ce n'était pas vraiment une question, mais pas vraiment une annonce non plus. À mon hochement de tête, il se dirigea vers la chambre. Puisque ma suite était le miroir parfait de la sienne, il savait exactement où aller. Il ne me posa pas avant qu'on soit sous la douche et que l'eau chaude coule sur nos peaux.

Ce n'est qu'à ce moment-là qu'il se retira et me posa au sol. Le moment me parut si intime alors que la vapeur nous protégeait du monde extérieur, comme si nous étions seuls sur terre.

Après une semaine sans lui, j'avais ressenti un soulagement énorme à le trouver derrière ma porte. Je ne savais pas vraiment comment il était possible de s'habituer et de s'attacher à quelqu'un aussi vite.

Je le regardai se savonner rapidement. Cet homme était presque sculpté dans le marbre, son corps n'était que muscles. Il se retourna pour passer sous le jet et quand je m'écartai, je remarquai quelques cicatrices sur son dos et une longue cicatrice saccadée sur son bras.

Avant que je ne réalise ce que je faisais, j'avais levé la main et passais mes doigts le long de cette blessure.

Donovan se retourna et trouva mes yeux.

— Je me suis blessé pendant un incendie. Un morceau de métal est tombé d'un mur quand je portais quelqu'un pour les évacuer, expliqua-t-il d'un ton plat.

Je levai les yeux vers lui, mon cœur rebondissant dans ma poitrine.

— Oh.

Il resta silencieux un instant, ses yeux cherchant les miens alors qu'il haussait les épaules.

— Juste une cicatrice.

Je réussis à sourire, mais ma poitrine se serrait. En sortant de la douche, je lui tendis une serviette en me séchant. Je me demandai pourquoi il me touchait autant.

J'imaginais que j'aurais dû faire le deuil du fiancé qui m'avait trompée. Et même si ça piquait et que j'étais en colère contre lui, Glen ne me manquait pas vraiment. Ce qui voulait tout dire.

Glen me regardait jadis avec le même air chaud que Donovan. La première fois que j'avais vu Donovan, la façon dont ses yeux me brulaient m'avait touchée en plein cœur et ne m'avait jamais relâchée. Il me faisait me sentir femme comme aucun autre homme auparavant.

Alors que nous sortions de la chambre après que Donovan eut enfilé ses vêtements et que j'eus remis mon t-shirt et mon jogging, je parlai sans même réfléchir.

— Tu as mangé ?

Donovan resta là, pieds nus, en se retournant pour me regarder. Mon souffle sursauta. Avec ses cheveux mouillés et sa peau rougie par la douche, il était tellement beau. Il ne portait qu'un vieux jean et un t-shirt noir, et pourtant je voulais lui arracher ses vêtements.

Il y avait quelque chose dans l'effet que ça me faisait d'être dans ses bras, ses attentions me dévoraient presque. Il m'enveloppait dans sa force.

— J'ai grignoté au Wildlands, mais j'ai encore faim, répondit-il d'une voix grave alors que ses yeux parcouraient mon visage.

— Et si je cuisinais ?

On resta là à se regarder. Ce moment paraissait soudainement lourd.

— Ça me plairait, dit-il enfin.

Mon cœur se serra et un sourire naquit sur mon visage.

— D'accord. J'adore cuisiner.

La cuisine là, la même que la sienne, avait un plan de travail le long du mur et un petit frigo, un four et des plaques. En face du comptoir, il y avait un petit ilot.

— Je vais voir ce que je peux improviser, dis-je en désignant le frigo. J'ai même de la bière.

Donovan sourit.

— Je prendrai ce que tu as. Je ne suis pas difficile.

— J'ai des trucs bons, un peu de bière de la brasserie de Diamond Creek. J'étais là-bas il y a quelques jours.

Je lui tendis une bouteille et il s'installa à un tabouret au bord de l'ilot. Je me penchai vers le frigo, considérant mes options.

— Des lasagnes ? suggérai-je par-dessus mon épaule.

— Ça ne va pas te prendre trop longtemps ? Tu n'es pas obligée de faire quelque chose de compliqué.

Le grognement grave de sa voix me fit frissonner.

Bon Dieu. J'étais tellement foutue. Cet homme venait de me faire jouir deux fois, et j'étais déjà prête à lui sauter dessus.

Je me redressai pour lui faire face.

— C'est rapide. J'ai tous les ingrédients. J'ai juste à assembler et ce sera prêt en moins d'une heure.

Il gloussa, un son qui électrifia ma colonne vertébrale.

— J'adore les lasagnes, alors, si tu veux en faire, fais-toi plaisir !

Alors que je me mettais à cuisiner, il attrapa mon regard.

— Tu n'es pas végétarienne donc ?

Son accent du sud et le ton joueur de sa voix me fit rire. Je secouai la tête.

— Non.

Il me fit un clin d'œil en prenant une gorgée de sa bière.

— Je pensais que si, vu que tu vivais à San Francisco. Désolé.

— Tu déconnes ? Je suis alaskienne pure souche. Je ne dis pas qu'il n'y a pas de végétariens ici, mais pas moi. Mon père m'a appris à chasser quand j'étais au lycée. J'ai déjà tué un animal pour le manger.

Donovan sourit largement.

— Bon à savoir, chérie. Moi aussi.

J'attrapai la télécommande au bord du comptoir de la cuisine et j'allumai la télévision, principalement parce que son sourire me donnait le tournis et que je commençais à stresser.

Mais je n'en avais pas besoin pour m'occuper. C'était juste pour avoir un bruit de fond en cuisinant. Pour la première fois depuis que j'avais rencontré Donovan, on trainait simplement. Il n'y avait pas de tension. Nous étions dingues de l'autre, mais on arrivait à se comporter comme deux adultes qui mangeaient ensemble. On parlait simplement.

C'était clairement un homme bien élevé, qui me posait toute sorte de questions sur là où j'avais grandi, comment c'était, et cætera. J'appris beaucoup de choses sur lui aussi. Maintenant, je savais qu'il avait cette pointe d'accent sexy parce qu'il avait grandi en Géorgie. Il me promit que son accent était bien plus fort avant.

— Chérie, soupira Donovan avec un petit clin d'œil. Crois-moi, j'ai perdu mon accent.

C'était l'un des rares hommes dont la voix me donnait des frissons chauds. Ça n'aidait pas qu'il sache jouer de mon corps comme d'un grand piano. En mettant de côté le sexe divin, c'était sympa de trainer avec Donovan. Pour ne pas me faire mentir, les lasagnes étaient prêtes moins d'une heure plus tard.

Il proposa d'aider, mais je le chassai, avant de le laisser râper du fromage. Après avoir mangé, on s'installa sur le canapé. Je dirais qu'on avait regardé la télé, mais je ne me souvenais pas sur quelle chaine on était, et je n'y avais porté aucun intérêt.

Je m'étais endormie dans ses bras. Quand il se leva pour partir, c'est moi qui l'arrêtai.

— Et si tu restais là ?

Son regard noisette caressa mon cœur et me couvrit d'étincelles. Il resta.

Une fois encore, au milieu de la nuit, il me fit grimper aux rideaux. Je me réveillai à la sensation de ses doigts sur mes tétons et de ses hanches qui se balançaient contre mes fesses, dans une provocation languissante.

Mon orgasme me submergea doucement, flottant en moi comme une vague lourde et intense qui s'écrasa contre mon centre. Je criai et frissonnai en sentant son explosion en moi. Je me rendormis au chaud, en sécurité, satisfaite, dans ses bras.

DONOVAN

Le soleil qui traversait les rideaux me réveilla. Jasmine était chaude et douce à côté de moi, l'une de ses jambes enroulée autour de la mienne et accrochée à mon mollet. Elle était collée à mon côté, ses seins diaboliquement tentants pressés contre moi. Je me réveillai déjà avec une bosse d'habitude, mais là... On pourrait se dire qu'après l'avoir baisée contre une porte et une fois de plus au milieu de la nuit, j'en aurais eu assez, que mon appétit serait satisfait.

Mais non. Je commençais à me demander si ce désir que j'avais pour Jasmine se calmerait un jour.

Il était tôt, mais je me levais toujours tôt. En roulant, je regardai le réveil sur sa table de chevet. 6 h. Il fallait que je sois à la caserne dans une heure.

Pour la première fois depuis des années, je ne voulais pas sortir du lit. Et j'aurais été plus que ravi d'y passer toute la journée. Peut-être que, comme ça, je pourrais satisfaire mon besoin d'elle.

J'avais presque décidé de ne jamais me remettre en couple. Ça n'avait pas été une décision consciente, mais plutôt un sentiment pessimiste et cynique. Je n'avais pas envisagé que quelqu'un de nouveau pourrait compter autant que ça pour moi. Jasmine avait déjà trouvé sa place à travers mes défenses. Elle comptait. Beaucoup.

Le sexe était incroyable. Elle était tellement démonstrative, sauvage, pure. Même quand j'étais au sommet de mon désir et amour pour Katie, notre vie sexuelle n'avait jamais été aussi géniale que ça. Mais quand on a 20 ans et qu'on est un homme, il en faut peu.

Quand j'étais tombé sur Katie en train de se taper mon meilleur ami, ça m'avait fait mal. Terriblement. Mais maintenant que quelques années m'en séparaient, la douleur avait disparu. J'imaginais que je l'avais aimée de la seule façon dont j'étais capable à l'époque. Je savais aussi que le fait que Bill soit la personne avec qui elle m'avait trompé faisait aussi très mal. Ça faisait même plus mal que le reste.

Je n'avais pas réussi à ignorer la nouvelle que Bill et Katie s'étaient fiancés puis avaient rompu. Bill et moi avions grandi ensemble. Nos parents étaient meilleurs amis, donc ignorer ce genre de nouvelles était presque impossible.

Même si je pensais que je ne pourrais jamais refaire confiance à une femme, je n'avais aucun doute sur le fait que Jasmine ne me trahirait jamais de cette façon. Ce n'était pas son genre, simplement. Je ne savais pas comment j'en étais aussi sûr.

Alors que j'étais là, Jasmine enroulée sur moi, en passant mes doigts dans ses cheveux, mes pensées revinrent à la nuit dernière. Cette femme savait cuisiner. Ma mère était super cuisinière, soyons clairs. C'était une femme du Sud, et toute sa fierté venait du fait qu'elle pouvait vous impressionner quelle que soit la recette. Elle ne cuisinait rien de gastronomique, mais tout ce qu'elle faisait était délicieux.

Mais j'aurais vraiment du mal à dire que les lasagnes de Jasmine étaient moins bonnes que celles de ma mère. Et ça me faisait même mal de le penser, parce que j'étais très loyal à ma maman. Je savais que ma mère adorerait Jasmine. Ce qui me touchait, d'une façon surprenante. Jasmine était une fumée qui passait à travers les murs.

J'avais appris pas mal de choses sur elle la nuit dernière. Sa famille était très soudée, ça c'était évident. Elle disait que Levi pensait qu'il était le meilleur cuisinier de la famille, et avait tort. Elle reconnut à contrecœur qu'il était au moins aussi doué qu'elle.

Même si elle adorait son grand frère, il y avait une étincelle de tension quand elle en parlait. Mais n'est-ce pas la même chose dans toutes les familles ? Je savais que ma mère avait encore beaucoup à dire sur l'erreur que j'avais faite en demandant à Katie de m'épouser. Et même si elle avait été très en colère contre Bill pour ce qu'il s'était passé, je savais qu'elle espérait que je le pardonne.

C'était un sujet douloureux entre nous. Maman n'était pas particulièrement heureuse de mon choix de partir en Alaska. Je n'avais pas fui en Alaska. C'était juste qu'il y avait beaucoup plus de demande pour les pompiers forestiers dans l'Ouest. J'avais suivi une offre d'emploi et j'étais tombé amoureux de l'Alaska. Je rentrais tous les ans, et mes parents venaient me voir tous les ans.

Je pris une inspiration, en me rappelant qu'il fallait que je me lève et que j'aille me préparer. Au moment où je bougeai, avec l'intention de m'éclipser discrètement pour laisser Jasmine dormir, elle se réveilla d'un bond.

Elle se redressa sur un coude, tournant les yeux vers moi.

Bordel.

Avec ses cheveux emmêlés qui encadraient son visage, ses joues rougies de sommeil, ses lèvres gonflées de nos baisers de la veille et ses yeux endormis, elle était tellement sexy que ma queue se dressa. Encore.

— Oh, dit-elle comme si elle était surprise de me trouver là.

Ça me fit rire et je lâchai un petit gloussement.

Ses joues rosirent puis elle sourit, un vrai rayon de soleil qui me réchauffa de l'intérieur.

— Bonjour, dit-elle d'une voix rauque.

— Bonjour.

Je réfléchis un instant à si j'avais le temps de la sauter une fois de plus. Ses jambes bougèrent, son genou caressa ma queue et ses joues rougirent encore plus.

Je lâchai un autre rire.

— Il faut que j'aille au boulot, murmurai-je.

— Je vais faire du café, dit-elle rapidement en sautant du lit d'un bond.

Ça n'aida pas l'état de ma queue. J'avais une vue parfaite sur son cul en forme de cœur, plein et rond. Je ne pus m'empêcher de m'imaginer la plier en deux pour la prendre par derrière.

Je savais exactement ce que je ferais ce soir en rentrant du boulot. Je voulais la prendre par derrière, son cul en l'air pendant que je m'enfonçais dans sa chatte mouillée.

En repoussant les draps, je forçai ma queue à

retomber. Alors que je sortais de la chambre en enfilant mon caleçon, je la regardai, près du comptoir de la cuisine, faire du café.

— Je vais aller prendre une douche en face, et il me faut de nouveaux vêtements. Je reviens.

Elle me jeta un petit sourire.

— D'accord, le café sera prêt quand tu reviendras.

Je n'avais pas envie d'aller travailler aujourd'hui. Je voulais me perdre en Jasmine. J'étais en train de tomber amoureux d'elle. Et vite. Il fallait que je fasse attention et que je garde la tête froide. Elle n'en avait jamais reparlé, mais je me souvenais de ce qu'elle m'avait dit la première fois. Son ex l'avait trompée. Je savais ce que ça faisait, et connaissais cette douleur. Et même si je pensais que notre lien était vrai et profond, je sentais bien que Jasmine avait ses réserves, et ne voulait pas aller trop loin trop vite.

Après une douche rapide, douche froide bien entendu, j'attrapai mes vêtements et je retournai de l'autre côté du couloir. Dès que j'entrai chez elle, je sus qu'elle avait fait bien plus que du café. Dans les dix minutes où je m'étais absenté, elle avait réussi à faire des pancakes.

— J'ai décidé que tu avais besoin d'un petit-déjeuner, dit-elle alors que je fermais la porte derrière moi et j'avançais vers elle.

— Chérie, tu es parfaite.

Je passai mes bras autour d'elle par derrière et plongeai la tête dans son cou pour respirer son odeur. Elle retourna deux pancakes.

— Je suis quasi sûre de ne pas être parfaite, mais je me suis dit que tu devrais manger.

Elle s'arrêta avec une étincelle dans les yeux.

— De la nourriture.

Et rien qu'avec ça, j'étais à nouveau tout dur.

Les pancakes étaient délicieux, tout comme son café. Comme j'étais presque en retard, je partis sans la baiser contre le mur.

Il fallait que je réfléchisse à quelle vitesse aller avec elle.

Chapitre Vingt-Deux

DONOVAN

Ma matinée à la caserne fut calme. Notre équipe, qui venait de rentrer d'une mission en campagne, s'occupait des appels locaux. L'équipe locale s'occupait d'un feu contrôlé non loin.

Je travaillai un peu dans le garage, en supervisant et aidant Emily alors qu'elle changeait l'huile de l'un des camions. C'était génial de l'avoir à la caserne, avec ses cheveux violets et son caractère. À l'heure du déjeuner, je proposai à tout le monde d'aller au Firehouse Café pour l'équipe, et de ramener des pizzas en chemin. Évidemment, personne ne dit non. Quelques minutes plus tard, j'arrivais au Firehouse.

En entrant dans le café, je fis rapidement le tour de la pièce, appréciant ma petite pause de la journée. Toutes les tables étaient prises, et il n'y avait personne au comptoir car Janet se servait un café.

Elle me lança un sourire dès que je m'approchai, ses yeux marron chaleureux se plissant dans les coins. Janet était l'une des premières personnes que j'avais rencontrées quand j'avais emménagé à Willow Brook.

J'étais arrivé en fin d'après-midi, après des jours entiers à conduire, mort de faim et rêvant de café.

Puisque le Firehouse Café était en plein milieu de la grande-rue, je m'y étais arrêté et l'avais trouvée derrière le bar. Dès qu'elle avait appris que je n'étais pas un touriste mais quelqu'un qui emménageait en ville, elle avait insisté pour m'offrir le café et s'était lancée dans une histoire détaillée de Willow Brook la seconde d'après.

Une histoire qu'elle m'avait racontée entre deux autres clients, bien sûr. Grâce à cette tasse de café offerte le premier jour, elle avait gagné bien mille dollars en café de ma poche depuis. Je passais dans ce café presque tous les jours, quand je n'étais pas sur le terrain.

— Donovan, dit-elle, d'une voix teintée de rire. Comment vas-tu ?

— Bien, bien. Je suis rentré hier soir. Tu sais que je ne peux pas survivre 24 h sans ton café quand je suis en ville, donc me voilà.

— Je m'attendais à te voir ce matin, dit-elle avec un clin d'œil.

Mon esprit revint à là où je m'étais réveillé ce matin, avec Jasmine dans les bras. Cette pensée seule me secoua de désir. Merde. Je n'avais même pas besoin de voir Jasmine pour qu'elle m'excite.

D'ailleurs, je pensais encore à ce que j'espérais voir ce soir : son joli cul rebondir pendant que je la prenais par derrière.

Je me forçai à mettre ces pensées de côté et à me concentrer sur Janet. Je n'avais pas l'habitude d'être autant obnubilé par une femme. Je haussai les épaules.

— Grosse matinée, c'est tout. Dans tous les cas, j'ai une grosse commande pour toi.

— Qu'est-ce qu'il te faut ?

— Je vais prendre mon Shot in the Dark habituel, mais j'ai aussi besoin de dix cafés normaux. Avec un peu de lait sur le côté, parce que je ne sais pas qui prend du lait et qui n'en prend pas. On a du sucre à la caserne, donc on peut faire sans.

Janet rit.

— Ta tournée du déjeuner ?

— Exactement.

Elle se retourna et commença à préparer les cafés. Je m'installai sur le côté du bar et on parla pendant qu'elle travaillait. Elle s'arrêta plusieurs fois pour s'occuper de clients. À un moment, elle m'observa avec un regard malin.

— Bon, j'ai une question, dit-elle.

— Quoi donc ?

— Jasmine va utiliser le garage vide que j'ai au fond, pour son studio. Je me demandais si je pouvais te convaincre de l'aider à l'installer. Elle est un peu têtue et je suppose qu'elle n'a pas envie de demander d'aide à qui que ce soit. Je te paierai.

Plutôt mourir.

Je n'allais jamais laisser Janet me payer pour aider Jasmine.

— Bien sûr que je peux aider. Il faut que je lui en parle, en revanche. Je ne vois pas comment faire ce dont elle a besoin sans m'assurer que c'est ce qu'elle veut. Et bon sang, tu n'as pas besoin de me payer. Il n'y a pas grand-chose à faire. J'imagine qu'il faut quelques étagères, peut-être une table, quelque chose comme ça.

Janet me fit un grand sourire en me tendant le dernier café.

— Je savais que tu dirais oui. Je me suis dit que, puisque tu vivais juste à côté, tu pourrais ajouter ça aux travaux de la maison.

— Tu as oublié que tu ne me paies pas pour ça non plus parce que tu me donnes un logement gratuit ? Je peux sans doute faire ce dont elle a besoin en un jour ou deux, donc dis-toi que c'est fait !

— Enfin, je paie pour les fournitures, et je ferai pareil là. Je vais lui dire que je t'ai demandé de t'occuper des travaux parce que c'est mon garage, offrit Janet avec un sourire, l'air fière de ce détail.

— Ça change quelque chose pour elle ?

— Bah, je ne sais pas à quel point tu connais Jasmine...

Mon esprit revint à la sensation de la chatte de Jasmine avalant ma queue alors que je la prenais contre la porte la nuit dernière.

— ... mais c'est quelqu'un de têtu. Je suis entièrement de son côté et je veux qu'elle reste en ville. Pour ça, il faut qu'on s'assure tous qu'elle puisse faire de la poterie.

— Ah ? C'est pour ça le studio ?

Elle me donna l'addition et je payai.

— Oui, elle est géniale et ce qu'elle fait est magnifique. Elle a une proposition d'une chaine de galeries en Alaska. Mais comme Amelia et Lucy sont très prises cet été, je me suis dit que j'allais m'en mêler et m'assurer qu'elle puisse installer son studio et se lancer.

— C'est elle qui t'a donné toutes ces infos ? demandai-je pour me moquer, mais également sur un ton sérieux.

Janet eut un sourire malin.

— C'est sa mère qui me l'a dit. Jasmine est presque une fille pour moi.

— Je suis heureux d'aider. Dis-moi simplement quand je peux lui en parler.

— Bien sûr.

En jetant ma monnaie dans le bocal à pourboires, je la saluai et partis chercher des pizzas. Alpenglow Pizza avait ouvert à peine un an après la fermeture d'une autre pizzeria. En peu de temps, elle était devenue très populaire et était clairement la pizzeria préférée de la caserne. Ils avaient un menu qui changeait régulièrement, ils cuisaient leurs pizzas au feu de bois, le service était rapide et la pâte délicieuse.

La montagne de pizzas que j'avais commandée sur le chemin, avant d'aller chercher les cafés, était prête et je retournai vers la station quelques minutes plus tard. Mon esprit revenait sans cesse à Jasmine. Elle était indépendante et avait un côté brute. Je l'avais vu le jour de notre rencontre, quand elle avait mis un pain au connard qui lui avait touché les fesses.

Je connaissais plutôt bien son côté chaud. À chaque fois qu'on était proches, elle me brûlait presque. Tout comme Janet, j'étais entièrement de son côté. Je ferai ce dont elle avait besoin pour monter son studio, surtout si ça voulait dire qu'elle restait à Willow Brook.

La journée était chargée, fort heureusement, après mon retour à la station, et après qu'on eut dévoré nos pizzas. On reçut un appel pour un petit feu local et, en rentrant chez moi, j'allai aider Herman à descendre de l'un de ses arbres préférés. Herman était le chat adoré de Carrie Dodge, une vieille dame qui vivait seule. Ce petit filou de chat aimait monter haut dans les arbres et rester coincé. Ça arrivait si souvent que tous les pompiers de Willow Brook l'avaient aidée à un moment ou à un autre. On avait racheté la pelleteuse de Carrie après qu'elle fut tombée dans le fossé avec un jour. Cette machine plutôt couteuse vivait maintenant dans son jardin une vie calme, jusqu'à ce qu'Herman décide de grimper à un autre arbre. On utilisait alors le godet de la pelleteuse pour le faire descendre. C'était ridicule. Mais ça marchait.

Après avoir rendu Herman à sa maitresse et avoir reçu un grand sourire de Carrie, je remontai dans ma voiture. À chaque moment de libre, je n'arrivais à penser à rien d'autre qu'à Jasmine, à la maison.

————

Alors que je m'arrêtais au bout du chemin de Carrie avant de tourner sur l'autoroute, mon téléphone vibra. Je jetai un œil à l'écran et vis le numéro de ma mère, ce qui me surprit. Maman était le genre de personne à toujours programmer un appel. D'habitude, elle m'appelait quand je n'étais pas en mission, et tous les samedis matin. C'était inattendu de sa part. En répondant, j'entendis à son ton que quelque chose n'allait pas.

— Qu'est-ce qu'il y a maman ?

— Oh, chéri, je suis vraiment désolée de t'appeler comme ça. Je ne suis pas sûre de ce que tu vas en penser, mais je me suis dit qu'il valait mieux que tu saches.

Mon ventre se serra, même si je n'avais aucune idée de ce qu'elle allait me dire.

— D'accord, qu'est-ce qu'il y a maman ?

— C'est Bill. Il a été gravement blessé dans un incendie et il est à l'hôpital. Les médecins disent qu'il ne va pas s'en sortir.

Je serrai le téléphone dans ma main, et je restai silencieux assez longtemps pour que ma mère recommence à parler.

— Donovan, chéri, tu m'entends ?

Son accent du Sud me calmait toujours. Elle avait raison. Il fallait que je sache. Ma main agrippa le téléphone alors que mon cœur rebondissait violemment dans ma poitrine, chaque battement plus rapide que le précédent.

Je n'avais pas parlé à Bill depuis presque trois ans. Oh, non pas parce que je ne m'étais pas remis de Katie. Je m'étais remis de ça rapidement. Avec le recul, je voyais pourquoi elle n'était pas faite pour moi et toutes les choses que je n'avais pas vues à l'époque. Mais Bill était mon ami, mon meilleur ami. Le genre d'ami que je n'avais jamais retrouvé.

Au fil du temps, on apprend qu'il y a certaines parties de la vie qu'on peut recommencer, des nouveaux départs en quelque sorte. On ne peut pas changer le passé, mais on peut essayer de faire mieux. En entendant que Bill allait peut-être mourir, mon esprit revint à mon dernier coup de fil avec lui.

C'était juste après que j'eus déménagé ici, pas longtemps après avoir entendu que lui et Katie avaient rompu. Sans surprise. C'était comme si elle avait détruit notre amitié, et ça le tuait de penser ça. Elle l'avait trompé aussi. Il m'avait appelé pour s'excuser et me dire à quel point il avait fait de la merde. À l'époque, je m'étais dit que c'était bien fait pour lui.

J'étais en colère à l'époque, mais c'était un sentiment qui avait doucement disparu. Maintenant, Bill me manquait surtout. Et il allait peut-être mourir.

— Je suis là maman. Il est où ?

— Sa mère m'a appelée. Ils l'ont transporté à un hôpital de Denver. J'imagine que son équipe était en mission dans les montagnes pas loin. Ses parents prennent un avion ce soir.

Je déglutis difficilement, la poitrine soudainement serrée d'émotion. En un éclair, je compris la valeur du pardon. Rien que comme ça. En fin de compte, la trahison de Bill valait moins que notre amitié. J'avais ignoré sa tentative de réconciliation. Je voulais juste passer à autre chose.

— Tu m'appelleras si tu as des nouvelles ?

— Oui, chéri. J'ai demandé à sa mère de m'appeler quand ils atterriront.

Ce qui avait aussi fait mal dans la trahison de Bill était le fait que nos parents étaient amis. J'étais quasiment certain que sa mère l'avait engueulé pendant toute cette histoire. Mais nos parents avaient réussi à rester amis.

Une fois que Bill et Katie avaient rompu pour de bon, de temps en temps, ma mère suggérait que je devrais appeler Bill.

Je pris une grande inspiration alors que mes regrets s'accumulaient. L'amertume avait disparu. Depuis un certain temps, j'imaginais, mais je n'avais rien pris le temps de faire.

— Appelle-moi quand ils arrivent. Je vais voir si je peux prendre un congé.

— Bien sûr, chéri, dit maman.

Après avoir raccroché, tout ce qui remplissait ma tête était l'idée de voir Jasmine.

Chapitre Vingt-Trois

JASMINE

Je me penchai sur le comptoir alors que Lucy mettait des assiettes dans le lave-vaisselle et que Levi donnait des morceaux de salade à Ham à côté de la table. J'étais passée diner avec eux, toujours perdue à l'intérieur. Je faisais rarement des crises d'asthme depuis que j'étais adulte. Je faisais toujours attention à avoir de la Ventoline sur moi. Mais le fait d'être rentrée et cette récente crise m'avaient chamboulée.

— Levi, lançai-je en me tournant vers la table.

Levi était la version la moins intimidante de lui-même quand il nourrissait Ham, donc je me dis que c'était le moment idéal pour parler d'un sujet potentiellement difficile. Ça ne me dérangeait pas vraiment de parler de tout ça devant Lucy. Encore un bon point pour Lucy, la meilleure belle-sœur de tous les temps : elle était très ouverte d'esprit.

— Jazzy, répondit-il.

C'était l'une des rares personnes qui avait le droit de m'appeler comme ça, de temps en temps.

Je décidai d'aller droit au but. En m'installant en face de lui, je trouvai son regard.

— J'ai besoin de m'excuser. J'ai environ dix-sept ans de retard, je crois.

Il eut l'air confus un instant, puis son regard s'éclaira.

— Pour ça ?

Je savais exactement ce qu'il sous-entendait par « ça ». Mes joues se réchauffèrent et je hochai la tête. Je pris une grande respiration et soupirai lentement.

— Depuis ce jour, j'ai toujours pensé que tu me protégeais trop.

Lucy nous interpella depuis la cuisine.

— Je suis potentiellement d'accord là-dessus.

Sa légèreté était la bienvenue parce que je voyais la tension s'accumuler sur le visage de Levi. Ses épaules montèrent et descendirent avec une grande inspiration.

— Bref, je repensais à tout ça l'autre jour, et je pense que je comprends pourquoi.

— Tu as failli mourir, dit-il doucement, avant de s'arrêter pour donner un autre morceau de laitue à Ham.

Le petit hamster brun et blanc rendit ce moment plus facile. Le bruit de la porte du lave-vaisselle résonna fort dans la pièce. En regardant Lucy, je réalisai que Levi ne lui avait probablement jamais raconté cette histoire, vu son air confus.

Je me tournai vers Levi et répondis :

— Je sais. Je ne peux pas changer quoi que ce soit de ce qu'il s'est passé, mais j'ai le droit de détester le fait que ce soit là, que ça te rende aussi protecteur et moi aussi tendue. Tu es un super frère. Je le sais, même si ça m'énerve que tu t'inquiètes autant parfois.

Lucy s'installa sur une chaise à côté de nous, en silence. Levi n'avait pas répondu, et je le vis déglutir.

Je jetai un œil à Lucy.

— J'imagine que tu ne connais pas l'histoire ?

Elle secoua la tête.

— Je fais de l'asthme, ça tu sais, non ?

À son hochement de tête, je continuai.

— Je vais te faire la version très courte. On était jeunes, et c'était l'été. Les étés en Alaska sont toujours un peu surprenants, parce que toutes les plantes renaissent d'un coup, tu vois ?

Elle sourit un peu. Je pris une grande inspiration et regardai Levi. Il était silencieux, mais il écoutait.

— Bref, Levi partait en randonnée avec quelques amis, et je voulais venir avec eux donc je l'ai supplié de m'emmener. Il a accepté de laisser mes amis et moi les suivre. C'était une journée normale. Nos parents déjeunaient au Wildlands.

Je m'arrêtai pour boire une gorgée de vin.

— J'avais oublié ma Ventoline. Je savais que je l'avais oubliée mais je ne voulais pas faire demi-tour. Il y avait du pollen partout et on traversait les hautes herbes. J'ai fait une crise d'asthme. Levi a été obligé de me ramener en me portant. C'était horrible. Ou du moins, je crois. Je n'ai pas beaucoup de souvenirs du moment parce que je pouvais à peine respirer. Je me rappelle qu'il avait l'air terrifié et du visage de mes parents quand on est arrivés au Wildlands. C'est sans doute pour ça qu'il a toujours un avis sur ma vie.

Je fis un cercle sur la table avec mon doigt et regardai Levi, qui passait la main sur le dos de Ham. Ce n'était peut-être pas grand-chose, mais cette tension avait mijoté entre Levi et moi depuis des années.

— Ah. Ça explique beaucoup de choses, dit Lucy doucement.

Levi se tourna vers elle. Elle tendit le bras et lui prit la main.

— Chéri, tu es calme et détendu la plupart du temps. Mais pas quand ça touche à ta famille, et encore moins quand il s'agit de Jasmine. C'est tout.

Elle me regarda en penchant la tête.

— Je n'ai pas de grand frère, mais je comprends ce que c'est que de ne pas aimer que les gens s'inquiètent pour toi. Je me suis toujours dit que vous étiez tellement chanceux de vous adorer. Mais, de temps en temps, tout devient tendu, et ça me rend triste.

J'avais envie de pleurer, mais je pris une inspiration et repoussai le sentiment.

— C'est aussi évident que ça ?

— En vrai, non. C'est juste qu'une fois de temps en temps, ça apparait.

Je mordis le coin de ma bouche en trouvant les yeux de Levi.

— Ce n'est pas comme si tu pouvais arrêter de t'inquiéter. J'imagine que je peux voir ça comme un compliment.

Levi lâcha un rire.

— Ouais, c'était vraiment une journée terrifiante. Et tu es vraiment têtue.

Il y avait beaucoup de non-dits, mais nous n'avions pas vraiment besoin de mots. J'avais surtout besoin de lui faire comprendre que je savais à quel point cette journée nous avait marqués.

— Je vais quand même m'inquiéter pour toi, ajouta-t-il.

— Je sais, réussis-je à dire avec un petit sourire.

D'une certaine façon, cela suffit à surmonter la bosse émotionnelle qui se tenait entre Levi et moi. Ce n'était pas énorme, ça ne changeait pas nos mondes, mais c'était assez. Et comme Lucy l'avait dit, nous nous adorions. Cet évènement était comme un caillou dans une chaussure. Une fois de temps en temps, il tombait au mauvais endroit et faisait mal.

Pour moi, j'avais surtout besoin d'avouer que ce jour-là nous avait marqués et de lui dire que je savais à quel point ça avait dû lui faire peur. Il serait toujours mon grand frère, et il serait toujours trop protecteur, mais j'aurais peut-être plus de patience.

La conversation tomba sur des sujets plus légers. Quand je me levai pour partir, il me fit un gros câlin, en me soulevant du sol. Quand il me reposa, il sourit.

— Je t'aime, petite sœur, dit-il.

Je me mis sur la pointe des pieds pour lui faire un bisou sur la joue.

— Je t'aime, grand frère.

Lucy me raccompagna jusqu'à la voiture, et resta non loin alors que je montais derrière le volant.

— Merci, dit-elle quand je la regardai.

— Pour quoi ?

— Je crois que c'était très important pour Levi. Il n'en avait jamais parlé.

— C'est bien ce que je me disais. J'imagine que c'était beaucoup plus important dans ma tête que dans la sienne.

Lucy haussa les épaules et sourit.

— Dans tous les cas, je suis contente d'être au courant. Il tient beaucoup à toi.

Elle me fit un petit câlin.

J'avais besoin de ça aussi. Quand elle recula, elle ferma ma porte. Je lui fis un petit salut, puis reculai en regardant Levi sortir de la maison dans mon rétroviseur pour rejoindre Lucy et lui prendre la main.

Même si cette conversation était arrivée bien trop tard dans nos vies, je sentais toutes mes émotions remonter à la surface. Je me sentais vulnérable et nue.

Je pensai immédiatement à Donovan. Avec les

messages de Glen, je réalisai de plus en plus que nous n'avions vraiment rien partagé.

Je l'avais choisi comme solution facile, j'avais choisi quelqu'un qui me paraissait être un bon investissement, en surface. Ce n'était pas comme si notre relation avait été horrible. Elle ne l'était pas. Mais elle avait été correcte.

Avec Donovan... Eh bien, c'était bien plus que correct. Le sexe était mieux que dans mes rêves les plus fous. Et j'étais de plus en plus attachée à lui, je commençais à penser que mon cœur était déjà bien trop investi.

En rentrant à la maison, je me demandai si j'allais le voir ce soir. Il était facile de se poser la question, puisqu'il vivait de l'autre côté du couloir. Quand je me garai devant le B&B, je vis sa voiture, et mon rythme cardiaque s'accéléra. J'avais le ventre plein de papillons, une émotion folle si soudaine que j'en eus la tête qui tournait.

Ce n'était pas juste du désir, et je le savais. Je n'arrivais même pas à imaginer me laisser aller à mes émotions avec Donovan. Et pourtant j'étais là, déjà complètement éprise.

Tu ne sais pas si tu vas le voir. Il est probablement fatigué après le boulot. Va te coucher. N'attends rien.

C'était mon petit sermon à moi-même alors que j'entrais dans la maison. Le rez-de-chaussée était silencieux et sombre. La lumière du couloir était allumée, éclairait légèrement les escaliers, et mes pas résonnèrent alors que je montais les marches. Arrivée en haut, je sentis la présence de Donovan avant même de le voir.

En regardant droit devant moi, je le vis debout dans le couloir, les épaules appuyées contre le mur. Il avait une main dans la poche de son jean, tirant le pantalon juste assez bas pour que je puisse voir une bande de peau sous son t-shirt.

Je ne savais pas ce que je voyais dans ses yeux, mais c'était un regard intense, et concentré sur moi. Il ne bougea pas alors que je m'approchais, mon pouls s'accélérant, me noyant des pieds à la tête.

Quand je m'arrêtai devant lui, le dernier claquement de mon talon résonna fort dans le couloir. Quand je levai les yeux, je sentis qu'il souffrait. Mes réactions étaient automatiques, je ne réfléchissais pas.

— Ça va ? demandai-je en tendant le bras pour prendre sa main.

Il resta immobile et silencieux un instant avant de hausser les épaules.

—Je ne sais pas.

—Je peux faire quelque chose ?

Il haussa encore une épaule. En se détachant du mur, il sortit sa main de sa poche, la levant pour attraper le bout de mes cheveux et l'enrouler autour de ses doigts.

—J'ai besoin de toi, murmura-t-il.

Le grognement de sa voix et son regard chaud s'emparèrent de moi et me remplirent de désir. J'étais incapable de lui résister. Il suffisait d'un regard dans sa direction pour que je fonde à ses pieds.

Alors que ses yeux étaient sur moi et que sa main passait dans mes cheveux, il me coupa le souffle en posant sa bouche sur la mienne. Donovan était un homme qui embrassait sans hésiter. Il dévora mes lèvres, et je profitai de chaque instant. M'abandonner à lui était un sentiment délicieux, m'abandonner à l'intensité du désir.

Je me jetai dans ce feu tête la première. C'était presque terrifiant, mais je me sentais tellement forte avec lui que chaque minute était divine. On tourna dans le couloir jusqu'à ce que mes épaules se retrouvent contre le mur. Il se libéra de notre baiser et déposa une trainée chaude dans mon cou avec ses lèvres, ses dents, sa langue. Je frissonnais des pieds à la tête.

Je sentais l'intensité de ses émotions, et je sentais qu'il essayait de se perdre en nous, en moi. Quand il balança ses hanches contre les miennes, je me mordis la lèvre pour retenir un gémissement en sentant la longueur de sa queue dure contre moi. J'avais envie de le gouter.

Il souffrait. Je ne savais pas pourquoi et je ne savais même pas comment je le savais, mais je le savais. Je voulais l'aider à aller mieux, l'aider à s'oublier comme il l'avait fait pour moi.

En tournant rapidement, je le plaquai au mur. Je reculai et passai ma paume sur la bosse dure de sa bite. D'un mouvement rapide, je déboutonnai sa braguette et passai ma main dans son caleçon, faisant glisser le tissu sur sa peau, juste assez pour libérer son membre.

Il siffla entre ses dents alors que j'enroulais ma main sur sa queue en le regardant pour voir sa tête tomber en arrière contre le mur, en un bruit sourd. Ses yeux trouvèrent les miens, un regard sombre. Ce regard dans ses yeux m'électrifia d'une onde de puissance. C'était un sentiment grisant que de savoir que je lui faisais autant d'effet que ce qu'il me faisait. Avec Donovan, je ne réfléchissais jamais trop, je ne m'inquiétais pas de savoir si j'en faisais assez.

Tout ce qu'il se passait entre nous était égalitaire. Donner et recevoir, attraction et répulsion. C'était une danse animale de besoin et de relâche. En sortant ma langue, j'avalai la goutte de liquide pré-séminal qui dégoulinait de son gland.

— Jasmine... murmura-t-il alors que sa main se resserrait dans mes cheveux.

Je m'agenouillai, enroulant ma langue autour de son membre. Je léchai le dessous de sa bite, et regardant ses yeux se fermer se plaisir et en savourant son lent grognement. J'enroulai ma langue autour de son gland à nouveau puis je le pris en entier dans ma bouche.

— Bordel chérie, c'est tellement bon, grogna-t-il.

Je levai les yeux en penchant la tête en arrière, passant ma langue sous sa queue encore et encore et en tenant doucement ses boules dans ma main. Il ouvrit les yeux, me fixant d'un regard noir et sombre.

Je sentis le gout d'une autre perle de liquide pré-séminal. C'était une petite drogue, une dose de plaisir qui passait sur ma langue. Je pris à nouveau dans ma bouche sa queue mouillée et lisse. Ma paume s'humidifia alors que je le branlais doucement tout en le pompant avec ma bouche. Sa tête cogna contre le mur, ses doigts s'agrippèrent fermement dans mes cheveux.

Puis il explosa dans ma bouche et j'avalai sa semence chaude.

Je reculai lentement avec un dernier coup de langue sur son épais gland. En me relevant, j'ouvris la bouche pour dire quelque chose mais avant que j'en aie le temps, il m'embrassait fougueusement à nouveau. Je me demandai si ça lui faisait quoi que ce soit de savoir qu'il venait de jouir dans ma bouche, mais son baiser effaça toutes mes questions.

Une main emmêlée dans mes cheveux et l'autre sur ma joue, il m'embrassa comme si c'était la fin du monde. Puis on tournait à nouveau dans le couloir, et je passai la première porte qu'on trouva qui, par chance, était la mienne.

Chapitre Vingt-Quatre

DONOVAN

L'odeur de Jasmine m'englobait, s'emparant de mon esprit comme une drogue. Mon cœur s'accrochait à elle, et je m'en fichais.

Quand je l'avais entendue arriver ce soir, je savais qu'elle était ce dont j'avais besoin.

Maintenant qu'elle était là, ses lèvres charnues contre les miennes, sa langue dansant et jouant avec la mienne après m'avoir fait perdre la tête avec cette petite pipe dans le couloir. Même si je venais de jouir dans sa bouche, je bandais déjà. Pour elle. Rien que pour elle.

J'arrachai ses vêtements, j'entendis le tissu se déchirer et un bouton tomber au sol. En reculant, elle trébucha en retirant ses bottes et sa jupe alors que je me débarrassais de mon t-shirt. En un rien de temps, on se retrouva nus. Nous nous tenions à côté du canapé et je la retournai, sans doute un peu plus brutalement que ce que j'aurais dû faire.

Elle ne perdit pas une seconde et se pencha sur le canapé en s'agrippant aux coussins. L'odeur salée de son désir arriva jusqu'à moi. En passant une main entre ses cuisses, je trouvai sa chatte mouillée et prête à me recevoir. Je n'attendis même pas, attrapant ma queue dans ma main et m'enfonçant en elle par derrière, jusqu'à la garde. Elle cambra les fesses et la courbe de son dos était terriblement sexy. Je restai immobile un instant, une tristesse se nouant dans ma gorge alors que mon cœur battait fort contre mes côtes.

Je savais que je n'étais pas dans mon assiette, je savais que je ne faisais que compenser mes émotions difficiles. Mais c'était comme si Jasmine savait ça, d'une certaine façon. Comme si elle savait que j'avais besoin de me perdre en elle, dans la folie qui nous unissait.

Après une respiration saccadée, je reculai et plongeai à nouveau, avec un grognement qui résonna dans la pièce. Son canal était tellement bon, mouillé et palpitant. Après quelques coups de reins, je m'approchais déjà d'une nouvelle explosion.

Et même si j'adorais regarder son cul, j'avais besoin de voir son visage. Je me retirai, la retournant à nouveau. On tomba sur le dos du canapé, emmêlés l'un dans l'autre. Elle me grimpa dessus alors que je m'adossais aux coussins. En la regardant, avec ses cheveux ambrés emmêlés autour de son visage et sa peau rouge, mon cœur reconnut la vérité. Elle m'avait brisé, m'avait vaincu. Et je ne l'avais même pas vu venir.

Elle se leva et descendit sur ma queue en me circlusant. Elle déposa des baisers le long de mon cou et se balança contre moi. Elle jouit presque immédiatement, sa chatte serrée me pompa et agrippa ma queue. Je sentis son frisson et j'écoutai la mélodie de son orgasme avant de me lâcher, explosant en elle, en des jets chauds et longs.

Jasmine s'écroula sur moi, posant sa tête dans le creux de mon cou, et son souffle caressa ma peau. Elle, à califourchon sur mes genoux, et ma bite plongée en elle étaient ma vision du paradis.

Ma main était emmêlée dans ses cheveux et je les brossais doucement de mes doigts en essayant de retrouver mon souffle. C'était une vraie bonne chose que je sois assis. Seule Jasmine avait le pouvoir de m'en demander tant que j'étais crevé à la fin.

Mais quand elle prenait, elle donnait tout autant. Même si mon corps était épuisé, mon cœur était plein d'émotions qui s'emparaient de moi. La profondeur de ce que je ressentais pour elle était quelque chose que je n'avais jamais vécu.

Quand je la sentis lever la tête, j'ouvris les yeux. Rien qu'en la regardant, ma queue remua. Le fait que je vienne de me vider deux fois en elle ne changeait rien. Cette femme. Elle resta là, son canal chaud me tenant, ses yeux bleus m'observant. Merde, elle était vraiment magnifique. Ses seins charnus, ses tétons roses et ses cheveux emmêlés.

Elle me regarda, les yeux lourds. En levant la main, elle caressa ma mâchoire.

— Comment vas-tu ? demanda-t-elle.

Une question si simple, qui me fit sourire. Nous n'avions même pas pris le temps d'échanger des politesses ce soir. Dans ces courts moments où je m'étais perdu en elle, j'avais oublié l'appel de ma mère.

Bill était à l'hôpital, mon ancien meilleur ami. Il allait probablement mourir, ou du moins c'était ce qu'ils disaient.

Je savais que j'étais en train de tomber amoureux de Jasmine. Bon sang, j'étais déjà tellement pincé que je n'arrivais pas à envisager qu'elle ne soit pas une partie permanente de ma vie. J'essayais juste de réfléchir à quelle vitesse avancer avec elle.

Malgré la profondeur de notre intimité et malgré la

vitesse avec laquelle elle avait pris possession de mon cœur, qui était entièrement entre ses mains maintenant, je n'étais pas exactement certain de comment lui parler de Bill.

Je n'avais pas beaucoup d'expérience avec les relations sérieuses, et j'étais un peu rouillé. Je n'étais pas habitué à partager mes sentiments, et encore moins sur des sujets difficiles.

Mon histoire avec Katie était terminée depuis longtemps. Et même si je ne le savais pas avant, j'en étais absolument certain maintenant. Jasmine avait pris toute la place dans mon cœur, ce que je ressentais pour elle effaçait complètement ce que j'avais cru partager avec Katie.

Je sentis que Jasmine remarquait ma douleur. Mais ça ne voulait pas dire que je savais comment en parler, pas encore.

Je n'allais pas mentir. Donc je haussai les épaules, passant mes doigts dans ses cheveux et le long de son dos. Mes mains s'installèrent dans le creux de ses hanches, mon pouce caressant la courbe de son ventre.

— La journée a été longue, dis-je enfin.

Je vis un éclair de curiosité dans ses yeux. Je sentis son hésitation se frotter à la mienne. Notre connexion était née dans la chaleur de notre passion. En essayant de naviguer sur nos passés, ce qui paraissait compliqué. Tout était trop récent, trop douloureux. J'avais appris qu'elle avait un passé lourd aussi, le premier soir où je l'avais rencontrée.

— Si jamais tu veux en parler, je suis là dans tous les cas, dit-elle enfin.

Je la regardai, mon cœur se serra et un sentiment nouveau de doute me traversa alors que je hochais la tête. Je me trouvai soudainement inquiet de la distance que je mettais entre nous, mais elle semblait comprendre que ce n'était pas le moment d'insister.

Son doigt passa le long de mon cou et sur la courbe de mon épaule.

— Tu as dîné ? demanda-t-elle.

Je secouai la tête doucement alors que mon estomac gargouillait.

— Et toi ?

Elle gloussa et hocha la tête.

— J'ai mangé chez Levi et Lucy ce soir. Je vais te faire quelque chose. Tu ne peux pas aller te coucher en gargouillant.

À ces mots, elle se démêla de moi et se leva. Je la lâchai à contrecœur. J'aurais voulu rester peau à peau, mais j'étais mort de faim.

Même s'il était tard, elle enfila un déshabillé et commença à s'affairer dans la cuisine. J'enfilai mon jean et je la regardai me préparer quelque chose à manger. Une vingtaine de minutes plus tard, elle me servit un plat de pâtes avec du poulet, de l'huile de sésame, de l'ail et des légumes.

Quelques heures plus tard, je me réveillai dans le noir, enroulé contre le dos de Jasmine, à respirer son odeur. À ce moment précis, tout était à sa place.

Chapitre Vingt-Cinq

JASMINE

Le lendemain matin, je préparai le petit-déjeuner pour Donovan. Je sortis du lit avant qu'il ne se réveille pour préparer du café et des omelettes. Il avait dit qu'il aimait tout, donc je me disais que c'était un choix facile.

Je battais les œufs quand je l'entendis sortir de la chambre. Je levai les yeux et mon souffle sursauta quand je le vis. Ses boucles noires étaient humides alors qu'il y passait une main. Il avait enfilé son jean, sans même le boutonner. Il était torse nu et j'eus immédiatement envie de le lécher.

En s'approchant de moi, il fit le tour du petit ilot et passa ses mains sur ma taille pour déposer un baiser dans mon cou.

— Tu sens bon, murmura-t-il contre ma peau, me foudroyant d'un éclair chaud alors que j'avais le ventre plein de papillons.

Il se redressa en regardant par-dessus mon épaule alors que je terminais de battre les œufs en essayant de contrôler mon corps. Mes tétons s'étaient transformés en de petites pointes et ma chatte palpitait.

Dès que Donovan était là, j'étais excitée. Du moins, c'était l'impression que j'avais.

— Le café est prêt, commentai-je alors que je versais les œufs battus dans la poêle.

Il gloussa et recula en passant sa main dans mon dos, un contact détendu qui m'emplit de chaleur.

— Je pourrais facilement m'habituer à cette vite, dit-il en se servant une tasse de café.

Il me regarda en plissant les yeux.

— Tu ne t'es pas encore servi de café.

Il leva le bras pour attraper une autre tasse dans le placard avant de me servir.

— Du lait ? Du sucre, chérie ?

Au moment où il dit « chérie », ça me renvoya au son de sa voix pendant nos ébats.

Concentre-toi. Tu fais à manger, m'ordonnai-je fermement.

—Juste un peu de lait, répondis-je.

Il me servit la quantité de lait demandée avant de me tendre la tasse.

—Je peux aider ? demanda-t-il en faisant le tour du comptoir pour s'installer sur l'un des tabourets.

— Non, ce sera prêt dans quelques minutes, dis-je en ajoutant un peu de fromage à l'omelette, ainsi que des champignons grossièrement coupés et des poivrons, avant de plier l'omelette en deux. Tu vas à la caserne ?

Il jeta un œil à l'horloge accrochée au-dessus de la porte.

— J'ai encore une heure. Tu te lèves si tôt que ça d'habitude ? demanda-t-il entre deux gorgées de café.

— Je suis une lève-tôt. Même si je n'ai pas de réveil, je me lève tôt.

Donovan acquiesça, sa bouche s'étira dans un coin pour former un sourire.

— On dirait moi. J'ai complètement laissé tomber l'idée des grasses matinées. Je n'y arrive que quand je reviens d'une mission en campagne et que je n'ai pas dormi depuis 24 h.

Alors que je cuisinais, on parlait de choses et d'autres. Son téléphone sonna à un moment, et quand il l'attrapa sur le comptoir pour jeter un œil à l'écran, son visage se tordit de douleur.

— Ça va ? demandai-je par réflexe, éteignant la plaque et attrapant ma spatule pour poser son omelette sur le côté de son assiette.

Quand il me regarda, pendant un court instant, je crus qu'il allait peut-être me dire ce qui n'allait pas. Je me souvenais de sa réponse la nuit dernière quand j'avais posé la même question. *Je ne sais pas.* Honnêtement, ce n'était pas que j'avais oublié ce moment ou la douleur qui émanait alors de lui. Mais, comme toujours, je m'étais perdue dans le désir sauvage qu'il suscitait en moi.

Et tout de suite, je voulais qu'il me parle. Mais je ne voulais pas insister non plus. Après un long moment, il prit une gorgée de café et secoua la tête.

— Je vais bien.

D'accord, c'était donc ça la limite. Je me secouai intérieurement, me rappelant que tout ça était très neuf ; je me jetai la tête la première dans cette histoire, alors que je n'avais aucune raison d'espérer quoi que ce soit.

Heureusement, je réussis à passer rapidement à autre chose. On reprit une conversation légère en mangeant. Il partit travailler un peu plus tard, m'embrassant sur le pas de la porte.

Quand il partit, je pétillais encore. J'étais en train de tomber amoureuse de lui. Bien trop vite. J'étais complètement perdue après la nuit dernière. Coucher avec lui était comme une drogue.

Je me demandais quand est-ce qu'il devrait retourner en campagne. J'aurais dû y être préparée. Levi était pompier depuis des années. Et je m'inquiétais pour lui quand il était en mission, bien sûr, mais c'était complètement différent pour Donovan. En un clin d'œil, Donovan avait conquis un espace énorme dans mon cœur.

La seule chose qui me retenait était de voir qu'il y avait quelque chose qu'il ne partageait pas. Peut-être que ce n'était pas grand-chose, mais je n'étais pas bête. Je savais que quelque chose de lourd lui pesait la nuit dernière. Et la personne qui l'avait appelé ce matin, cet appel qu'il avait ignoré, avait rallumé cette étincelle triste dans ses yeux. Peut-être qu'il fallait que je me rappelle de ne pas faire de tout ça quelque chose de sérieux, puisque ça ne semblait pas l'être. Je n'étais en aucun cas prête à me lancer dans une nouvelle histoire. Mais Donovan me faisait très facilement oublier ce fait.

Je secouai la tête, en me dépêchant de sauter sous la douche. Il fallait que je passe quelques coups de fils pour commander des fournitures et que je décide ce que j'allais faire de mon studio derrière le café.

Quand je sortis de la douche un peu plus tard, j'attrapai mon téléphone et vis un SMS de Glen. Je m'attendais à ce qu'il me manque, mais ce n'étais pas le cas. Ce qui en disait long. Je me demandai soudainement si Donovan était juste une relation pansement pour moi. Pour quelqu'un comme moi, une experte quand il s'agissait de s'inquiéter et de suranalyser les choses jusqu'à les détruire, je savais que mon cœur connaissait la réponse à cette question quand il s'agissait de Donovan.

Peut-être que, de loin, vu notre timing, quelqu'un pourrait penser que c'était un pansement, mais c'était loin d'être vrai. Je partageais beaucoup plus avec lui qu'avec qui que ce soit auparavant. Même le soir où Glen m'avait demandée en mariage n'était pas comparable à l'intensité profonde du lien que je partageais avec Donovan.

Avec un soupir, je regardai le SMS de Glen.

Ce serait sympa si tu pouvais au moins me laisser m'expliquer.

J'ai merdé. J'espère que tu prévois de rentrer bientôt à la maison pour qu'on puisse parler.

En lisant les mots de Glen, je ne sentais pas vraiment la colère de sa trahison. Je me sentais plutôt soulagée. Grâce à lui et Lisa, j'étais sortie d'une mauvaise histoire.

L'idée d'appeler San Francisco « la maison » me fit presque rire. J'y avais vécu pendant sept ans, mais ça n'avait jamais été chez moi. La maison, c'est là où votre cœur se sent bien. Sans l'ombre d'un doute, mon cœur savait que Willow Brook était la maison.

J'hésitai à ignorer son message. Mais j'étais bien trop polie, donc je l'appelai rapidement.

Il répondit presque immédiatement.

— Jasmine, Dieu merci, tu m'as appelé !

Il commença à parler, à répéter ce qu'il venait de m'écrire.

Je le coupai.

— Glen.

Il se tut.

— Quoi ?

— C'est fini. J'ai l'impression qu'il y a plein de choses que tu veux expliquer. Mais je t'appelle juste par respect, pour le respect que tu ne m'as pas montré. On n'est pas faits pour être ensemble. Je pense que tu sais ça. Peut-être que tu ne veux pas être avec Lisa, mais je crois que tu devrais prendre un peu de temps pour trouver ce que tu veux. Je ne veux pas être avec quelqu'un qui est capable de me mentir et de baiser quelqu'un d'autre dans mon lit, dis-je platement.

— Allez, Jasmine. Donne-moi une minute pour t'expliquer.

— Glen, ça n'a pas vraiment d'importance. J'entends que tu es désolé, et je t'en remercie, mais c'est fini. Je ne retourne pas à San Francisco. Et même si j'y retournais, ce ne serait pas pour me remettre avec toi.

Glen resta silencieux. Je savais qu'il n'était pas habitué que qui que ce soit lui pose une limite aussi claire. Il était habitué au flirt, à caresser les gens dans le sens du poil et à jouer jusqu'à obtenir ce qu'il voulait.

— Tu es sûre ? demanda-t-il.

J'entendis une pointe de condescendance dans son ton. Il y avait des choses sur lesquelles je n'avais pas beaucoup d'assurance, et il les utilisait contre moi parfois. Mais pas aujourd'hui.

— Je suis sûre, dis-je fermement sans une pointe de doute. Bonne chance. J'espère que tu trouveras quelqu'un qui compte vraiment pour toi.

Je raccrochai et posai le téléphone sur le comptoir, avec un sentiment de liberté. Honnêtement, Donovan avait rempli chaque coin de ma tête, de mon cœur et de mon corps si rapidement qu'il n'y avait pas de place pour qui que ce soit d'autre. Mais même sans ça, le fait que Glen m'ait trompée et que je me sois sentie si bête m'avait complètement détachée de lui. Quoi qu'il se passe avec Donovan à l'avenir, je n'allais pas me remettre avec Glen et je ne retournais pas à San Francisco.

Chapitre Vingt-Six

DONOVAN

Quelques jours s'étaient écoulés depuis la nouvelle de l'accident de Bill. J'avais appelé ma mère pour avoir des nouvelles plusieurs fois, et j'étais également en contact avec les parents de Bill. Je commençais à avoir l'espoir qu'il s'en sorte.

L'idée d'aller le voir me trottait dans la tête. Sa mère voulait que j'attende parce qu'elle espérait que son état s'améliorerait et que je pourrais venir le voir à ce moment-là. Son état était un peu plus stable dans l'unité des grands brulés.

En même temps, j'avais passé toutes mes nuits avec Jasmine et l'emprise qu'elle avait sur mon cœur ne faisait que s'amplifier. Je savais qu'elle voyait que quelque chose me pesait, mais je ne savais pas vraiment comment en parler. J'avais toujours été quelqu'un d'assez privé.

Même si je me sentais très proche d'elle quand sa peau était sur la mienne, je n'avais aucune idée de comment être aussi vulnérable sur un sujet comme celui-là. Ça faisait longtemps que je n'avais pas eu une relation sérieuse. Et ma relation avec Katie n'avait rien eu à voir avec ma relation avec Jasmine. Nous n'avions en aucun cas partagé un lien aussi profond ou puissant.

Katie et moi étions jeunes et libérés. Aucun de nous n'avait jamais perdu qui que ce soit à ce moment-là. La trahison de Katie et de Bill m'avait assommé, mais on voyait beaucoup de choses sur le terrain en tant que pompier. On est face à la mort et au danger, bien plus que la plupart des gens.

J'étais habitué à gérer mes émotions seul. Pour l'instant, j'avais l'impression que Jasmine voulait bien me laisser de l'espace. Mais je savais aussi que ça ne pouvait pas durer longtemps, et que le pire était à venir.

Notre équipe avait été appelée pour un incendie en dehors de la ville, pour trois jours. Je commençais à faire face à la réalité que Jasmine était la petite sœur de Levi. Chose que j'avais joyeusement ignorée pendant des semaines. Mais je ne pouvais pas revenir en arrière. Jasmine était à moi. Je savais qu'il fallait que je le dise à Levi, le plus tôt possible. Plus j'attendais, plus il y avait de risques qu'il me botte le cul.

Ce qui voulait dire que je devais en parler avec Jasmine. Je n'oubliais pas le fait qu'elle était un peu soupe au lait. C'était cette qualité qui l'avait poussée à frapper ce gars qui lui avait touché les fesses. Ce sang chaud faisait aussi de nos nuits une aventure brulante, et c'était un miracle qu'elle ne m'ait pas réduit en cendres.

Ce que j'avais compris c'était... Non, je n'avais rien compris. J'étais parfaitement incapable de résister à la tentation qu'était Jasmine.

C'était bien plus que ça. Je savais qu'elle le savait aussi. Mais tout ça n'était qu'entre nous. Et nous pouvions continuer en secret, puisque nous vivions dans le même couloir. Nous vivions presque ensemble à ce stade. Elle me manquait quand j'étais en mission. Les seuls moments où je ne pensais pas à elle étaient quand j'étais face aux flammes de l'incendie que nous combattions.

C'était notre troisième journée à travailler sur un feu contrôlé qui s'était échappé de ses pare-feu et, maintenant que nous contrôlions la situation, une équipe venait nous remplacer pour que nous puissions retourner à Willow Brook. Notre pilote habituel, Fred, était pris à Fairbanks, donc ils nous avaient envoyé plusieurs petits avions pour nous récupérer.

Nous allions atterrir à Anchorage plutôt qu'à Willow Brook. Une fois dans les airs, j'allumai mon téléphone, sachant que j'aurais enfin du réseau. Un message de ma mère m'attendait. Le progrès que Bill avait fait avait été complètement effacé par une infection.

— *Chéri, je crois que tu devrais venir. On dirait qu'il ne va pas s'en sortir.*

Mon cœur sursauta et se remplit de tristesse. Les restes de regrets qui vivaient en moi depuis longtemps s'engouffraient dans cette plaie.

Quel que soit le passé, c'était un ami que je connaissais depuis l'enfance.

On atterrit à Anchorage et je regardai Levi. Je voulais qu'il transmette un message à Jasmine, mais je savais que ce n'était pas la chose à faire. Elle s'attendrait à me voir et je voulais vraiment la voir. Mais il fallait que je le fasse, et j'étais à l'aéroport.

Je m'avançai vers lui.

— Levi, appelai-je.

Il se retourna vers moi, s'éloigna du bureau de location de voiture vers lequel il allait. D'habitude, nous conduisions jusqu'à Willow Brook d'ici mais, aujourd'-

hui, il fallait louer des voitures parce qu'un hélicoptère nous avait emmenés de Willow Brook au feu.

— Qu'est-ce qu'il y a ? demanda Levi.

— J'ai besoin de quelques jours de congé, peut-être trois ou quatre. Mon vieil ami de Géorgie a été blessé dans un feu. Apparemment, il ne va pas s'en sortir. Je peux prendre un avion direct d'ici, donc je me suis dit que je n'allais pas repasser à la maison.

Levi resta silencieux, un air réfléchi. Il savait que ça allait faire mal. Je savais aussi que Levi était un ami loyal. Il était présent pour ses amis. Contrairement à moi, il aurait sans doute déjà été sur place avec Bill. On ne dit rien de tout cela, parce qu'il ne connaissait pas l'histoire.

Il me tapota l'épaule et y laissa sa main.

— Tu fais ce que tu as à faire, mec. Est-ce que je peux faire quelque chose pour aider ?

Je secouai la tête parce que ce dont j'avais besoin c'était Jasmine. Et il ne pouvait pas me la donner. Pas maintenant, encore moins quand il ne savait pas ce qu'il se passait entre nous.

— Non, mec. Juste quelques jours de congé.

— Ça va aller ? demanda-t-il.

Le deuil remplissait mon cœur, je haussai les épaules.

— Ça va aller. C'est la merde, mais c'est la vie. Il pourrait encore s'en sortir.

Levi me prit dans ses bras une seconde puis me laissa partir. Je lui fis un signe de main et me retournai, je me dirigeai vers le comptoir de vente de billets. Une fois que j'avais acheté mon billet pour Denver, je me dirigeai vers les autres portes d'embarquement. Je sortis mon téléphone pour essayer d'appeler Jasmine.

Je tombai sur le répondeur.

C'est Jasmine. Vous savez quoi faire.

— Jasmine, c'est Donovan. Je dois partir, mais je reviens. Mon vol de retour est prévu pour vendredi. J'essaierai de te rappeler.

J'eus envie de lui dire qu'elle me manquait mais les mots restèrent coincés dans ma gorge. Je me retrouvais face au fait que je ne pourrais peut-être jamais dire à Bill que je l'avais pardonné, que tout allait bien. Ça me retournait la tête.

Après avoir laissé ce message, je lui envoyai un SMS pour dire essentiellement la même chose. Je signai mon SMS avec un « bisous ».

Puis l'embarquement commença et je me mis en route pour Denver. J'atterris et je me dirigeai immédiatement vers l'hôpital après avoir loué une voiture. Ma mère m'avait écrit pour me dire qu'elle et mon père étaient déjà là. La mère de Bill était l'une de ses meilleures amies, et je savais qu'elle voudrait être présente. J'espérais vraiment plus que tout qu'il trouverait quand même une façon de s'en sortir.

Au milieu de tout ça, je n'avais le temps de rien, ni d'écouter mes messages ni de répondre à l'appel de Jasmine. Elle ne me laissa pas de message en retour. Son SMS était si vague que je ne savais pas vraiment quoi en penser.

J'espère que ça va.

Chapitre Vingt-Sept

JASMINE

Donovan me manquait mais j'étais aussi en colère contre lui. Je savais que je n'avais aucun droit de demander à savoir ce qu'il se passait dans sa vie. Même si j'avais des sentiments pour lui et que mon cœur était très accroché, nous n'avions pas encore parlé de tout ça. Donc je ne pouvais pas faire comme si notre histoire était officielle.

Mais ça faisait quand même mal de ne pas savoir pourquoi il était parti aussi soudainement. Ça aurait été sympa de m'appeler.

Il t'a laissé un message, hein. Mais tu n'as pas répondu parce que tu étais occupée.

Ouais, mais il n'a pas dit pourquoi il est parti ou ce qu'il se passe.

C'était la partie de ping-pong qui se jouait dans ma tête. J'avais compris que quelque chose n'allait pas depuis quelques jours, mais il était évident qu'il ne voulait pas en parler, donc j'avais laissé tomber.

Tu aurais pu demander.

— Merde, merde, merde, marmonnai-je à moi-même en enfilant violemment mon jean.

Il fallait que je gère mon histoire de studio. Je n'avais pas le temps de me morfondre sur Donovan. Il m'avait appelée une fois de plus depuis qu'il était parti, mais j'étais sous la douche et j'avais raté l'appel. Il avait dit qu'il rentrerait demain.

En me rappelant froidement que je ne devrais pas me reposer sur un homme et que c'était complètement fou de tomber amoureuse de Donovan alors que je venais de rompre mes fiançailles, j'enfilai mes bottes de cowboy et je partis. J'avais l'intuition de prendre un café et un muffin au Firehouse Café. Après ça, j'irais voir mon père pour demander de l'aide pour mon studio.

Quelques minutes plus tard, je passai la porte du Firehouse Café. Il était assez tôt, très tôt même, 6 h à peine passées. Malgré l'heure matinale, le café était bondé. La météo annonçait un grand soleil aujourd'-hui. J'imaginais que beaucoup de touristes se prépa-raient à partir pour leur balade quotidienne.

Je fis la queue en pensant au fait que ça me manquait de ne pas me réveiller aux côtés de Dono-van. Il fallait que je me ressaisisse et que j'arrête de voir quelque chose qui n'existait pas entre nous. Le fait qu'il parte comme ça avait tiré la sonnette d'alarme dans ma tête. Je ne savais pas du tout où nous en étions, et je ne voulais pas passer plus de temps à me morfondre.

C'était une petite coupure à la surface de mon cœur, qui s'ouvrait à chaque fois que je pensais au fait qu'il n'était pas capable de me dire ce qui lui arrivait. Je m'étais convaincue que nous étions plus intimes que ça. Peut-être que ce n'était que sexuel de son côté, et que je surinterprétais beaucoup de choses.

Quand j'arrivai au comptoir, le grand sourire de

Janet me salua. Elle jeta sa tresse derrière son épaule, tapotant le comptoir des doigts.

— Alors, qu'est-ce qu'il te faut ce matin ?

— Le café le plus fort que tu aies et un muffin aux myrtilles un peu chaud. Ça ne te dérange pas si je vais voir le local après ?

— Bien sûr que non. J'ai un double des clés dans l'arrière-cuisine pour toi de toute façon. Attends, je vais aller le chercher, et je vais demander à Daniel de s'occuper du comptoir. On peut y aller ensemble. Daniel ! appela-t-elle par-dessus son épaule.

Elle prépara mon café et posa le muffin dans le petit four du bar. Elle prépara une autre tournée de cafés pendant que Daniel arrivait. Je le payai, et je la suivis vers l'arrière-cuisine. Elle me tendit la clé accrochée au mur à côté de la porte.

— Tout à toi, ma puce. Je voulais te parler dans tous les cas. J'ai parlé à Donovan du studio, et j'aimerais bien qu'il fasse les travaux dont tu as besoin ici. Puisqu'il s'occupe déjà du B&B pour moi, je peux lui demander de faire deux ou trois trucs pour toi ici, et il fera tout ce dont tu as besoin en même temps.

J'avais surement un air choqué sur le visage parce que Janet sourit.

— Surprise ?

Je hochai doucement la tête, en me demandant pourquoi elle ne m'en avait pas parlé. Je ne savais pas vraiment quoi penser.

— Euh, tu es sûre ? Je te paierai ce qu'il fera pour le studio, dis-je enfin.

Janet haussa les épaules.

— Ma puce, je ne pense pas qu'il te fera payer.

Je sentis mes joues rougir.

— Pourquoi tu dis ça ?

— Parce que je crois qu'il t'aime bien, dit Janet très directement.

Mon visage était presque en feu maintenant.

Janet gloussa et tendit le bras pour me serrer l'épaule.

— Ma puce, il ne m'a rien dit. C'est juste une intuition. En plus, je vous ai vus tous les deux l'autre soir.

Je fus soudainement inquiète de ce qu'elle avait vu. Je n'avais aucune idée de ce que mon visage disait, mais elle explosa de rire.

— Eh bien, j'imagine que j'avais raison. Ne t'inquiète pas, je n'ai rien vu de scandaleux.

Elle resta silencieuse une minute, le regard réfléchi.

— Donovan est un homme bien, le meilleur genre d'homme. Exactement ce que tu mérites.

Je déglutis pour ravaler les émotions soudaines qui me prenaient la gorge. En prenant une petite gorgée de café, mes doigts se resserrèrent sur le sac qui contenait mon muffin.

— Peut-être, mais je ne pense pas qu'il envisage quoi que ce soit de ce genre. Je veux dire, il est parti sans même me dire pourquoi.

Je me sentis soudainement trop à fleur de peau pour cette conversation. J'adorais Janet et elle était comme une tante pour moi. Mais je n'avais vraiment aucune intention de me mettre à pleurer devant elle à propos de Donovan.

Je pris une autre gorgée de café, en me forçant à ne pas penser à lui. Janet pencha la tête sur le côté, prenant une grande inspiration avant de soupirer alors que ses yeux bien trop perspicaces traversaient mon visage.

— Ma puce, je ne peux pas parler pour Donovan, mais ce n'est pas un connard. Quelle que soit la raison, je ne pense pas qu'il te trahirait. Ça ne fait aucun doute dans mon esprit. Parce qu'il sait qu'il aurait affaire à moi, et je suis bien pire que Levi. Il est ami avec Levi, donc il va devoir sacrément se défendre s'il te fait du mal. Je ne sais pas pourquoi il a quitté la ville, mais je sais que c'est un fils à maman. Elle vient le voir tous les ans depuis qu'il est arrivé. Il est proche de sa famille. Je l'ai vu de mes propres yeux. Peut-être que ça a quelque chose à voir avec ça, et qu'il n'avait simplement pas le temps de s'expliquer. Mais vu le regard dans tes yeux, ça me parait évident qu'il compte beaucoup pour toi.

Je hochai simplement la tête, prenant une gorgée de café avant de dire quelque chose de bête.

— J'imagine que je lui dirai ce dont j'ai besoin ici quand il rentrera. J'ai besoin de quelques étagères et d'une table au centre. Ça ira ? demandai-je en changeant complètement le sujet.

Je ne pouvais pas théoriser les actions de Donovan. Je n'avais pas besoin de me donner de faux espoirs.

Janet serra mon épaule à nouveau.

— Comme je t'ai dit, tout ce dont tu as besoin.

Je la pris dans mes bras.

— Merci. Dès que j'aurai un peu d'argent, on parlera du loyer, d'accord ? demandai-je en reculant.

Juste à ce moment-là, quelqu'un appela Janet. Elle me fit un clin d'œil avant de partir.

— Bien sûr, lança-t-elle par-dessus son épaule avant de passer la porte du café.

Quand la porte se referma derrière elle, je me retrouvai seule dans le garage. C'était un espace silencieux et complètement vide. En faisant un tour sur moi-même doucement, je ne savais pas vraiment quoi penser de l'idée que Donovan installe mon studio pour moi. J'avais pensé à lui demander, mais je me demandais pourquoi il ne m'en avait pas parlé. Peut-être qu'il voulait me faire la surprise, ou peut-être que ça ne voulait pas dire grand-chose.

Mes peurs et inquiétudes prenaient beaucoup de place ces derniers jours. Je m'étais laissée aller au brouillard de sexe incroyable et j'en étais ressortie en imaginant que Donovan et moi étions intimes. Je ne savais pas ce qui était vrai et ce qui était dans ma tête. Je ne faisais pas particulièrement confiance à mon jugement quand il s'agissait des hommes ou de l'avenir.

Avec un soupir, je me retournai, sortis par la porte arrière avant de la verrouiller derrière moi.

Chapitre Vingt-Huit

DONOVAN

Debout à côté du lit d'hôpital de Bill, je posai les yeux sur lui. Il n'était pas éveillé, bien sûr. Il était relié à un respirateur, avec un tube dans la gorge, et Dieu seul savait quoi d'autre alors que la chambre était pleine du murmure des machines et des bips occasionnels.

Il était couvert de bandages et d'un drap d'hôpital, donc je ne pouvais pas voir les brulures. D'après l'équipe médicale, il avait été brulé sur plus de 80 % du corps. Son équipe en Californie s'était retrouvée coincée dans un ravin à cause du vent qui avait attisé les flammes bien plus vite qu'anticipé.

Bill n'avait pas pu sortir à temps et sa couverture anti-feu d'urgence n'avait pas suffi à le protéger des flammes. Quoi qu'il se soit passé entre Bill et moi, il avait été mon meilleur ami pendant des années. Mon cœur se brisait. Je voyais une mèche de cheveux sur le haut de sa tête, et son visage était détendu par le sommeil. Ils m'avaient dit qu'il était dans un coma artificiel et y resterait jusqu'à ce que quelque chose change.

J'aurais voulu le voir sourire une dernière fois.

Quand il s'agissait d'une mission en campagne, Bill était un pilier. Même si nous n'avions pas fini dans la même équipe, nous nous étions formés ensemble.

J'enroulai ma main sur la barrière du lit et je parlai :

— Je suis là, mec. J'avais prévu de t'appeler bientôt. Parce que tu me manques. La vie c'est la vie, ça m'a juste pris longtemps pour réaliser ça. Je sais que tu étais désolé, et je suis vraiment désolé d'être resté en colère aussi longtemps. J'espère que tu vas t'en tirer, mais il semblerait que ce ne soit pas donné.

Je dus me taire pour prendre une respiration tremblante parce que mes larmes m'étouffaient. Alors que je n'avais jamais pleuré pendant toute cette histoire entre lui et Katie. J'avais juste été en colère. Ce n'était pas pour ça que je pleurais tout de suite. Je pleurais parce que mon ami allait sans doute mourir. Il serait même déjà mort sans la médecine moderne.

Je posai ma main sur son bras, par-dessus le drap. J'étais rongé par les regrets, et je détestais qu'il ait fallu ça pour que je le voie.

Je n'étais pas un homme particulièrement croyant, mais ma mère m'avait emmené à l'église tous les weekends pendant mon enfance. De temps en temps, je priais. Et c'était ce que je faisais maintenant. Je priais pour que la douleur que Bill ressentait s'arrête. Quoi que ça veuille dire. J'avais été confronté à la mort assez souvent pour savoir que ça faisait partie de la vie. On pouvait la repousser mais jamais l'éviter. Si l'heure de Bill était arrivée, je ne voulais pas qu'il souffre.

Je ne connaissais pas la réponse. Je comprenais pourquoi les parents de Bill envisageaient de mettre fin à la réanimation, mais ça paraissait une décision impossible à prendre. Même si je voulais vraiment que les nouvelles changent, pour qu'il ait une chance de s'en sortir, je préférais presque qu'il meure de lui-même plutôt qu'après une décision de ses parents.

Je passai la main sur le drap qui couvrait son bras, en le touchant à peine.

— Mec, tu as dit ce que tu avais à dire quand tu as appelé. Et même si tu ne peux pas m'entendre, je veux que tu saches que je suis passé à autre chose, enfin. Katie n'était pas faite pour moi. Elle n'était pas faite pour toi non plus, et tu l'as compris aussi. J'aurais voulu que tu rencontres Jasmine. Elle est incroyable. Avec le recul, je suis vraiment content que tu aies pensé avec ta bite plutôt qu'avec ta tête. Parce que si tu ne l'avais pas fait, j'aurais peut-être épousé Katie, et je n'aurais jamais rencontré Jasmine. J'imagine que je devrais te remercier. Tu vas me manquer, mec.

À ce moment précis, quelqu'un frappa à la porte et une infirmière entra, rapidement suivie d'un docteur. Ils semblèrent surpris de me trouver là.

— Ses parents m'ont laissé entrer, juste pour que j'aie quelques minutes seul avec lui, expliquai-je.

L'infirmière sourit doucement. Qu'elle sache ou non ce que je ressentais, je sentis sa chaleur.

— Est-ce que vous voulez un peu plus de temps ? demanda le docteur.

— Non, mais merci, répondis-je en sortant de la pièce avant de traverser le couloir vers la salle d'attente où les parents de Bill était installés, avec les miens.

Ma mère se leva, me prenant immédiatement dans ses bras et en me faisant ce que j'appelais un « câlin de maman » quand j'étais petit. À 33 ans, j'étais adulte depuis longtemps, et je faisais presque une tête de plus qu'elle. Ça ne changeait rien. Ses câlins changeaient tout. Elle les gardait pour les moments comme celui-là, quand les mots ne suffisaient pas.

Même si mon cœur brulait de deuil, d'une façon

étrange je me sentais plus moi-même que depuis des années. Je pouvais voir aujourd'hui que j'avais eu tous les droits d'être en colère contre Bill. Mais il s'était excusé. J'étais juste trop amer à l'époque pour l'accepter. J'avais au moins pu me débarrasser de ça.

Quand ma mère recula, ses yeux étaient pleins de larmes. Un sentiment de deuil et de désespoir flottait dans la pièce.

Chapitre Vingt-Neuf

JASMINE

Une serviette vola à quelques centimètres de ma tête, rebondissant sur mon épaule pour atterrir sur les genoux de Maisie, assise à côté de moi. Maisie rit simplement et renvoya la serviette à Lucy. Lucy faisait une liste des choses qu'elle n'aimait pas dans le fait d'être enceinte, et surtout ce qu'elle trouvait « limitant ».

Maisie, qui avait déjà deux enfants, ne faisait que lever les yeux au ciel. D'où cette réponse.

— Oh mon Dieu, tu es ridicule. Il n'y a rien que tu ne peux pas faire dans ton boulot pour l'instant, et tu en parles comme si c'était la fin du monde. Tu es à peine à la barre des trois mois. La seule raison pour laquelle ça se voit, c'est parce que tu es toute menue. Moi je suis un peu plus large, dit-elle en claquant sa main sur sa cuisse. Et deux grossesses n'ont pas aidé, donc ne viens pas te plaindre auprès de moi.

Amelia leva elle aussi les yeux au ciel, pour rejoindre la chorale. Amelia venait de la même école que moi mais quelques années plus tôt, mais on se connaissait bien. Elle venait de Willow Brook, donc elle était là depuis plus longtemps que moi, puisque j'étais arrivée au lycée. Contrairement à moi, elle n'était jamais partie.

Elle ajouta :

— Je sais. On n'a rien changé au boulot, à part si on compte le fait que, maintenant, Levi s'inquiète.

Je lançai un sourire à Lucy.

— Parfait, maintenant il peut s'inquiéter pour quelqu'un d'autre que pour moi.

Lucy soupira en ajusta sa queue de cheval.

— Je sais. Je vais m'habituer, mais, bon sang, il me traite comme si j'étais la première femme à tomber enceinte.

Amelia lui donna un petit coup de coude.

— Ouais, il s'inquiète autant que tu te plains.

Lucy tira la langue à Amelia et mélangea les cartes. La conversation continua et j'observai le groupe. Nous étions chez Cade et Amelia, où − apparemment − les filles jouaient aux cartes toutes les semaines, et il avait été décidé que je devrais me joindre à elles.

Le groupe était constitué d'Amelia et Lucy, ainsi que Maisie que je ne connaissais que depuis peu. Sa grand-mère nous avait quittés quelques années plutôt et Maisie avait hérité de sa maison à Willow Brook. Maisie était elle aussi mariée à un pompier, Beck Steele, qui faisait partie de l'équipe de Cade.

Ella Masters, la petite sœur de Cade, était également là. Elle était fiancée à Caleb, son petit ami de lycée. Je connaissais Ella plus que les autres, simplement parce que nous avions le même âge. Levi et Cade étaient amis au lycée, donc Ella et moi avions passé beaucoup de temps ensemble. Tout comme moi, Ella avait quitté Willow Brook pendant des années. Elle était revenue et avait enfin retrouvé la raison, en se remettant avec Caleb.

La dernière personne du groupe ce soir était Charlie Lane, ou plutôt Docteure Lane. Elle était nouvelle dans ce groupe et sortait depuis peu avec Jesse Franklin, un autre pompier. Au début, j'avais trouvé Charlie intimidante parce qu'elle était médecin, mais elle était gentille et facile à approcher. Elle était un peu plus vieille que nous, et avait un humour piquant.

Quelqu'un parla du fait que l'équipe de Levi devait partir pour s'occuper d'un autre feu et Lucy me regarda.

— Est-ce que tu sais si Donovan revient bientôt, par hasard ? Vous vivez tous les deux dans le B&B de Janet, non ?

Mes joues se mirent à me bruler, et j'espérais que personne ne le remarquerait. J'attrapai ma bière et je pris une gorgée.

— De ce que je sais, il rentre demain, répondis-je en essayant de garder un ton nonchalant.

Lucy hocha la tête et attrapa son verre d'eau en soupirant.

— Je ne peux pas boire. Je ne pense pas souvent à boire de l'alcool, mais, apparemment, j'aime bien boire une bière le weekend, marmonna-t-elle.

Maisie rit.

— Il te reste juste six mois à tenir.

Le regard d'Amelia se posa sur moi, une idée derrière la tête.

— C'est quoi l'histoire entre toi et Donovan ? demanda-t-elle.

Euh, c'est quoi ce bordel ? Comment Amelia savait-elle qu'il se passait quelque chose entre Donovan et moi ?

Alors que j'essayais de reprendre mes esprits pour répondre à sa question, Maisie me sourit, ses joues rondes s'illuminant. Elle était vraiment chou, avec ses bouclettes brunes, ses taches de rousseur et ses grands yeux marron.

— Ouais, c'est quoi l'histoire ?

Ça devait se voir sur mon visage. Ça ne servait à rien d'essayer de ne pas rougir. J'étais une cause perdue et mes joues étaient écarlates.

Lucy sourit doucement.

— Allez, avoue. Je m'occuperai de faire le lien entre lui et Levi. Ne t'inquiète pas. Je peux le retenir.

Je mourais d'envie de dire que ce n'était rien, mais ce n'était pas rien. J'étais presque certaine d'être en train de tomber amoureuse de lui, si ce n'était pas déjà fait. Quelqu'un avait dû nous voir ensemble, ou entendre une rumeur, sans doute venue de Janet.

Je pris une autre gorgée de ma bière et la posai avant d'occuper ma main en arrachant l'étiquette.

— Je ne suis pas sûre. Pourquoi tu demandes ?

Le sourire d'Amelia s'élargit. Elle avait des yeux et cheveux ambre, elle était grande avec de longues jambes. Je la trouvais intimidante quand j'étais plus jeune, jusqu'à ce que j'apprenne à la connaitre.

— Janet m'a dit l'autre jour qu'elle pensait que vous vous aimiez bien, expliqua-t-elle.

— Tu sais qu'elle aime jouer les cupidons, ajouta Ella de l'autre côté de la table avec un regard compatissant.

Malgré ce sentiment, je voyais bien qu'il fallait que je me soumette à cet interrogatoire.

Je regardai Lucy.

— Ne dis rien de tout ça à Levi.

— Je ne lui raconterai rien de moi-même, mais, s'il pose la question, je ne peux pas mentir. Donovan est génial, donc s'il...

Elle termina sa phrase par un sourire malin.

Je soupirai.

— Bon, oui, peut-être qu'il y a un petit truc, mais...

— Quoi comme truc ? demanda Maisie alors que Charlie gloussait.

J'attrapai des chips dans le bol au milieu de la table et je versai un peu de salsa dans mon assiette. Entre deux bouchées, je haussai les épaules sans trop savoir comment tout expliquer.

— Le truc, c'est que je ne sais pas vraiment quoi comme truc. Il ne se passe rien j'imagine. Parce qu'il est parti et que je ne sais même pas où il est ou pourquoi il est parti. Je pense que c'est un signe qu'il faut que je redescende.

Plusieurs paires d'yeux curieux me fixèrent de tous les côtés de la table. Ella prit enfin la parole.

— Bah, je pense que tu ne serais pas triste comme ça s'il ne se passait rien.

Maisie acquiesça, faisant rebondir ses boucles.

— C'est vrai. Donc retour à ma question, quoi comme truc ?

— Du sexe, dis-je platement. Beaucoup de sexe.

Charlie explosa de rire puis s'excusa immédiatement.

— Je suis vraiment désolée. Ce n'était pas drôle, c'est juste la façon dont tu l'as dit.

Je sentis mes joues refroidir, ne serait-ce que parce que je n'essayais pas de cacher quoi que ce soit. Je pris une nouvelle poignée de chips.

— Bah, c'est vraiment tout ce qu'il y a à dire en vrai. C'est plutôt neuf, enfin bref, je pense que s'il voulait plus qu'une relation charnelle, il m'aurait dit pourquoi il partait. Mais vu que je ne suis pas assez importante pour savoir ce qu'il se passe, je prends ça comme ma sonnette d'alarme. Je ne suis pas la personne la plus chanceuse au monde avec les hommes.

Lucy plissa les yeux vers moi. Avant qu'elle n'ait le temps de parler, Amelia prit la parole.

— Eh bien, Janet pense qu'il t'aime bien. Vraiment. Donovan est un bon gars. Il est discret. Je ne crois pas qu'il couche avec beaucoup de gens. Je ne pense même pas qu'il cherchait qui que ce soit.

Maisie plissa les lèvres et pencha la tête sur le côté, jouant avec l'une de ses boucles entre ses doigts.

— Non, ce n'est pas quelqu'un qui papillonne. Et c'est vraiment un gars bien. Solide. Toujours gentil à la caserne. Il est génial avec Emily, dit-elle en regardant Charlie, faisant référence à la nièce de Charlie.

— Je sais. Il est venu aider Jesse à s'occuper de l'une de nos voitures et il était super patient avec elle. Elle adore tous les pompiers. Elle les admire tellement. C'est comme une flopée d'oncles pour elle, ajouta Charlie.

— Ça ne m'aide pas d'entendre ça, vous savez. Je n'ai pas besoin de savoir à quel point il est génial. J'ai besoin de me reprendre, marmonnai-je.

— Pourquoi tu es en colère contre lui ? demanda Lucy, en plein dans le mille alors que son regard bleu était fixé sur moi.

Je jouai avec la chips dans ma main.

—Je ne sais pas. Il ne m'a donné aucune raison de penser que c'était plus qu'un plan cul. Je n'ai aucune idée de ce qu'il se passe dans ma tête, mais il est parti sans dire un mot. Disons que ça ne m'inspire pas confiance. Je me sens un peu bête ces jours-ci. Et puis, est-ce que je suis folle ? C'est surement une relation pansement pour moi, de toute façon. Ça ne fait qu'un mois que je suis tombée sur Glen en train de baiser Lisa.

Maisie parla immédiatement.

— Donovan ne ferait jamais ça. Même si je ne sais

pas grand-chose sur sa vie personnelle, il est vraiment stable, digne de confiance, et c'est un fils à maman. Sa famille vient le voir tous les ans, et ils passent à la caserne. L'année dernière, sa mère nous a apporté un gâteau au chocolat complètement fou qu'elle avait fait. C'était divin. Tu devrais le voir avec elle. Je suis presque sûre qu'il ferait tout et n'importe quoi pour elle. Et l'entendre l'appeler maman est la chose la plus mignonne du monde.

— Et il a son petit accent du Sud, bien sexy, ajouta Ella.

— C'est bon les filles, ça suffit. Si je comptais pour lui, je pense qu'il m'aurait dit pourquoi il partait. S'il y a bien une chose que j'aurais dû éviter, c'était de me jeter dans une histoire d'a....

Je m'arrêtai quand une vague d'émotion s'empara de moi.

J'allais dire amour. Je me corrigeai avant de terminer ma phrase :

— ... de cul.

— Donc j'imagine que les parties de jambes en l'air sont chouettes, dit Amelia à côté de moi avec un sourire narquois.

J'attrapai ma serviette et je la lui jetai.

Lucy était restée silencieuse un moment. Elle parla enfin.

— Écoute, je ne suis pas experte sur le sujet, mais certaines personnes diraient que je suis toujours un peu trop sur la défensive.

Tout le monde se mit à rire, moi y compris. J'adorais Lucy, et elle était comme une sœur pour moi maintenant que je la connaissais bien. Mais personne ne pouvait l'accuser d'être trop douce, et de laisser quoi que ce soit passer. J'étais parfaitement certaine que Levi se pensait l'homme le plus chanceux du monde, et se demandait sans doute encore comment il avait réussi à la convaincre de tomber amoureuse de lui.

À son regard noir, on arrêta toutes de rire. Elle continua :

— Bref. On dirait que tu aimes bien Donovan. Je ne pense pas que ce soit un pansement. Je ne pense pas que tu aies été vraiment amoureuse de Glen. Je pense que tu as essayé de te convaincre que tu l'étais. Mais tu serais bien plus triste de votre rupture si c'était le cas. Je dis ça, je ne dis rien. Si Levi me trompait...

Elle se tut et Maisie lui donna un petit coup de coude.

— Je suis presque sûre que ça se finirait en match de boxe.

Lucy leva les yeux au ciel.

— Je botterais sans doute quelques culs, oui, y compris le sien, mais j'aurais le cœur brisé. Moi j'ai l'impression que Glen t'a fait du mal et que tu t'es sentie bête, mais que c'était pour le meilleur au final. Je pense qu'on est toutes certaines que Donovan ne te tromperait jamais comme ça. C'est pas le genre de gars qu'il est.

J'étais encore en colère à l'intérieur, à la fois contre Donovan et contre moi-même. Il y eut quelques commentaires de plus, mais les filles remarquèrent dans quel état j'étais. Je n'étais pas prête à m'étendre plus longtemps sur le sujet, pas tout de suite.

Plus tard ce soir-là, j'entrai dans le B&B de Janet après que Lucy m'eut déposée. Elle ne buvait pas et avait donc été désignée Sam. En montant les escaliers, je ressentis la douloureuse absence de Donovan, comme un coup de couteau sur mes sentiments meurtris. Après m'avoir appelé les deux premiers jours et m'avoir écrit plusieurs fois, il avait laissé tomber.

Maintenant que j'essayais d'interpréter ce que ça voulait dire, je savais que je n'étais pas raisonnable. C'était moi qui ne l'avais pas rappelé, donc peut-être qu'il respectait simplement mon silence. Je n'avais pas demandé à ce qu'il me laisse de l'espace, mais mon refus passif de lui répondre semblait lui en avoir donné l'impression.

J'ouvris la porte de ma suite et je retirai mes bottes de cowboy en lâchant mon sac près de la porte. J'avançai vers la fenêtre qui donnait sur la rue principale. Le mois d'aout allait bientôt commencer et les journées raccourcissaient. Il était 21 h passées et le soleil se couchait derrière les montagnes, ne laissant rien d'autre que des explosions lentes d'orange et d'or dans l'obscurité qui s'emparait du jour.

Une demi-lune s'élevait au-dessus du lac Swan, jetant une lumière argentée sur l'eau. Je pris une grande inspiration et soufflai. Ça faisait du bien d'être à la maison, beaucoup de bien. Il y avait même un sentiment de soulagement que je n'avais vraiment pas anticipé quand mon ego blessé m'avait poussée à ce retour soudain. J'aurais voulu pouvoir réfléchir clairement à Donovan.

Je m'endormis en sentant l'absence de sa chaleur autour de moi, et en me demandant s'il allait bien. Le lendemain, quand je vis que je n'avais toujours pas de nouvelles de lui, je revins à ma colère. J'étais plutôt tête de mule, et je souffrais. Je continuais d'essayer de me convaincre que je m'énervais trop, mais je perdais perpétuellement ce débat interne.

Quand mon téléphone vibra et que je vis un SMS de Donovan me disant qu'il atterrissait à Anchorage cette après-midi, je l'ignorai. Quatre jours, et je ne savais toujours pas pourquoi il était parti si soudainement.

DONOVAN

L'avion atterrit dans un petit sursaut lorsque les roues touchèrent le tarmac. En regardant par la fenêtre, j'observais le paysage qui défilait alors que l'aéroport apparaissait enfin. Dès que le pilote annonça qu'on pouvait allumer nos téléphones, je sortis le mien en espérant voir quelque chose, n'importe quoi, de la part de Jasmine.

Mais rien du tout.

Je ne savais pas comment je le savais, mais je savais qu'elle était en colère. Il fallait juste que j'aie l'occasion de lui parler, et je voulais le faire face à face. J'avais l'impression qu'on avait sauté les étapes dans notre relation. J'étais amoureux d'elle, et je le savais avec une profonde certitude. C'était juste que tout ce qui s'était passé avec Bill m'avait complètement déstabilisé. J'avais eu besoin de temps pour digérer ça seul, ou du moins en partie.

Pendant les quatre jours que j'avais passés à Denver, nous avions eu une seconde lueur d'espoir, qui avait disparu aussi vite que la première. Ses parents avaient décidé d'arrêter le respirateur et de le sortir de son coma artificiel. Il avait repris connaissance pendant pas plus de quinze minutes. Ça avait été brutal, mais il n'avait pas semblé souffrir.

J'avais pu lui dire au revoir et j'avais même vu l'ombre de son vieux sourire avant de le laisser avec ses parents jusqu'à ce qu'il les quitte. Au moins, il semblait être en paix.

Même si j'avais réussi à trouver la paix qu'il y avait à trouver avant la mort de Bill, la tornade qui avait empiré la situation était Katie, qui avait décidé de se joindre à nous. Je n'avais aucune idée de comment elle avait été mise au courant. C'était sans doute le monde infiniment connecté des réseaux sociaux qui nous l'avait envoyée. Je ne savais même pas qu'elle vivait dans le Colorado. Apparemment, avant que Bill et elle ne rompent, elle avait déménagé ici avec lui. Elle était arrivée en pleurs, puis avait essayé de s'excuser auprès de moi en me disant qu'elle avait fait une grossière erreur en me trompant avec Bill. Je n'arrivais vraiment pas à croire qu'elle avait eu le culot de venir à l'hôpital, où Bill était en train de mourir, pour essayer de se remettre avec moi. Mais là encore, si je n'étais pas encore certain de quel genre de personne Katie était, c'était maintenant difficile de l'ignorer.

La seule bonne chose qui était sortie du fait de la voir était de me rendre compte que ce que j'avais partagé avec elle n'était en aucun cas de l'amour. J'étais bien trop jeune. Je voulais ce que mes parents avaient et j'avais laissé ma queue me montrer le chemin. Comme si ma queue avait un cerveau, ou un cœur. Oh, non. Katie était toujours très belle, avec ses longs cheveux noirs, ses yeux bleus et son corps svelte, mais j'étais plus vieux, et plus sage.

Je l'avais poliment écouté me faire son petit

discours larmoyant et lui avais souhaité une bonne continuation.

Revoir Katie n'avait fait qu'accentuer mes sentiments pour Jasmine. Mon cœur ne battait qu'à l'idée de rentrer à la maison et de retrouver Jasmine.

Elle m'ignorait. Je pensais que je savais pourquoi, mais nous n'avions jamais parlé de l'intimité que nous partagions et qui nous unissait de plus en plus, comme une toile d'araignée qu'on tisse.

J'avais besoin de la voir.

En atterrissant à Anchorage, je décidai de lui écrire dès que mes pieds touchèrent le sol. *Je serai à la maison d'ici une heure. Il faut qu'on parle.*

Je louai une voiture et me dirigeai vers Willow Brook. Dans ma vie, il n'y avait que deux lieux que je considérais comme étant chez moi. L'État de Géorgie, avec ses routes serpentées entre les montagnes, ses étés humides et la cuisine de ma mère. J'avais quitté l'État de Géorgie quand j'étais jeune, ce qui m'avait retiré l'envie de m'attacher aux lieux.

Et jusqu'à ce que j'arrive à Willow Brook, je n'avais jamais eu l'impression d'être chez moi ailleurs. Alors que je quittais Anchorage, abandonnant la ville dans mon dos, une paix s'installa en moi. Malgré le deuil que je vivais, les émotions écorchées qui me traversaient et l'incertitude que je ressentais vis-à-vis de Jasmine, je savais où était ma place.

Il était tard, assez tard pour que le soleil s'efface derrière les montagnes. Je regardais droit devant moi, alors que l'autoroute m'emmenait à l'ouest, et les sommets des montagnes au loin formaient des silhouettes sombres face au ciel pastel, coloré de roses et de violets. La lumière fuyante du crépuscule semblait lourde ce soir. Tout comme mon humeur, un peu grise et pleine de regrets.

Je ralentis en passant à côté d'une maman élan avec ses deux bébés qui mangeaient les aulnes sur le bord de l'autoroute. Les bébés étaient longs sur pattes et ils se débattaient avec les hautes herbes pour attraper les branches que leur maman abaissait pour eux. Les épilobes paraissaient fantomatiques dans la nuit tombante, alors que les fleurs violettes recevaient l'éclat argenté de la lune.

Je pris une grande inspiration et soupirai, soulagé d'avoir pu dire au revoir à Bill. Il allait toujours me manquer, mais j'avais pu me défaire de mon amertume une bonne fois pour toute.

Maintenant, il fallait juste que j'arrange les choses avec Jasmine, et que je lui dise ce qui avait été vrai depuis un moment, ce que j'aurais dû dire il y avait bien longtemps. Peut-être que ce n'était pas le bon moment, peut-être qu'elle était trop prudente, et peut-être que j'avais laissé mon propre passé me retenir de lui dire ce que je ressentais, mais je n'allais pas m'arrêter face à ces obstacles.

En me garant devant le B&B, je réalisai enfin que j'avais retenu mon souffle tout ce temps. Sa voiture bleue était là. Je courus vers la maison, montant les marches deux par deux. La lumière du couloir était éteinte. Je posai mon gros sac devant ma porte et me tournai vers la sienne pour y frapper.

Rien d'autre qu'un silence. Je frappai à nouveau.

—Jasmine, c'est moi, Donovan. Je sais que tu es là.

Rien. Sans y penser, j'attrapai la poignée de porte pour l'ouvrir. C'était fermé. Mon besoin de la voir était puissant, et il résonnait dans ma poitrine. J'avais envie de défoncer la porte. J'avais besoin d'elle, et pas juste pour lui expliquer pourquoi j'étais parti.

J'essayai encore et encore, frappant à la porte,

appelant son nom, pour ne trouver rien d'autre qu'un silence et un écho.

— Merde, marmonnai-je à moi-même.

Mon deuil et ma frustration s'entremêlèrent alors que je me retournais. Je n'allais pas la supplier. Je n'en avais pas le courage, pas ce soir.

J'entrai dans ma suite et je pris une douche. Après avoir grignoté tout ce que je pouvais trouver dans la cuisine, je tombai dans un sommeil agité. Jasmine me manquait, mais j'étais aussi en colère contre elle.

Chapitre Trente-Et-Un

JASMINE

Après que Donovan eut cessé de frapper à ma porte en m'appelant, j'étais restée dans le silence, à regarder mon mur. Une partie de moi voulait désespérément qu'il revienne. Mais j'étais encore énervée.

Je regardai mon téléphone à nouveau, en relisant son dernier message. *Il faut qu'on parle.*

— De quoi ? marmonnai-je à voix haute.

Depuis ma soirée cartes avec les filles, je m'étais sentie encore plus perdue. J'étais vraiment une idiote. Quand Donovan m'avait écrit, tout ce à quoi je pouvais penser était au fait qu'il ne m'ait même pas dit que Janet lui avait demandé de m'aider à monter mon studio. Je n'avais aucune idée de pourquoi ça me dérangeait, mais ça me dérangeait. Que ce soit rationnel ou non, j'avais réussi à me convaincre que s'il nous avait pris au sérieux, il aurait dit quelque chose.

Il voulait parler. Pas moi. Je me sentais tellement bête. Je me sentais bien à propos du fait d'oublier Glen. Étrangement, faire la paix avec ce que je ressentais envers Glen n'avait fait que mettre en lumière les

sentiments que j'avais pour Donovan. Il était important. Très important.

J'étais bête parce que j'étais tombée amoureuse
d'un homme qui n'était pas prêt à partager ses sentiments. Super. Encore un point pour mon débile de
cœur.

Je dormis à peine cette nuit-là, j'étais agitée,
anxieuse et à bout, et je ne faisais que d'espérer que
Donovan reviendrait frapper à ma porte.

Épuisée, je finis par m'endormir très tôt le matin,
et je me réveillai tard, à 10 h du matin. Je ne faisais
jamais de grasse matinée. J'étais complètement à côté
de mes pompes. Au mieux, j'avais dû dormir trois
heures.

En quittant mon lit, je ne pus calmer le murmure
d'anticipation qui vibrait dans mon corps. Savoir que
Donovan était de retour, de l'autre côté du couloir,
allait me rendre la vie difficile pendant quelques
semaines. Je m'étais promis que j'allais essayer d'être
rationnelle et que j'allais prendre mes distances. Parce
que j'étais bien trop attachée. Même s'il avait peut-
être une très bonne raison de ne pas me dire pourquoi
il avait quitté la ville, ma réaction m'avait prouvée que
j'avais eu les yeux plus gros que le ventre.

Je pris une petite douche et j'enfilai un jean et un t-
shirt. Avant tout, il fallait que j'aille faire des mesures
de l'espace puis que j'aille au garage de mes parents
pour sortir mon vieux four à poterie.

Je me sentais bête de partir sur la pointe des pieds.
Donovan était sans doute déjà parti, du moins c'était
ce que je me disais. Je savais, grâce à Lucy, que l'équipe
de Levi travaillait aujourd'hui sur un feu contrôlé.
Alors que je passais devant sa porte, je n'entendis rien
d'autre qu'un lourd silence, donc je me dépêchai de
descendre.

Je m'arrêtai au Firehouse Café, pour un café plus que nécessaire, puis me dirigeai vers la maison de mes parents. Quand j'arrivai, ma mère était sur le porche à parler avec Lucy.

Le ventre de Lucy commençait tout juste à s'arrondir, et son t-shirt large, qu'elle semblait affectionner, paraissait un petit peu serré. Elles se tournèrent toutes les deux alors que je montais les marches du porche.

— Salut ! Quoi de neuf ? demanda Lucy.

Ma mère répondit pour moi.

— Elle vient récupérer son four à poterie dans le garage. Tu n'as pas le droit d'aider, dit ma mère en regardant Lucy fermement.

Lucy leva les yeux au ciel.

— Tu sais que je travaille dans le bâtiment, n'est-ce pas ?

Je ris, soulagée que ma mère se concentre sur Lucy plutôt que moi, pour une fois. Je m'appuyai contre la rampe des marches.

— C'est un miracle que Levi t'autorise à travailler, offris-je avec un clin d'œil.

— M'autorise ? répéta Lucy en plissant les yeux.

Ma mère gloussa doucement.

— Oh, ma chérie, on est juste tous tellement heureux pour vous.

Lucy prit une grande inspiration et leva les yeux au ciel.

— Moi aussi, mais je ne m'attendais pas à toutes ces inquiétudes.

En haussant les épaules, elle passa à autre chose.

— Bref, tu as fait la liste de ce qu'il te fallait pour ton studio ?

— Janet a engagé Donovan pour faire les travaux parce qu'elle a besoin de deux ou trois autres trucs en même temps, expliquai-je, énervée que mes joues rougissent autant.

Lucy en savait bien plus que ma mère concernant Donovan et moi, et ça m'allait très bien. Je n'avais pas peur qu'elle dise quoi que ce soit, mais ma mère était perspicace.

Lucy hocha simplement la tête, avec la pointe d'un sourire dans les yeux.

— Ça marche, si tu as besoin de quoi que ce soit, n'hésite pas.

Ma mère fut distraite par son téléphone qui sonnait. Dès qu'elle prit l'appel, Lucy me suivit dans le garage sur le côté du porche. Dès qu'on passa la porte du garage, elle bondit.

— Alors, qu'est-ce qu'il se passe avec Donovan ?

Je haussai les épaules.

— Rien.

— Il est rentré ?

Je hochai la tête avant de m'en rendre compte.

— Oui, il est rentré hier soir, dis-je, dans la lune.

— Tu lui as parlé ?

— Pas encore.

— Tu ne pourras pas l'éviter pour toujours, tu sais.

Je lui lançai un regard noir en posant ma main sur ma hanche.

— Je sais. Il était tard. Je suis sûre que je le verrai bientôt.

— Je ne me mêle pas des affaires des autres d'habitude, mais je vais faire une exception. Clairement, tu tiens à lui. Ne fais pas l'idiote, offrit-elle avec un regard direct.

À ce moment-là, ma mère entra dans le garage depuis la porte de la cuisine.

— Tu as besoin d'aide, chérie ?

Je me dépêchai d'aller dans le coin où le four était rangé.

— Je suis sûre que je peux y arriver, maman. Je ne vais pas l'emporter aujourd'hui. Je voulais juste m'assurer qu'il était accessible.

Lucy me suivit, et avant qu'elle ait le temps de toucher quoi que ce soit, ma mère était en train de l'écarter. Je gloussai, amusée du malaise de Lucy.

Je réalisai mon erreur quand elle lança un regard noir vers ma mère.

— Tu connais Donovan ?

— Bien sûr que je le connais, répondit ma mère. Il aide Janet avec les rénovations de son B&B.

À ce moment-là, je vis une ampoule s'allumer dans la tête de ma mère.

— Je n'avais même pas réfléchi au fait qu'il était ton voisin. Donovan est un garçon adorable. Ça a été un vrai don du ciel pour Janet. C'est génial que sa maison ne soit pas encore terminée. Il s'occupe de son B&B sans que ça lui coute un sou. Les matériaux coutent cher, donc ça change vraiment la donne qu'il fasse le travail. Je sais que le café tourne bien et qu'elle gagne assez d'argent, mais je n'aime pas la voir s'inquiéter.

— Sa maison sera bientôt terminée, glissa Lucy, ce qui piqua ma curiosité.

Elle croisa mon regard, en souriant doucement.

— Tu ne savais pas ? On termine sa maison pour lui. Il a commencé l'été dernier, mais il a réalisé que ça lui prendrait beaucoup trop de temps de le faire tout seul entre deux feux. Donc il nous a engagées. Dans un mois ou deux, ce sera fini. Tu ferais mieux de profiter de son aide tout de suite.

Lucy ne disait rien de gênant ou de compromettant, mais je savais qu'elle ne lâcherait pas le sujet tant que je ne parlerais pas à Donovan. En me retournant, je déplaçai quelques boites dans un coin jusqu'à arriver à une au sol.

— Le voilà, dis-je en souriant.

Je bougeai les autres boites pour créer un chemin, je sortis mon ruban mesureur et le mesurai rapidement, en notant les chiffres sur mon téléphone.

— Pourquoi tu le mesures ? demanda Lucy.

— J'ai besoin d'un meuble sur lequel le poser. Ça fait des années que je n'ai pas utilisé ce four, donc je voulais vérifier la taille.

Je réussis à éviter le sujet Donovan quand on se dirigea dans la maison, où ma mère nous proposa du café quand on arriva dans la cuisine.

Lucy refusa avec un soupir.

— Pas de café pour moi.

Elle toucha son ventre.

— Je peux me passer d'alcool, mais le café du matin me manque vraiment.

— Oh, tu te rattraperas, répondit ma mère. Attends que le bébé soit né, et que tu ne dormes que quelques heures par nuit.

Je regardai ma montre.

— Il faut que j'y aille. Je veux faire des mesures dans le garage de Janet aussi.

— Je vais suivre le mouvement, dit Lucy.

On reçut toutes les deux un bisou sur la joue alors qu'on partait. Lucy me donna un coup de coude dans les marches.

— Ne fais pas ta tête de mule. Je le dirai à Levi s'il le faut.

— Dire quoi à Levi ? demandai-je en me tournant vers elle d'un bond.

Elle explosa de rire.

— Je ne vais rien dire à Levi. Mais peut-être que la

menace te réveillera.

— C'est quoi ton problème ? D'habitude, tu es vraiment du genre chacun ses oignons. Pourquoi est-ce que tu t'intéresses autant à cette histoire ? demandai-je, honnêtement curieuse.

Son regard joueur s'effaça.

— Je ne sais pas. J'aime bien Donovan. C'est vraiment un gars bien, et on dirait que tu tiens vraiment à lui. Après ce que Glen t'a fait, je me dis que tu mérites quelqu'un de génial.

— Ouais, mais tu ne sais même pas...

Je me tus quand elle leva les yeux au ciel.

— Je ne peux pas voir le futur. Tu as raison. Je ne sais même pas ce qu'il ressent pour toi.

Je me mordis la lèvre, parce qu'elle savait exactement ce que j'allais dire.

— Je crois juste que ça vaut la peine d'au moins essayer de lui en parler, termina-t-elle.

À ce moment-là, son téléphone se mit à sonner, elle me prit rapidement dans ses bras avant de partir.

Je retournai en ville, me garant devant le B&B avant d'aller vers le Firehouse Café pour ouvrir le garage. Je notai quelques autres mesures pour ce que je voulais, et où je le voulais, puis je regardai ma montre. Bon sang, j'avais vraiment envie que ce studio soit prêt. J'aurais tout donné aujourd'hui pour m'enterrer dans de la poterie. Ça m'aurait donné quelque chose à faire pour ne pas penser à Donovan.

Au lieu de ça, je retournai rapidement au B&B pour prendre quelques produits de ménage que Janet stockait au rez-de-chaussée. Elle m'avait dit que je pouvais me servir, du moment que je remplaçais ce que j'aurais utilisé. Il y avait sans doute vingt ans de poussière dans ce garage, donc je me mis à nettoyer pendant quelques heures.

Plus tard ce soir-là, je réalisai que j'avais laissé mon sac à main, qui contenait ma Ventoline, dans le B&B. Comme les portes et fenêtres du garage étaient toutes ouvertes, mon asthme n'avait pas été un problème cette après-midi, mais il était temps d'arrêter. Je rentrai chez moi, sale et couverte de poussière, prête pour une douche. Quand j'entrai dans le B&B, un vent de sciures de bois me frappa en plein visage. Donovan faisait des travaux. Je n'avais même pas remarqué sa voiture parce que j'étais rentrée par la porte arrière.

En un éclair, je toussai fort. Pour la deuxième fois en quelques semaines, j'étais en pleine crise d'asthme, plutôt violente. Mon sac avec ma Ventoline était à l'étage. Je ne savais pas si Donovan pouvait m'entendre car la scie était en route.

Alors que j'inspirais, désespérée de reprendre mon souffle, je sentis soudainement sa présence. Ses bras étaient autour de moi alors qu'il me portait.

— Jasmine ? Qu'est-ce qu'il se passe ? demanda-t-il avec des mots coupants.

Je ne pouvais pas répondre. Je pouvais à peine respirer et je sentais mes poumons se fermer. Je réussis à le regarder et vis le moment où il comprit ce qu'il se passait. En tant que pompier, il était formé aux premiers secours. Il me posa doucement et courut vers l'étage, ses pieds rebondissant sur les marches.

Alors que je m'étouffais et que j'essayais désespérément de respirer, il fut de retour quelques secondes plus tard, là où je m'étais écrasée, contre le mur des escaliers. Il plaça ma Ventoline dans ma bouche et j'avalai cet air divin. Je savais que c'était juste une bouffée de médicament, mais, pour moi, ça voulait dire oxygène dans mes poumons.

Après quelques instants, je respirais presque normalement. J'étais sur le point de lui dire qu'il fallait que je sorte de là. Parce que même s'il avait cessé ce qu'il faisait, des sciures fines volaient encore dans l'air.

Mais je n'eus pas besoin d'expliquer. Dès qu'il vit que je respirais normalement, il me souleva, me prenant dans ses bras pour m'emmener à l'étage.

Il ne me demanda pas où je voulais aller. Tout ce que je savais, c'était que je voulais rester dans ses bras. Il ouvrit la porte de sa suite avec son pied et m'emmena à l'intérieur. Il m'installa sur le canapé et plaça la Ventoline devant ma bouche à nouveau pour une seconde dose.

Ma peau était collante et j'avais la tête qui tournait un peu, comme toujours après une crise d'asthme. Le mélange du manque d'oxygène et du soulagement de pouvoir soudainement respirer me donnait le vertige.

J'étais tellement soulagée que Donovan soit là. Il resta silencieux, simplement assis à côté de moi. Quand je roulai enfin la tête vers lui, je trouvai un regard inquiet posé sur moi.

— Ça va maintenant ? demanda-t-il d'une voix bourrue.

Je hochai la tête.

— Ouais, ouais, réussis-je à dire d'une voix rauque.

Je baissai les yeux vers la Ventoline qu'il tenait dans sa main.

— C'est pas la mienne.

— Non. J'ai un kit médical. Elle est un peu plus fournie que la plupart des trousses de secours. Maintenant, je sais qu'il faut que j'aie un stock de Ventoline, murmura-t-il.

On se regarda. Même si je me sentais étourdie, ça faisait beaucoup de bien de le voir. Je collai ma tête contre son épaule. Il déposa un baiser sur mon front.

Je me sentis remplie d'émotions. Je n'arrivais pas à savoir si tout me paraissait plus intense simplement parce que je venais de faire une crise d'asthme. Ça me donnait toujours l'impression d'être saoule pendant quelques minutes. J'étais tellement soulagée que Donovan soit là. J'avais oublié la frustration que je ressentais à son égard et m'étais simplement détendue contre lui.

Après quelques respirations tremblantes, son bras autour de mon épaule et ses doigts caressant le bout de mes cheveux, je réussis à parler.

— Merci.

— Tu n'as pas besoin de me remercier, murmura-t-il, et le son grave de sa voix me transperça comme un éclair familier.

Mélangés à ma tête qui tournait, je sentais les frissons que sa présence me procurait.

— Tu aurais pu me dire que tu faisais de l'asthme.

Je haussai les épaules, m'enfonçant un peu plus contre son torse.

— Je n'y pense pas beaucoup. Je ne fais pas souvent de crises. Je fais le ménage dans le garage et c'était très poussiéreux.

Ses doigts caressaient encore mes cheveux. La tension en moi disparut, le soulagement de sa présence était immense, si puissant que je sentis les larmes monter dans mes yeux et un nœud se forma dans ma gorge. Donovan était la seule personne qui me faisait cet effet. Quelques secondes plus tard, j'étais un paquet de sentiments mélangés. Il baissa les yeux quand je levai les miens. Mes larmes devaient se voir dans mes yeux.

— Pourquoi tu pleures ? demanda-t-il, un regard inquiet s'emparant de son visage.

La vérité m'échappa.

— Tu m'as manqué.

Dès que j'eus prononcé ces mots, j'essayai de les reprendre, de trouver une explication plus longue.

— Je suis toujours hyper émotive quand je fais une crise d'asthme. Je voulais pas être bizarre, dis-je rapidement, en balbutiant.

Donovan resta silencieux un instant, ses yeux m'évaluant. On était assis dans le coin du canapé. Il tourna son visage pour me faire face plus pleinement, son dos appuyé contre l'accoudoir du canapé. En levant son autre main, il écarta une mèche de cheveux de mon front avant de la ranger derrière mon oreille, ce qui me donna la chair de poule en une seconde.

— Tu m'as manqué aussi.

Ses mots résonnèrent dans le silence, alors qu'une étincelle naissait dans ses yeux.

— J'aurais dû expliquer pourquoi j'avais besoin de partir si vite. Un vieil ami a été blessé pendant un incendie. Il est mort.

— Oh, je suis vraiment désolée Donovan. Je ne savais pas.

Je me sentis soudainement mal d'avoir été en colère contre lui.

— Évidemment que tu ne savais pas. Je ne te l'ai pas dit. Pendant un moment, on a cru qu'il allait peut-être s'en sortir. Mais après il a eu une infection. Et c'était la fin.

Sans savoir quoi dire, je me rapprochai de lui pour lui prendre la main et la tenir fort.

— On avait un passé compliqué avec Bill. C'était mon meilleur ami d'enfance. On est allés au collège ensemble, on a fait notre formation de pompiers forestiers ensemble. Un jour, je suis rentré chez moi après deux semaines sur le terrain et je l'ai trouvé avec ma fiancée. Comme je le disais, on avait un passé compliqué.

Le regard de Donovan croisa le mien, une lueur de regret enfouie entre le vert et le doré. Mon cœur se serra quand je réalisai à quel point ça avait dû être douloureux. J'avais eu une expérience similaire dans le sens que j'étais tombée sur mon fiancé en train de me tromper. Mais Lisa n'était pas une amie proche. Et certainement pas une meilleure amie d'enfance.

Je dis la seule chose qui me vint à l'esprit.

— Je suis tellement désolée.

Des larmes brillèrent dans ses yeux, et sa gorge réagit alors qu'il déglutissait.

— Ouais. C'était nul. Il a essayé de s'excuser un an après, quand elle l'a trompé lui.

Il n'y avait pas d'amertume dans son ton, juste des faits.

— J'étais encore trop en colère pour lui parler. Si tu te demandes pourquoi je ne t'en ai pas parlé, c'est parce que je me sentais mal et que je n'avais jamais pris le temps de reprendre contact avec lui. Et maintenant il est mort. Je vais aussi bien que possible dans cette situation, mais c'est vraiment nul.

Il se tut, s'adossant et passant une main dans ses cheveux. Ses épaules montèrent et descendirent avec une grande inspiration. Je pouvais entendre le battement régulier de son cœur avec ma tête toujours posée contre son épaule.

En reculant, je pris une inspiration.

— Je suis désolée de ne pas t'avoir ouvert hier soir. J'étais...

Je me tus parce que je ne savais pas ce que je voulais dire. Je n'étais pas sûre que maintenant soit le bon moment de lui annoncer que j'étais en train de tomber amoureuse de lui et que ça me mettait vraiment dans tous mes états.

Il prit la parole, remplissant le silence.

— C'est pas grave. Je suis un peu rouillé en termes de relations. J'aurais dû t'en parler dès que j'ai reçu l'appel à propos de Bill. Honnêtement, j'ai rangé tout ça dans un coin pendant un moment.

Il s'arrêta et écarquilla les yeux en pensant à quelque chose. Je me redressai un petit peu, toujours installée dans le creux de son épaule, mais me tournant pour mieux le voir.

— Et ne te dis pas que je ressens encore quelque chose pour mon ex, Katie, non plus. C'est fini depuis longtemps. Au final, j'aurais dû remercier Bill. Ce n'était pas que la relation était horrible avec Katie, mais on était jeunes. La trouver en train de me tromper, c'était ce dont j'avais besoin pour voir sa vraie nature. Donc ne te dis pas qu'elle représente quoi que ce soit pour moi, dit-il fermement en me regardant dans les yeux.

Je n'y avais pas pensé, mais c'était rassurant de savoir qu'il avait eu peur que j'y pense. Son regard caressa mon visage, et j'avais l'impression qu'il pouvait lire mon cœur.

— Katie est venue à l'hôpital.

Mon souffle se coupa.

— Pourquoi ?

Je ne dis rien, mais ça me paraissait être une décision cruelle. Au mieux, c'était une visite bête. Penser que Katie avait trompé Donovan avec son meilleur ami, puis trompé le meilleur ami avec quelqu'un d'autre et osait quand même pointer le bout de son nez à l'hôpital dans un moment aussi grave était inimaginable.

Donovan gloussa en voyant le regard dans mes yeux.

— Je n'ai aucune idée de ce qui lui a pris. J'imagine qu'elle se sentait coupable et voulait en parler à quelqu'un. Bill était dans un coma artificiel, donc elle n'a pas pu lui dire à lui. Mais j'en ai tiré au moins une bonne chose.

— Quoi donc ? demandai-je.

— Tout est devenu clair, répondit-il.

Son doigt caressait mon épaule d'un contact délicat. Un frisson me traversa quand je vis le regard dans ses yeux.

— C'est quoi, tout ?

— Toi. Tu es ce qu'il y a de plus important pour moi.

— Oh.

Ce fut le seul mot que je réussis à prononcer.

Mon pouls s'emballait sauvagement, et je me sentis encore étourdie après ma crise d'asthme.

— Je vais être direct, chérie. Je ne cherchais rien de tout ça. Et je ne te cherchais pas toi, ça c'est sûr. Mais je t'aime. Je ne m'attends pas à ce que tu ressentes la même chose. Peut-être pas tout de suite. Mais je sais qu'on partage quelque chose qu'on ne trouve pas tous les jours.

Il s'arrêta comme s'il me donnait l'occasion de dire quelque chose, mais je n'arrivais pas à former un seul mot. Alors que mon cœur battait la chamade, un sentiment de joie folle s'empara de ma poitrine, et je le fixai simplement.

— Tu vois, chérie, revoir Katie a rendu tout très clair. Je pensais que je l'aimais à une époque. Et j'imagine que, d'une certaine façon, je l'aimais, comme on peut aimer quelqu'un quand on a 26 ans. Mais je n'ai jamais ressenti ce que je ressens pour toi. Je ne suis pas bête et je ne vais pas tout gâcher entre nous. On peut aller aussi lentement que tu veux, de vrais escargots, si c'est ce qu'il te faut. Mais je te dis tout ça, ici et maintenant.

Il s'arrêta un instant, passa sa main entre nous pour toucher mon cœur de son doigt avant de toucher le sien.

— Ce genre de chose n'arrive pas tous les jours. Ma mère ne me pardonnerait jamais si je te laissais m'échapper.

À ce moment-là, j'étais presque certaine que mon cœur allait s'échapper de ma poitrine. J'avais l'impression d'avoir un oiseau dans ma cage thoracique, qui volait au rythme de mon cœur.

— Oh, dis-je à nouveau, pleine de pensées.

Il pencha la tête et posa ses lèvres sur les miennes avant de se reculer rapidement pour passer son pouce sur ma lèvre inférieure. Mes lèvres tremblèrent quand il me toucha, mon souffle était irrégulier alors que j'essayais de ralentir le feu de joie dans mon cœur et mon corps.

Je finis par laisser tomber, et le sourire qui était né dans mon cœur trouva sa route jusqu'aux coins de ma bouche.

— On n'est pas obligés d'aller lentement, dis-je enfin.

— Ah non ? demanda-t-il, avec un sourire en coin.

Oh, bon sang. Ses sourires étaient dangereux pour ma santé mentale. Ils me donnaient des bouffées de chaleur, me coupaient le souffle et court-circuitaient mon cerveau.

Je secouai la tête doucement.

— Enfin, ce n'est pas comme si on allait lentement jusque-là.

Ses yeux vert et doré plongèrent dans les miens.

— Non, j'imagine que non. Mais je sais que tu viens de rompre avec ton fiancé. Je sais que je ne suis pas ton pansement. Mais je veux m'assurer que c'est bien ce que tu veux.

En un instant, je réalisai que la clarté de mes sentiments pour Donovan s'était révélée grâce à Glen.

En secouant la tête à nouveau, je passai mes doigts le long de sa mâchoire, me délectant du piquant de sa barbe mal rasée.

— Tu n'es pas un pansement. Je le sais. Vu l'enchaînement des choses, je sais que ça peut en avoir l'air. Mais non.

Quand je perdis le fil de mes mots, je haussai les épaules.

— Glen n'était pas ce que je pensais, il n'était pas qui je voulais vraiment. Il m'a rendu service aussi. Sans ce qu'il a fait, je ne t'aurais peut-être jamais trouvé.

Je m'arrêtai pour prendre une grande inspiration que je relâchai en un soupir saccadé. Mon cœur hurlait dans ma poitrine, me poussant à dire la vérité que je connaissais.

— Je n'étais pas encore prête à le dire, mais je suis prête maintenant. Je t'aime aussi. Si je ne t'aimais pas, je ne me serais pas autant vexée du fait que tu sois parti sans me dire où tu allais. Je suis un peu dramatique parfois, offris-je en levant les yeux au ciel.

Ma colère n'apparaissait pas souvent, mais elle existait en moi, surtout quand il s'agissait de mes sentiments.

— Ça n'arrivera plus jamais, dit-il platement.

Puis il posa ses lèvres sur les miennes à nouveau avant de me tirer sur ses genoux.

Ce n'était pas un baiser chaste. Une seconde plus tard, sa langue était enfouie dans ma bouche, s'emmêlant avec la mienne. En me tortillant plus près de lui, j'enfouis mes mains dans ses cheveux et je m'accrochai avec tout ce que j'avais.

Chapitre Trente-Deux

DONOVAN

Avec Jasmine sur mes genoux et ses courbes douces contre moi, je me perdis dans sa bouche. Elle embrassait comme dans un rêve. Elle n'hésitait jamais. Mais, là encore, ça avait été comme ça depuis la première fois où je l'avais embrassée, comme si je plongeais dans un feu et que j'en adorais les flammes.

Elle me montait et je sentais la chaleur de sa chatte serrée même à travers les couches de vêtements. Soudainement, je me souvins qu'elle venait de faire une crise d'asthme et je maitrisai mon besoin d'elle. Ça mobilisa toute la discipline que j'avais, mais je me reculai de la tentation diabolique qu'était sa bouche, passant ma main dans ses cheveux et dans son dos.

— Même si j'adorerais aller plus loin, tu viens de faire une crise d'asthme. Je pense qu'il faut que tu y ailles mollo, murmurai-je.

Jasmine plissa les yeux et fit la moue. J'explosai de rire.

Elle ne faisait pas la moue d'habitude. Même si elle était vraiment canon et sexy, il n'y avait rien d'artificiel chez elle. Ce qui ne la rendait que plus sexy pour moi.

Quand je ris, elle posa une main sur sa hanche et cambra ses fesses contre ma bite gonflée. Je retins mon souffle, sifflant entre mes dents.

— Je suis sérieux.

Elle prit une grande inspiration, j'entendis encore un crissement dans ses poumons. Mon esprit revint à ce qu'il s'était passé un quart d'heure plus tôt tout au plus, quand elle s'était mise à tousser et que j'avais réalisé en la regardant dans les yeux qu'elle ne pouvait pas respirer.

Quand j'avais couru à l'étage pour attraper immédiatement ma trousse de secours, car je savais que j'avais de la Ventoline, je m'étais rappelé un vieil homme que j'avais sorti d'un feu un jour. Il faisait de l'asthme et était en pleine crise quand je l'avais trouvé. Ils m'avaient dit que son âge avait beaucoup joué, mais il était quand même mort.

Jasmine prit une autre inspiration, avant de soupirer.

— Ça va. Tu vois.

Mon cœur battait si fort dans ma poitrine que j'avais peur qu'il explose. Je levai une main, écartant ses cheveux de son visage et caressant les mèches soyeuses entre mes doigts.

— Je sais. On n'est pas obligés de se presser. En plus, je suis sale et j'ai besoin de prendre une douche.

Un regard d'incertitude s'empara de son visage alors qu'elle mordillait sa lèvre inférieure. J'ordonnai à ma queue de se calmer. Elle ne faisait pas ça pour être sexy, mais ma queue ne voyait pas la différence.

— On n'est pas obligés d'en faire tout un plat, dit-elle doucement.

— De quoi ?

Elle tordit la bouche avec un autre soupir.

— Mon asthme.

— On n'en fait pas tout en plat. Je souligne juste l'évidence. Tu étais en train de faire une crise assez sévère. Maintenant, je sais qu'il faut que j'aie des réserves de Ventoline, répondis-je en désignant l'inhalateur discrètement posé sur la table basse.

Elle leva les yeux au ciel et gloussa. J'étais soulagé de voir l'inquiétude s'effacer de son visage.

— Il faut que je me douche aussi, dit-elle en changeant de sujet.

Je l'installai dans mes bras et me levai en la portant. Je n'étais pas prêt à la lâcher. Même si ma semaine avait été horrible – Bill était mort et j'en ressentais encore le choc – avoir Jasmine dans les bras, ses jambes enroulées autour de ma taille, je savais que j'étais exactement là où j'étais censé être.

Nous étions sur la même longueur d'onde. Elle savait maintenant à quel point elle était importante pour moi et à quel point je tenais à elle. J'étais l'homme le plus chanceux du monde parce qu'elle m'aimait aussi.

Je l'emmenai jusqu'à la salle de bains, la posant à contrecœur. Une fois que l'eau chaude coulait et que la vapeur chaude de la douche nous entourait, je réalisai à quel point mon jugement avait été erroné.

Entre le feu en campagne et le voyage à Denver, je n'avais pas été nu avec Jasmine depuis deux semaines. Je regardai les bulles de savon parcourir ses courbes, alors que ses tétons roses pointaient sous l'eau. Avant de comprendre ce que je faisais, j'avais attrapé l'un de ses seins, passant mon pouce d'avant en arrière sur son téton. Alors que le savon coulait sur ses cheveux, elle leva les yeux, ses cils lourds de gouttes. Dans ce brouillard, ses yeux saphir ressortaient.

— Je croyais que tu me traitais comme si j'étais en sucre, murmura-t-elle avec un sourire lent.

Mon excitation était évidente, ma queue était gonflée et épaisse.

Comme si elle essayait d'aider, elle ajouta :

— La vapeur fait beaucoup de bien à mes poumons.

Puis mes lèvres trouvèrent les siennes, et ses jambes trouvèrent mes hanches. Je la tins serrée contre moi, nous tournant pour appuyer son dos contre le mur de carrelage. Je reculai en attrapant sa lèvre inférieure entre mes dents. Je retins un gémissement quand sa chatte humide se frotta à ma queue.

— Je t'aime, murmurai-je avec un souffle saccadé au milieu de la cascade d'eau chaude qui nous entourait.

Sa tête s'appuya contre le mur lorsqu'elle ouvrit les yeux.

— Je t'aime aussi, dit-elle avant de sursauter quand ma queue caressa son clitoris gonflé.

Je n'avais pas envie d'attendre. Je passai la main entre nous pour ajuster mon angle et plongeai en elle, dans ce centre serré, mouillé qui m'accueillait.

Mon front se colla au sien alors que je m'enfonçais profondément en elle.

— Bordel, Jasmine. T'es tellement bonne.

Alors que ses yeux étaient juste là et que nos lèvres se caressaient quand nous parlions, elle répondit :

— Toi aussi.

Ses talons s'enfoncèrent dans mes fesses lorsqu'elle me rappela pourquoi elle m'avait autant manqué. Je la tins fort alors que l'eau chaude et la vapeur nous entouraient, nous étions seuls au monde, et je reculai pour plonger à nouveau, encore et encore. Sa chatte se serra et palpita sur mon membre. Je sentis son corps se cambrer et des frissons la traverser. Ce n'est que quand je passai une main entre nous pour passer mon pouce sur son clitoris que je la vis hurler de plaisir.

Mon orgasme suivit de peu et se déversa en elle, alors qu'une chaleur s'emparait de la base de ma colonne vertébrale et me fouettait d'une force si intense que je manquai de m'écrouler. Son front tomba dans le creux de mon cou. On resta comme ça quelques minutes, pour reprendre notre souffle dans la douche chaude.

Chapitre Trente-Trois

JASMINE

Mes pieds étaient posés sur les genoux de Donovan alors qu'il était assis sur le canapé. Il portait un jean mais était fort heureusement torse nu. Je me disais souvent que je pourrais passer ma vie à le regarder.

C'en était ridicule. Il était tellement sexy, tout de muscles et de force. Avant même d'y réfléchir, je m'étais penchée en avant pour embrasser son torse.

Il gloussa, ses yeux s'abaissant vers les miens, brillants de gaieté.

— Je ne pense pas pouvoir repartir pour un tour, chérie. Je suis épuisé.

— Tu n'as pas besoin de faire quoi que ce soit, répondis-je. J'ai juste envie de gouter ta peau.

On avait commandé une pizza et nous étions installés dans sa suite. Notre douche m'avait remplie d'une joie pétillante. Il me parla un peu plus de Bill et de ce qui s'était passé pendant qu'il était à Denver, et me parla de sa famille. Apparemment, ses parents venaient lui rendre visite dans quelques semaines.

Il voulait que je les rencontre. Ça ne me faisait en aucun cas peur.

Pendant une demi-seconde, j'avais ressenti de l'inquiétude. Tout paraissait si réel, si énorme. Mais Donovan m'avait embrassée sur le poignet. Je m'étais souvenue que quand j'étais avec lui, tout se passait bien, tout était juste.

La télévision était allumée mais nous ne la regardions pas. Je m'endormais un peu de temps en temps. Comme j'avais à peine dormi la nuit dernière et que je m'étais occupée toute la journée pour me distraire, ce n'était pas surprenant.

— Tu as rencontré mes parents ? demandai-je, en réalisant que c'était peut-être le cas, même sans qu'il le sache.

Dès que ma question sortit, je me souvins que ma mère avait parlé de lui.

— Oh, attends, ma mère m'a dit qu'elle savait qui tu étais.

Soudainement, je me souvins que j'avais un grand frère qui était ami avec Donovan. Non pas que j'avais vraiment oublié, mais je n'y pensais simplement pas.

— Je crois qu'il faut qu'on parle à Levi.

— Je suis content que tu en parles. C'était ce que je me disais avant de partir à Denver. Mais je me suis dit que c'était ta décision, pas la mienne, répondit Donovan.

— Juste pour que tu saches, c'est un peu un grand frère caricatural. Tu ne t'en rends peut-être pas compte parce qu'il est toujours détendu et à faire des blagues. Mais il n'est pas comme ça avec moi. Enfin, pas toujours.

Donovan haussa les épaules, sans tension.

— Je serais surement surprotecteur si j'avais une petite sœur. Je comprends. S'il a besoin de me crier dessus ou de me frapper, je ferai avec.

— Il ne va pas te frapper ! Moi je ne ferai pas avec.

Je vais lui dire que c'est du sérieux, et qu'il va falloir qu'il s'habitue.

Donovan gloussa.

— Moi, je me mettrais un pain.

— Même si je te disais de ne pas le faire ?

Il acquiesça, un regard narquois dans les yeux qui me fit papillonner.

— Chérie, la plupart des hommes n'aiment pas penser à qui veut se taper leur petite sœur. Je t'aime, mais je mentirais si je disais que ce n'était pas comme ça que ça avait commencé. La première fois que je t'ai vue, je te voulais.

Un éclair de plaisir me traversa.

— C'est vrai ?

— Oh oui. Tu es magnifique quand tu es en colère. Ultra canon. On ne s'est jamais disputés pour l'instant, mais je sais que je vais adorer ça. Et que la partie de jambes en l'air qui suivra sera incroyable.

Mon cœur repartit dans une symphonie effrénée, comme s'il allait s'échapper de ma poitrine. Mes joues étaient rouges alors que je le regardais. Je n'arrivais pas à croire qu'il m'avait voulue dès la première fois qu'il m'avait vue. Mes pensées devaient se voir dans mes yeux.

Il passa son pouce sur ma joue.

— Ouais, je suis vraiment à fond sur toi, chérie.

ÉPILOGUE

Jasmine

Plus d'un an plus tard

Je me tenais sur la jetée derrière la galerie Midnight Sun Arts, appuyée sur la rambarde à regarder l'eau. La baie de Kachemak brillait sous le soleil. Les montagnes s'élevaient au loin, sur le bord de la baie, les sommets couverts de neige reflétaient la lumière filtrée par le ciel bleu.

Un vent froid caressa l'eau et je serrai mon manteau un peu plus fort sur mes épaules. Je pris une autre grande inspiration, avalant l'air salé avant de me retourner pour rentrer à l'intérieur. Je croisai Donovan alors qu'il traversait le couloir.

— Tu as froid ?

Il sourit.

— Il y a plein de monde dans la galerie, murmura-t-il en s'approchant de moi, m'emprisonnant contre le mur dans ses bras.

Je levai les yeux vers son regard noisette, admirant ses cheveux noirs et les lignes de son visage. Il me coupait toujours le souffle. Mon pouls s'accéléra follement alors que mon ventre vibrait.

Je me répétais sans cesse qu'il ne pourrait pas me faire cet effet pour toujours. Mais apparemment si, et je ne m'en plaignais pas. Il se colla davantage contre moi, dans le couloir arrière qui, pour l'instant, était un lieu privé. Mon souffle sursauta quand il caressa mes lèvres du bout des doigts. Pour jouer, j'attrapai son doigt entre mes dents, le léchant et savourant la vision de ses yeux plissés qui s'assombrirent.

Ce qui me sauvait du pouvoir qu'il exerçait sur moi, était le pouvoir que j'exerçais sur lui. Je savais comment mettre Donovan Ryan à genoux, et il savait me faire la même chose.

— Ne me fais pas perdre la tête, murmura-t-il en posant ses lèvres sur les miennes.

Sa langue me caressa rapidement, s'enroulant autour de la mienne avant qu'il ne se retire. Il baissa la main, la passant sur le côté de mon sein et jusqu'au creux de ma taille avant d'attraper mes fesses pour m'attirer sur sa bosse.

Rien qu'avec ça, ma culotte était perdue. Quelqu'un m'appela et la bouche de Donovan se recourba en un sourire malin.

— Il est temps de retourner au boulot, murmura-t-il. On finira plus tard.

Il enfonça encore une fois sa bosse contre moi et je me tendis, mes tétons faisant de même.

— Pas juste, marmonnai-je.

Il gloussa en reculant.

— C'est toi qui as commencé, chérie.

Mes joues étaient chaudes alors que je me tenais contre le mur, en secouant la tête.

— C'est toi qui as commencé.

Son rire amusé résonna dans mon corps, diffusant

du plaisir sous ma peau. Bon Dieu. J'allais mourir jeune vu ce qu'il faisait endurer à mon corps.

Je me décollai du mur alors qu'il me tendait la main avant d'enrouler son bras fort autour du mien. Il me guida dans le couloir, jusqu'à la galerie. Ça avait été une année productive. Tout était passé à une vitesse folle. Nous étions en hiver, et chaque solstice d'hiver, Risa organisait une grande soirée à la galerie Midnight Sun Arts de Diamond Creek. Il y avait une soirée par lieu, mais cette galerie était son bébé. Ou du moins, c'était comme ça qu'elle en parlait. Elle m'avait invitée à venir pour rencontrer les invités de l'exposition.

Un an et demi plus tôt, en été, Donovan avait pris un weekend de congé pour m'aider à installer mon studio. Après ça, je m'étais mise au boulot. Je vendais beaucoup de poterie. Au fond de moi, je m'étais toujours sentie à ma place à Willow Brook. Mais, maintenant, Donovan était aussi ma maison.

On s'était mariés l'été dernier. Il avait dit qu'il ne voulait pas attendre. Et je ne voulais pas attendre non plus. Levi n'avait jamais frappé Donovan. Ce que je prenais comme une victoire, même s'il y avait eu des moments de tension.

J'étais devenue tante d'une petite Glory, la fille de Lucy et Levi. Ils l'avaient nommée d'après ma mère, Gloria, mais nous l'appelions tous Glory. Elle était pleine de vie et de poigne, comme attendu avec une mère comme Lucy.

Le B&B de Janet n'était plus notre petit nid d'amour. Même si nous avions déjà inauguré toutes les pièces de sa maison avant l'hiver dernier, c'était à ce moment-là que j'avais enfin accepté d'emménager chez Donovan. Qui était maintenant chez nous.

Avec la main de Donovan dans la mienne, je traversai la foule. Je n'étais pas la seule artiste ici ce soir. Risa était la personne qui m'avait appelée, elle s'approcha pour venir voir comment se passait ma soirée, ses yeux brillaient alors qu'elle passait un bras par-dessus mon épaule.

— On va vendre toutes tes pièces avant la semaine prochaine une fois que j'aurai envoyé toutes les commandes que je reçois. Que tu saches. Puisqu'on n'a même pas encore passé Noël, il faudra peut-être que tu bosses beaucoup la semaine prochaine.

Un petit éclair de stress me traversa, mais je l'ignorai. Ces temps-ci, je me disais que certains problèmes étaient un cadeau. C'était vraiment un bon problème à avoir.

Avec un sourire, je répondis :

— Absolument. Je ferai de mon mieux mais, tu sais, je préfère entendre ça que l'inverse.

Elle gloussa alors que quelqu'un l'appelait. Elle commença à se retourner, mais lança une dernière chose.

— Je ne peux pas m'en empêcher. Il faut que je le dise : je te l'avais bien dit ! dit-elle avec un clin d'œil, en faisant référence à la fois où elle m'avait dit qu'elle était certaine de pouvoir vendre mon art, l'année dernière.

Avec un petit signe de tête, elle se dépêcha de rejoindre la personne qui l'avait appelée.

Donovan était de bonne nature et venait toujours avec moi à ce genre d'évènements, même s'il n'était pas dans son élément. L'une des choses que j'adorais en Alaska était le brassage de gens. Dans cette galerie ce soir, il y avait un mélange d'artistes, de pêcheurs, de personnes d'affaires et d'autres encore. Le sentiment qui rassemblait tout le monde était un sentiment d'appartenance à une communauté.

Plus tard ce soir-là, Donovan était installé contre la

tête de lit du lit que nous partagions dans la petite suite du B&B que nous louions à côté de la galerie. Les muscles de son torse brillaient dans la lumière du soir. Il tendit la main alors que je sortais de la salle de bains. C'était un miracle que je sois encore debout.

Il venait de me baiser bien profond et m'avait fait exploser plus de fois qu'imaginable. Mais il faisait ça souvent. J'enfilai l'un de ses t-shirts et je m'installai à côté de lui dans le lit, calant les oreillers sous ma tête alors que je me blottissais sur son épaule.

— Alors, on rentre demain matin ? demandai-je.

— Ouais, si la météo est d'accord.

Il rit, ses yeux se tournant vers la fenêtre. Je suivis son regard. On avait laissé les rideaux ouverts parce que personne ne pouvait voir l'intérieur de la chambre de dehors. Des portes-fenêtres menaient à un petit balcon. La lune brillait haut, caressant l'eau d'une lumière argentée, alors que des flocons de neige tombaient lentement.

En revenant vers moi, il continua :

— Il va falloir que ce soit pire que ça. Mais si ça empire, on peut rester au lit.

Puis ses lèvres trouvèrent les miennes alors que ses bras me gardaient au chaud et en sécurité.

DONOVAN

Quelques mois plus tard

Je sortis dehors en ignorant la morsure du froid et en inspirant longuement l'air de l'hiver. C'était une journée claire, fraiche et le printemps n'était qu'à quelques jours de là. J'avais une surprise pour Jasmine, mais il me restait encore une chose à faire.

J'ouvris la porte du petit bâtiment au fond de notre jardin et je fis le tour de la pièce après avoir fermé la porte derrière moi. Quand j'avais acheté ce terrain, il n'y avait que cette petite cabine qui servait il y a long-temps de deux-pièces. Je pensais que tout était prêt. La dernière chose qu'il me restait à faire était d'ins-taller son four à poterie aujourd'hui.

J'avais invité mes parents à venir passer quelques semaines à la maison, ne serait-ce que pour occuper Jasmine pendant que je terminais mon projet surprise. Maman avait insisté pour que Jasmine l'emmène à Anchorage aujourd'hui. Tout était bien mieux que ce que j'aurais pu imaginer. Jasmine et moi étions mariés depuis plus d'un an maintenant. Et mon amour pour elle n'avait fait que s'approfondir avec le temps.

Sans mentir, notre vie sexuelle était incroyable. Mais ce n'était pas pour ça que je l'aimais, même si ça voulait dire que j'étais presque son esclave.

J'allais attraper mon téléphone pour appeler Levi quand j'entendis quelqu'un frapper à la porte. En l'ou-vrant, je trouvai Levi et Cade.

— On est là. On a le four dans le pickup de Cade, dit Levi en guise de bonjour.

— Génial. Allons-y, répondis-je.

En peu de temps, on avait installé un tout nouveau four, beau et brillant dans ce qui allait devenir le nouveau studio de Jasmine. Elle utilisait encore le garage du Firehouse Café mais, parfois, elle partait des heures durant. J'avais appris qu'une fois qu'elle était lancée, elle perdait toute notion du temps. Ça ne me dérangeait pas du tout parce qu'elle adorait ce qu'elle faisait. Mais je voulais qu'elle puisse travailler plus facilement, surtout l'hiver. Je n'aimais pas m'inquiéter en sachant qu'elle devrait conduire en pleine nuit après une soudaine poussée d'inspiration.

En même temps, les propriétaires de Midnight Sun Arts avaient décidé de monter une nouvelle galerie pour leur petite chaine locale, à Willow Brook. Elle ne serait ouverte que l'été, mais Risa demandait déjà à Jasmine de l'aider avec le projet. Jasmine avait dit qu'elle ne voulait pas s'occuper des ventes, mais qu'elle voulait bien aider avec le reste. Ce que Jasmine ne savait pas, c'était qu'ils allaient utiliser son presque-ancien studio comme lieu de stock pour la galerie.

Alors qu'on sortait après que Cade fut déjà reparti, Levi s'arrêta à côté de sa voiture. Il avait été en colère contre moi quand il avait appris pour Jasmine et moi. Comme je l'avais dit à Jasmine à l'époque, j'aurais été en colère aussi. Il ne m'avait jamais mis de pain, en revanche.

— Tu es un gars bien, dit Levi, en me donnant une tape sur l'épaule. J'étais peut-être super en colère au début, mais je ne t'échangerais contre aucun autre beau-frère.

Je ris.

— J'aime Jasmine. Mais je suis quasi sûr que tu le sais maintenant. Je ferais n'importe quoi pour elle, vraiment n'importe quoi.

Levi soutint mon regard, puis hocha la tête.

— Je sais.

Sur ces mots, il se retourna.

Quelques heures plus tard, ma mère et Jasmine rentrèrent à la maison. Maman vint me voir, me faisant un bisou sur la joue avant de me faire un câlin chaleureux. Même si elle n'avait rien cuisiné aujourd'hui, elle sentait toujours le sucre et la cannelle. Du moins, c'était toujours l'odeur qu'elle avait dans ma tête.

Elle se pencha pour me murmurer quelque chose à l'oreille :

— Je vais monter faire une sieste. Va montrer le studio à Jazzy.

Puis elle me pinça la joue. Parce que c'était quelque chose qu'elle faisait encore, et je la laissais faire.

Jasmine rangeait des courses, ses cheveux ambre retenus par un chignon lâche.

— Salut chérie, t'aurais une minute ? demandai-je en arrivant derrière elle, passant mes bras autour de sa taille et plongeant ma tête dans son cou pour respirer son odeur.

Elle ferma le placard de la cuisine et se retourna dans la cage de mes bras. Ma queue, bien sûr, se dressa. Elle se fichait complètement du fait que c'était un moment particulièrement inapproprié pour saluer. Mon père rentrerait sans doute d'une minute à l'autre de ce qu'il bricolait dans le jardin et ma mère était à l'étage, bon sang.

Je fis une petite prière d'excuse avant d'embrasser les lèvres de Jasmine. Rien que ça, une caresse de sa langue sur la mienne, et j'étais excité. Je reculai, rassemblant toute ma force. Ses joues étaient roses, et ses beaux yeux bleus s'assombrissaient.

Elle se mordit la lèvre, un sourire en coin étirant ses lèvres.

— Ce n'est pas vraiment le moment, dit-elle doucement.

— Je sais, répondis-je en reculant pour prendre sa main. Il faut que je te montre quelque chose. Allez.

Elle était curieuse, ses yeux s'écarquillaient alors qu'elle me suivait. Elle n'hésita pas une seconde et me suivit alors que je la faisais sortir de la cuisine. Depuis que la maison avait été terminée, un an et demi plus tôt, nous n'avions eu qu'un été pour travailler dans le jardin. En ce moment, la neige fondait, et j'entendais le bruit de la rivière et des arbres derrière la maison. Le printemps était surnommé la saison de la boue en Alaska, pour une bonne raison. Tout fondait et devenait boueux pendant des semaines entières. Les rivières débordaient à cause de la neige qui descendait des montagnes. Jasmine, toujours très pragmatique, portait une paire de bottes en cuir, et elle traversa le jardin sans problème, avec moi.

J'avais travaillé à monter ce studio avec chaque moment de libre où elle n'était pas à la maison depuis un mois. Habituellement, j'aurais pu terminer un projet comme ça en quelques jours. L'extérieur de la vieille cabane avait encore besoin d'être rénové, mais l'intérieur était radicalement différent.

Quand on arriva devant le bâtiment, je la regardai.

— Qu'est-ce qu'on fait devant la vieille cabane ? S'il te plait, dis-moi que tu n'as pas adopté un animal sans me le dire !

Je ris. Jasmine avait entendu beaucoup d'histoires sur le cochon de compagnie que j'avais étant petit. Ce cochon me manquait toujours. Il s'appelait Ben. Il avait vécu une belle vie, mais il était mort quelques années plus tôt. Je me demandais encore si j'arriverais à la convaincre d'en adopter un.

— Oh non, dis-je. Je garde cette dispute pour plus tard. Allez.

En ouvrant la porte, j'allumai la lumière.

Jasmine me suivit à l'intérieur. Son souffle se coupa rapidement et elle écarquilla les yeux en faisant le tour de la pièce.

— Oh mon Dieu ! Quand est-ce que tu as fait tout ça ? cria-t-elle.

Avant même que j'aie le temps de répondre, elle

jeta ses bras autour de mon cou. Je l'attrapai et la serrai contre moi.

Quand elle se recula, ses yeux étaient pleins de larmes.

— C'est le meilleur cadeau de tous les temps ! Je veux dire, j'adore mon studio en ville mais...

Ses mots se turent.

— Je pensais que ce serait plus agréable si tu avais un espace ici.

Elle enfouit sa tête dans mon épaule.

— Merci beaucoup, marmonna-t-elle d'une voix étouffée.

En se reculant, elle se libéra de mes bras et fit le tour de la pièce.

— Tu m'as acheté un nouveau four à poterie ? demanda-t-elle avec un ton impressionné. Comment est-ce que tu as trouvé ça ?

— J'ai eu un peu d'aide, de Levi et Cade. Mes parents sont aussi venus nous voir parce que je voulais pouvoir finir le studio avant ta grosse saison.

Elle resta immobile un instant avant de reprendre sa visite avec un air plus calme. Ses pas résonnaient dans la pièce presque vide. Elle se retourna pour me faire face, fit quelques pas pour se rapprocher. Elle s'arrêta devant moi, tendit le bras et prit ma main dans la sienne. Elle se mit sur la pointe des pieds, passant le bout de ses doigts sur mes lèvres.

Son toucher était comme une trainée de feu. Tout comme le premier soir où je l'avais rencontrée.

— J'ai vraiment beaucoup de chance. Au cas où je ne le dis pas assez, je t'aime, dit-elle en appuyant ses lèvres sur les miennes.

— Chérie, c'est moi qui suis chanceux.

Une chose en entrainant une autre, on finit par inaugurer sa table de travail par un petit coup rapide.

Plus tard ce soir-là, après être rentrés à la maison main dans la main, Jasmine avait laissé ma mère cuisiner. Tard ce soir-là, je me retrouvai allongé à côté de ma femme dans notre lit. La lumière de la lune caressait sa silhouette d'argenté.

Je serais allé n'importe où dans ce monde pour être avec Jasmine. Parce qu'avec elle, je me sentais à ma place. Je passai mes doigts le long de son épaule et elle soupira, collant ses fesses contre moi.

Je me réveillai le lendemain matin avec son corps chaud et doux dans mes bras alors que le soleil grimpait au-dessus des montagnes. Voilà à quoi ressemblait la vie avec la femme de mes rêves, celle qui possédait mon cœur et âme, recroquevillée doucement contre moi. Elle était tout pour moi.

À suivre dans la Saga Au Cœur des Flammes : *Fondre Avec Toi*, l'histoire de vacances de Harlow et Max. Un milliardaire et une pompière pleine de rhétorique rentre en collision. L'idée que les opposés s'attirent ne suffit pas à décrire cette histoire.

Pré-commande en 1-click: *Fondre Avec Toi*

À PROPOS DE L'AUTEUR

J.H. Croix est une auteur sur la liste des meilleures ventes USA Today, elle vit dans le Maine avec son mari et leurs deux chiens gâtés. Croix écrit des romances contemporaines à couper le souffle avec des femmes fortes et des hommes alphas qui n'ont pas peur de montrer leurs émotions. Son amour des petites villes et des personnages qui y vivent habite sa prose. Baladez-vous dans les folles romances de ses bestsellers!

jhcroixauthor.com
jhcroix@jhcroix.com